Andreas Schmidt
BlutGrab

Im Verlag CW Niemeyer sind bereits folgende Bücher des Autors erschienen:

HahnBlues
TodesDuft
Tödlicher Schnappschuss
WattenMord
WeserTod

Bibliografische Information der Deutschen Nationalbibliothek
Die Deutsche Nationalbibliothek verzeichnet diese Publikation in der Deutschen Nationalbibliografie; detaillierte bibliografische Daten sind im Internet abrufbar über http://dnb.ddb.de

Der Umschlag verwendet Motive von shutterstock.com,
Disguised attacker ... Bruno Passigatti 2012/
Luxury golden texture R-studio 2012
Druck und Bindung: AALEXX Buchproduktion GmbH, Großburgwedel
Printed in Germany
ISBN 978-3-8271-9550-0

Andreas Schmidt

BlutGrab

CW Niemeyer N

Der Roman spielt hauptsächlich in allseits bekannten Stätten des Bergischen Landes, doch bleiben die Geschehnisse reine Fiktion. Sämtliche Handlungen und Charaktere sind frei erfunden.

Über den Autor:

Andreas Schmidt ist verheiratet und Vater zweier Kinder, er lebt und arbeitet mit seiner Familie in Wuppertal. Die Leidenschaft für das Schreiben entdeckte er als Jugendlicher; so schrieb er als Schüler diverse Kurzgeschichten und arbeitete an Schülerzeitungsprojekten mit. Nachdem er zahlreiche Heftromane für große Verlage geschrieben hatte, gab er 1999 mit „In Satans Namen" sein Krimi-Debüt. 2002 gelang ihm mit „Das Schwebebahn-Komplott" der Durchbruch. Inzwischen sind sechs Wuppertal-Krimis, eine Anthologie sowie der Thriller „Mein ist die Nacht" erschienen. Seit 2008 ist er hauptberuflich als Autor und Texter für verschiedene Agenturen und Verlage sowie als Freier Redakteur tätig.

Mehr über Andreas Schmidt und seine Aktivitäten erfahren Sie unter www.andreasschmidt.org

Für meine Familie.
Ohne euch gäbe es dieses Buch nicht.

PROLOG

Es war ein ganz normaler Abend. Als er vor das Mietshaus trat, lag die Straße still und verlassen vor ihm. Ein kalter Wind wehte das Quietschen einer vorbeifahrenden Schwebebahn an seine Ohren. Er blieb im Hauseingang stehen und verharrte einige Sekunden.

Atmete tief durch.

Die feuchtkalte Luft roch nach Schnee.

Als er den Blick schweifen ließ, sah er den zu einem Stummel zurückgebauten Schornstein des Barmer Heizwerkes in den wolkenverhangenen Himmel ragen.

Die Kälte kroch ihm unter die Kleidung. Fröstelnd zog er den Reißverschluss seines Anoraks zu und stellte den Kragen auf.

Der Regen, der die Stadt in den letzten Stunden fest im Griff gehabt hatte, war nach Süden weitergezogen. Nun fegte ein eisiger Wind um die Häuserecken. Ihm konnte es recht sein. Er klemmte sich den Rucksack zwischen die Stiefel, zündete sich eine Zigarette an und paffte gedankenverloren den Rauch zum Himmel. Als er sich zum Haus umwandte, sah er, dass in zwei Fenstern trotz später Stunde noch das Licht brannte. Das Fenster der einen Wohnung gehörte zu einem einsamen Typen, der bei der Polizei arbeitete. In der anderen Wohnung hauste Alma Meyer, eine kauzige alte Frau, die nichts Besseres zu tun hatte, als den Putzplan für das Treppenhaus und die Einhaltung der Mittags- und Nachtruhe pedantisch zu überwachen. Das Recht, bei Verstößen der Mitmieter einzuschreiten, nahm sie sich einfach heraus. Immerhin wohnte Alma Meyer schon seit mehr als vierzig Jahren in dem Sechsparteienhaus.

Natürlich bewegten sich die Gardinen in ihrer Wohnung, kaum dass die schwere Haustür mit einem satten Geräusch ins Schloss gefallen war. Erwartungsgemäß tauchte Alma Meyers Silhouette hinter der Gardine auf. Sie schien ernsthaft zu glauben, dass man sie von hier unten aus nicht sah.

Doch es war ihm sogar recht, dass sie mitbekam, wie er das Haus verließ. Es war schließlich ein ganz normaler Abend. So sollte es zumindest für die Nachbarn aussehen. Ganz bewusst ließ er sie denken, dass er einmal mehr zur Spätschicht aufbrach, so, wie er es schon seit vielen Jahren tat.

Doch dieser Abend war anders.

Er würde sein Leben verändern.

Das ahnten die neugierigen Nachbarn jedoch nicht.

Nachdem er einige Züge an seiner Zigarette genommen hatte, warf er den Stummel achtlos in den Rinnstein. Der nahe gelegene Gulli gluckerte leise. Als die Glut in das Wasser fiel, zischte sie leise, dann hauchte die Zigarette ihr Leben aus. Es würde wahrscheinlich noch weitere Tote in den nächsten Tagen geben, durchzuckte es ihn. Doch er konnte keine Rücksicht nehmen. Für ihn konnte es nur besser werden. Er schulterte den Rucksack und marschierte die Straße hinunter. Fast körperlich konnte er dabei die Blicke von Alma Meyer spüren, die ihn verfolgten, bis er um die Straßenecke bog und ihrem Sichtfeld entschwunden war.

Während er den Fußmarsch zur Schwebebahnhaltestelle „Alter Markt" zurücklegte, bereitete er sich auf die kommende Nacht vor. Sie hatten alles gut durchdacht.

Eigentlich konnte nichts mehr schiefgehen, und in wenigen Stunden würde ein neues Leben für ihn beginnen. Das kalte Licht im Eingangsbereich der Schwebebahnstation blendete ihn. Mit der Rolltreppe fuhr er zum Bahnsteig hinauf. Ein junges Pärchen hockte auf einer Bank; sie saß auf seinem Schoß und hatte einen Arm um seine Schulter geschlungen. Das Mädchen, er schätzte sie auf siebzehn Jahre, blickte kurz auf, dann barg es seinen Kopf wieder am Oberkörper des Freundes, der stur auf den Bahnsteig starrte, als hätte er dort etwas Bewegendes entdeckt.

Ein Betrunkener lehnte an dem orangefarbenen Fahrkartenautomaten.

Alles lief gut, niemand schenkte ihm mehr als die nötige Aufmerksamkeit. Sie würden ihn bald schon wieder vergessen haben, so, wie er sie vergessen würde.

Die Schwebebahn in Richtung Elberfeld näherte sich. Ratternd öffneten sich die vier Türpaare, und er bestieg den leicht an Gerüst pendelnden Zug, um sich auf einen der Hartschalensitze in Fensternähe zu setzen. Die Bahn war relativ leer, kein Wunder, war es doch ein ganz normaler Wochentag, und viele Menschen waren längst zu Hause. Nachtschwärmer traf man nur am Wochenende an.

Mit einem leisen Surren der Triebwerke auf dem Dach der Bahn setzte sich der Zug in Bewegung.

Er sank in die Lehne des Sitzes und schloss die Augen.

Sein neues Leben konnte beginnen.

EINS

Mit einem dumpfen Knall schlug die Kneipentür hinter dem alten Mann zu und schnitt das Stimmengewirr und Gelächter ab. Das Blut rauschte in seinen Ohren, und erst jetzt bemerkte er, dass er betrunken war. Noch vor wenigen Minuten, als er mit den anderen an der Theke der Altherren-Kneipe gestanden und gezecht hatte, war es ihm gut gegangen. Doch jetzt, als er an der frischen Nachtluft stand, war ihm, als hätte ihm ein Unsichtbarer eins übergebraten. Unsicher stand Hans Halbach an der obersten der drei flachen Stufen, die Kneipentür und Bordstein voneinander trennten, und umklammerte den eisernen Handlauf.

Er war nicht betrunken – er war sternhagelvoll, und die Wirkung des Alkohols entfaltete sich erst hier draußen. Obwohl er Probleme hatte, das Gleichgewicht zu halten, war es gut so wie es war. Hans Halbach hatte seine Freunde, die er schon seit vielen Jahrzehnten kannte, getroffen und sich mit ihnen betrunken. Das kam nicht allzu oft vor, und dennoch hatte niemand der anderen gefragt, warum er ausgerechnet heute, an einem Freitagabend, so viel trank. Natürlich, er war Rentner und musste nicht mehr früh raus, zudem war Wochenende, doch wirklich interessiert hatte sich niemand für den Grund seines Besäufnisses.

Vielleicht, sinnierte Halbach in seinem vom Alkohol vernebelten Gehirn, war es auch gut so.

Es ging sie nichts an.

Es war sein Ding.

Und er war niemandem Rechenschaft schuldig. Jetzt schon gar nicht mehr.

Erst heute Morgen war er beim Arzt gewesen. Doktor John hatte ihm mit ernster Miene eröffnet, dass er sich über den Tumor, der in der Leber seines Patienten entdeckt worden war, ernsthafte Sorgen machte. Dringend sollte sich Halbach zur Behandlung ins Klinikum begeben. Sicherlich konnte man ihm helfen, zumindest sein Leben verlängern.

Für einen unbestimmten Zeitraum zwar, aber immerhin: Es bestände Hoffnung.

Halbach registrierte, dass sich Tränen in seinen Augen sammelten, die er mit einer hektischen Handbewegung fortwischte. Prompt musste er wieder gegen den Schwindel ankämpfen.

In der Arztpraxis war ihm gewesen, als hätte man ihm den Boden unter den Füßen weggezogen. Erst hatte er an den Worten des Arztes gezweifelt, sie für einen makabren Scherz gehalten, doch an der verschlossenen Miene von Doktor John hatte er gesehen, dass die Situation ernst war.

Es besteht Hoffnung, hallten die Worte seines Hausarztes in ihm nach. Obwohl er Doktor John seit vielen Jahren kannte und vertraute – diesmal hatte der Mediziner gelogen, das hatte Halbach verspürt. Was war das für eine Behandlung? Eine Operation, die sicherlich nicht ohne Risiken ablief, eine Bestrahlung, womöglich noch eine anschließende Chemotherapie, die seinen vom Krebs geschwächten Körper noch weiter zerfraß und den Tod schließlich begünstigte. Oft genug hatte Halbach Zeitgenossen erlebt, die an den Folgen der Therapie elendig verreckt waren.

Nein, das wollte er sich nicht antun.

Niemand würde um ihn weinen, dachte er verbittert. Seine Frau Ilse war schon seit vielen Jahren tot, und Kinder hatten die beiden nie gehabt. Verwandte gab es so gut wie keine mehr – also bitte! Wer scherte sich schon um einen alten Mann?

Niemand, und so nahm er sich die Freiheit, zu wählen. Nein, er würde sich nicht zur Behandlung ins Krankenhaus begeben, um diesen vermeintlichen Halbgöttern in Weiß als Versuchskaninchen zu dienen. Er war Kassenpatient, somit blieb ihm die bevorzugte Behandlung durch Spitzenmediziner und mit besonderen Medikamenten versagt. Und elendig zu verrecken, das hatte Halbach nun wirklich nicht vor. Somit hatte seine Entscheidung schnell festgestanden: Er würde jegliche Behandlung ablehnen und irgendwann an den Folgen der Krankheit sterben.

Früher oder später, aber sein Schicksal legte der alte Mann mit dieser folgenschweren Entscheidung in die Hände Gottes.

Immerhin, so machte er sich Mut, starb er dann aber an den Folgen der Krankheit und nicht an den Folgen der Behandlung, die ihm nur eine Linderung auf Zeit versprachen. Heilbar war Krebs in den wenigsten Fällen, so viel wusste Halbach, der schon viele seiner Freunde durch die heimtückische Krankheit verloren hatte. Er war im Vollbesitz seiner geistigen Kräfte gewesen, als er den Entschluss gefasst hatte, wenigstens die letzten Wochen und Monate seines Lebens zu genießen.

Und deshalb hatte er heute mehr als üblich getrunken, als er sich zur Herrenrunde in der Kneipe eingefunden hatte. Doch niemand hatte ihn gefragt, ob es einen Grund dafür gab, ein sicheres Zeichen dafür, wie egal er den anderen Männern war.

Verbittert schritt Hans Halbach die Steinstufen hinab. Unten angekommen, überzog der feine Nieselregen seine Kleidung mit einem feuchten Netz, das ihn erschaudern ließ. Ein eisiger Wind fegte ihm ins Gesicht. Der alte Mann schlug den Kragen seiner abgewetzten Jacke hoch, schob die Hände in die Hosentaschen und überquerte die verlassen daliegende Lüttringhauser Straße.

Er wandte den Kopf nach rechts. Schräg gegenüber schleuderte die Schaufensterbeleuchtung des Matratzen-Discounters ihr kaltes Licht in die Nacht. Früher hatte sich an dieser Stelle ein Autohaus befunden, und nachdem die Immobilie lange Zeit leer gestanden hatte, war im Erdgeschoss einer dieser Billigmärkte für Matratzen eingezogen.

Die Dinger schossen wie Pilze aus dem Boden, dachte Halbach mit gerümpfter Nase.

Links neben dem Ladenlokal zweigte eine kleine, nur spärlich beleuchtete Straße ab, die Zandershöfe. Halbach zögerte. Nachts machte die kleine Straße keinen sehr einladenden Eindruck, und dennoch beschloss er, die Abkürzung zu nehmen.

Die Kriminalitätsrate war in diesem Stadtteil Wuppertals überschaubar, und sicherlich würde ihm heute niemand eins überbraten, dachte er, als er losmarschierte.

Wer sollte sich schon an einem alten, betrunkenen Mann vergreifen?

An einem schwer kranken alten Mann, fügte er in Gedanken hinzu, während sein Blick über die unansehnlichen Reste des alten Autohauses strich.

Abweisend erhob sich auf der gegenüberliegenden Straßenseite die ehemalige Mützenfabrik wie eine Trutzburg in die Höhe. Staubblinde Fenster und bröckelnder Putz an der Fassade.

Nur unter dem Dach des alten Gebäudes gab es noch Leben – hier hatte sich ein Chor sein Vereinsheim eingerichtet. Doch um diese Zeit lagen die Sänger längst schon in ihren Betten.

Halbach befand sich auf der rechten Seite der kleinen Einbahnstraße und betrachtete die ehemalige Autowerkstatt. Inzwischen hatten sich hier einige kleinere Unternehmen eingemietet.

Menschenleer lag die Straße vor Hans Halbach, und er war froh, dass sich der Schleier, der sich über seine Gedanken gelegt hatte, langsam lichtete. Noch immer ein wenig unsicher auf den Beinen, schritt er an den geparkten Fahrzeugen vorüber. Der Regen perlte im Licht der Straßenlaternen auf den Blechdächern.

Wenige Meter weiter bemerkte er einen Kombi, der mitten auf der Straße parkte. Die große Heckklappe stand offen, und die Rücklichter warfen ihren rot glühenden Schein auf den nassen Asphalt. Ein Mann saß, so hatte es den Anschein, hinter dem Steuer. Worauf wartete er?

Halbach verlangsamte seine Schritte und duckte sich an eine Hauswand. Etwas weiter gab es den Glas- und Altpapiercontainer. Entsorgte um diese Zeit noch jemand seinen Müll?

Halbach lauschte und stellte fest, dass das typische Klirren von Glas und das blecherne Scheppern der Containerklappen ausblieben.

Was hatte das zu bedeuten?

Der alte Mann schlich ein paar Meter weiter und versuchte, den Schatten nicht zu verlassen. Dann duckte er sich hinter einen großen Holunderbusch. Von hier aus konnte er die Container beobachten. Die Tatsache, dass weit und breit kein Mensch zu sehen war, verstärkte seinen Verdacht, dass hier etwas faul war.

Halbach wunderte sich, wie gut sein vom Alkohol benebeltes Gehirn plötzlich funktionierte.

Seine Sinne waren geschärft, und in diesem Moment vergaß er sogar die heimtückische Krankheit, die bald schon sein Leben verändern, nein, die sein Leben beenden würde. Nun tat sich etwas. Zwei dunkel gekleidete Gestalten erschienen auf der Bildfläche. Beide trugen schwere Holzkisten und stöhnten unter der Last, die sie zum bereitstehenden Wagen schleppten.

Halbach fragte sich, woher die beiden Männer kamen. Er wunderte sich, dass sie Sturmhauben trugen. So etwas kannte er nur aus dem Fernsehen, wenn über einen Banküberfall berichtet wurde. Aber hier gab es weit und breit keine Bank.

Nur das alte Amtsgericht, aber das denkmalgeschützte Gebäude barg sicherlich keine Wertgegenstände. Im vorderen Bereich gab es zwar eine kleine Polizeidienststelle, die allerdings nur tagsüber besetzt war. Der hintere Trakt des Baus stand schon seit vielen Jahren leer – also, was schleppten die schwarzen Gestalten dort heraus?

Halbach trat einen halben Schritt aus dem Schatten, um sich davon zu überzeugen, dass die Männer tatsächlich aus dem alten Gerichtsgebäude kamen. Der Hintereingang lag ein wenig abseits von der Straße unter einem Vordach. Tatsächlich, die Tür stand offen.

Halbachs Herzschlag beschleunigte sich. Was ging hier vor?

Obwohl er der Überzeugung war, dass es in dem alten Amtsgericht nichts zu holen gab, setzte er mutig einen Fuß in den Lichtkegel der Straßenlaterne.

Die Männer hatten ihn noch nicht bemerkt. Sie standen mit dem Rücken zu ihm und waren gerade damit beschäftigt, die beiden Holzkisten in den Kombi zu verfrachten. Während dieser Aktion herrschte eine geradezu gespenstische Stille in der kleinen Straße.

„He - was tun Sie denn da?", krächzte Hans Halbach in die Stille hinein.

Die Männer fuhren auf und wirbelten herum. Während einer der beiden schon die Heckklappe zuschlug und zur Beifahrertür hechtete, zog sein Komplize eine Pistole. Die Mündung zeigte geradewegs auf den alten Mann.

Halbach glaubte zu träumen. Er wollte zurückweichen, Schutz hinter einem der Container am Straßenrand suchen, als er sah, wie das Mündungsfeuer aufblitzte.

Im gleichen Augenblick schien sein Brustkorb von innen heraus zu explodieren. Mit weit aufgerissenen Augen berührte er die Stelle, an der ihn die Kugel getroffen hatte. Blut klebte zwischen seinen gespreizten Fingern, und er stöhnte gequält unter der Hitze auf, die sich rasend schnell in seinem Körper ausbreitete.

Die Kraft wich schnell aus dem von der Krankheit geschwächten Körper des alten Mannes. Im Zeitlupentempo ging Halbach zu Boden. Er sah noch, wie der Schütze sich in den Fond des Kombi fallen ließ. Der Fahrer hatte inzwischen den Motor gestartet und gab nun Vollgas. Mit quietschenden Reifen verschwand der Kombi aus Halbachs Sichtfeld.

Der alte Mann versuchte noch, sich das Kennzeichen einzuprägen, als er Blitze vor seinen Augen sah und das Leben aus ihm wich. Er hatte eine gute Entscheidung getroffen, die strapaziöse Krebsbehandlung abzulehnen, dachte er noch, während er in ein tiefes schwarzes Loch fiel.

*

In einem irrwitzigen Tempo raste der Audi Avant durch die verlassenen Straßen von Remscheid-Lüttringhausen, dann war das Ortsausgangsschild passiert. Die letzte größere Ortschaft, gleich würde es über einsame Landstraßen tiefer ins Bergische Land gehen. Seine Nerven waren zum Zerreißen angespannt, und er spürte, wie das Blut in seinen Adern pochte. Es hatte bei dem Bruch in die Polizeiwache einen Toten gegeben. Achim Fritz hatte keine Sekunde gezögert, als der alte Mann sie nach dem Einbruch ins alte Gerichtsgebäude angesprochen hatte. Mit einem einzigen Schuss hatte er das Leben des Mannes beendet.

Ein Toter, der nicht geplant war. Nun war aus einem Einbruchdiebstahl ein Mord geworden.

„Du verdammter Idiot“, brüllte er wütend, während seine Hände auf dem Lederlenkrad des Kombi ruhten. Die dunklen Häuserzeilen schienen an ihnen vorüberzufliegen. Er warf seinem Komplizen, der auf dem Rücksitz des Kombi hockte, über den Innenspiegel einen vernichtenden Blick zu. „Niemand hat gesagt, dass du den alten Knacker umpusten sollst!“

„Rede keinen Stuss!“, bellte der Mann im Fond des Kombi zurück. „Keine Zeugen, darüber waren wir uns vorher im Klaren. Also – welche Wahl hatte ich, als wir von dem Opa angequatscht wurden? Er wird nichts mehr verraten, und das muss genügen.“ Fritz, ein dunkelhaariger Hüne, der auf den ersten Blick als Südländer durchging, winkte ab.

„Ich fasse es nicht.“ Er schüttelte den Kopf und wäre beinahe in eine Radarfalle gerast. Im letzten Moment trat er auf das Bremspedal und drosselte das Tempo. „Da knallst du einen alten Mann ab.“

„Wir haben Regeln, und an diese Regeln halte ich mich.“ Achim Fritz nestelte am Kragen seines schwarzen Pullovers herum. „Ich frage dich nicht um Erlaubnis, um mich an die Regeln zu halten, die wir lange vorher festgelegt haben."

Am liebsten hätte er am Straßenrand angehalten und Fritz aus dem Wagen geworfen. Hier, zu später Stunde und mitten in der Pampa. Doch dann musste er damit rechnen, dass der Typ bei den Bullen auspackte. Natürlich würde er sich dann auch vor einem Richter verantworten müssen, aber er würde seine Freunde hochgehen lassen, daran zweifelte er keine Sekunde.

Er warf Michels, der offenbar gelangweilt auf dem Beifahrersitz hockte und aus dem Fenster stierte, einen flüchtigen Blick zu. „Sag du doch auch mal was."

Bernd Michels, ein Mann wie ein Kleiderschrank, grunzte. „Was willst du hören? Dumm gelaufen. Der Alte ist tot, aber wir konnten unerkannt entkommen. Also bitte – das Opfer war es wert." Nun grinste er. „Und es wird nicht die letzte Leiche sein, die unseren Weg zum Reichtum pflastert, darüber waren wir uns im Vorfeld schon im Klaren, Alter. Also kack dich nicht an."

Während er den Audi über die kurvenreichen Landstraßen in Richtung Radevormwald steuerte, dachte er nach. Es war nicht gut gelaufen. Zwar hatten sie gute Beute gemacht und konnten nun mit ihrer Mission beginnen, aber, nein, es war nicht gut gelaufen. Und zum ersten Mal wurde er sich darüber bewusst, dass noch mehrere Menschen ihr Leben verlieren würden.

Wuppertal-Barmen, An der Bergbahn, 1.25 Uhr

Ulbricht erwachte von seinem eigenen Schnarchen und fluchte ungestüm, als er feststellte, dass er sich getäuscht hatte: Es war nicht sein Schnarchen, sondern das Klingeln des Telefons gewesen, das ihn geweckt hatte. Wie so oft war er nach Dienstschluss in seine Wohnung an der Straße Zur Bergbahn gefahren, hatte sich eine Alupackung Lasagne in den Backofen geschoben, geduscht und danach ferngesehen, um mit der Lasagne im Bauch und drei Flaschen Bier die nötige Bettschwere zu bekommen.

Während die Nudeln ihm schwer wie ein Betonklotz im Magen gelegen hatten, war ihm das Einschlafen schwergefallen, und so hatte sich Ulbricht stundenlang im Bett herumgewälzt und dem Regen gelauscht, der stakkatoartig gegen sein Schlafzimmerfenster getrommelt hatte. Irgendwann, es musste inzwischen längst nach Mitternacht gewesen sein, war er in einen tiefen und traumlosen Schlaf gefallen.

Der Hauptkommissar blinzelte zum altmodischen Wecker mit den rot glühenden Quarzziffern. Halb zwei Uhr in der Früh - das konnte nichts Gutes zu bedeuten haben.

„Warum immer ich?“, brummte er schlecht gelaunt, als er die Bettdecke zur Seite stieß und so schnell wie möglich in den dunklen Flur seiner Wohnung stapfte. Hier steckte das Telefon in der Ladestation.

„Lasst einem alten Mann doch ein einziges Mal seine Nachtruhe“, jammerte er ins Telefon, nachdem er die restliche Müdigkeit abgeschüttelt hatte.

„Es tut mir leid, Hauptkommissar.“

Frank „Brille“ Heinrichs, sein nerviger Assistent, klang putzmunter.

Der Typ wirft sich doch irgendwas ein, wenn der immer fit wie ein Turnschuh ist, dachte Ulbricht verächtlich. Aufputschmittel, weiß der Geier.

Während er selber sein festes Schlafpensum benötigte, schien dieser nervige Jungspund niemals zu ruhen. Und noch etwas war Ulbricht aufgefallen: Es war kein gutes Zeichen, wenn Heinrichs die Anrede „Chef" oder „Hauptkommissar" wählte - so viel hatte Ulbricht in der Zeit ihrer Zusammenarbeit längst kapiert.

„Spucken Sie es aus, und verschonen Sie mich mit allem Unwichtigen", grollte Ulbricht, bevor er herzhaft gähnte.

„Ein Mann wurde auf offener Straße erschossen, der oder die Täter konnten unerkannt entkommen."

„Wie schön. Oberbarmen also." Ulbricht hatte in den letzten Jahren gelernt, dass die Hemmschwelle, ein Verbrechen zu begehen, in Oberbarmen am geringsten war, warum auch immer.

„Nein, nicht wirklich. Unser Toter liegt in Ronsdorf."

Ronsdorf, gehörte das überhaupt noch zu Wuppertal? Eigenartiges Bergvolk. „Wenigstens mal was anderes." Ulbricht wanderte mit dem Telefon am Ohr durch die dunkle Wohnung.

„Noch etwas, Chef."

„Sagen Sie nicht immer..."

„Chef, ich weiß - entschuldigen Sie. Also - es gibt noch etwas: Der Mordanschlag kann mit einem Einbruchsdelikt zusammenhängen. Die Kollegen fanden Einbruchspuren an der Hintertür des alten Amtsgerichts."

„Also hat jemand um jeden Preis verhindern wollen, dass man ihn beim Einbruch erwischt", kombinierte Ulbricht, der inzwischen im Wohnzimmer angelangt war und auf die Sessellehne sank. Der Duft von kaltem Rauch und den Resten der Lasagne hing schwer im Raum. Ulbricht sprang auf und öffnete die Balkontür, um zu lüften. Es war eine eisige Nacht, und der Wind blähte die Gardinen auf, die seine Frau vor Jahrzehnten liebevoll von Hand genäht hatte.

„Den Anschein hatten die Kollegen von der Kriminalwache auch, die schon vor Ort sind und gerade den ersten Angriff fahren." Heinrichs räusperte sich am anderen Ende der Leitung. „Aber Sie haben doch darauf bestanden, informiert zu werden, falls es ein Tötungsdelikt gibt."

„Ja, ich weiß, zu jeder Tag- und Nachtzeit, ich erinnere mich." Wieder gähnte Ulbricht und bereute, diese verdammte Anweisung gegeben zu haben. Er sog die frische Luft tief in seine Lungen ein und schüttelte den Rest seiner Müdigkeit ab. „Also gut, ich komme raus. Aber, nur um das festzuhalten: Als ich die Anweisung, mich rund um die Uhr anzurufen, erteilt habe, war ich gefühlte dreißig Jahre jünger." Ulbricht ließ sich die Anschrift des Leichenfundortes geben und unterbrach die Verbindung. Danach begab er sich ins Bad und wusch sich das Gesicht mit kaltem Wasser, bevor er in die Kleidung schlüpfte, die auf dem kleinen Hocker neben der Badewanne immer für solche Fälle bereitlag. Die Nacht war vorbei, daran gab es nichts zu rütteln. Als Ulbricht keine zehn Minuten später vor das Haus trat und ihm ein dicker Regentropfen in den Nacken rann, überlegte er, einen Antrag auf vorzeitige Pensionierung zu stellen. Vielleicht war er wirklich langsam zu alt für solche Aktionen.

ZWEI

Obwohl es nachtschlafende Zeit war, hatten sich bei Ulbrichts Eintreffen in der kleinen Seitenstraße zahlreiche Schaulustige eingefunden. Sogar ein Pressefotograf huschte herum und schoss seine Aufnahmen. Die Kollegen von Streifendienst und Kriminalwache hatten großflächig Absperrband gespannt, das im Wind flatterte. Da die Einfahrt in die Zandershöfe mit einem quer zur Fahrtrichtung geparkten Streifenwagen versperrt war, parkte Ulbricht den alten Vectra hinter dem blausilbernen Passat Variant. Blaulicht zuckte durch die Nacht, und kaum dass Ulbricht einen Fuß aus dem Auto gesetzt hatte, legte sich der Nieselregen auf Gesicht und Kleidung. Mit einer angewiderten Miene schlug er den Kragen seiner wetterfesten Jacke hoch. Das gute Stück hatte er im letzten Herbst von Maja Klausen geschenkt bekommen, nachdem sein geliebter bügelfreier Columbo-Trenchcoat zu dünn geworden war.

Ein junger Streifenbeamter trug Sorge dafür, dass kein Unbefugter über das Absperrband kletterte. Als er Ulbricht erkannte, schlug er militärisch die Hacken zusammen und drückte das Flatterband herunter.

„Schleimer", kam es über Ulbrichts Lippen. Die Hände hatte er in den Hosentaschen versenkt, als er auf Heinrichs zutrat, der sich - natürlich - längst am Tatort befand.

Die markante Brille mit dem blauen Rahmen, die Heinrichs seinen Spitznamen eingebracht hatte, war von Regentropfen gesprenkelt. Ansonsten war seine Kleidungsordnung perfekt - er trug einen leichten

Anzug und darüber einen hüftlangen Mantel. Nur die Krawatte hatte, wohl aufgrund der frühen Stunde, im Schrank bleiben dürfen. Seine blonden Haare hingen ihm strähnig ins gerötete Gesicht, doch er versuchte den Regen zu ignorieren, so gut es ging.

„Scheißwetter“, begrüßte Heinrichs seinen Vorgesetzten und erhielt als Antwort nur ein zustimmendes Brummen.

Als Ulbricht sich umblickte, sah er Männer, die damit beschäftigt waren, großes Stativ aufzustellen. Danach setzten sie eine kompliziert wirkende Kamera darauf. Als sie Ulbricht sahen, nickten sie ihm zu, bevor sie sich wieder ihrer Arbeit widmeten.

Ulbricht wandte sich seinem Assistenten zu. „LKA?“

„Na klar, Chef.“

Ulbricht hasste es, wenn „Brille“ Heinrichs ihn so nannte. Ein missmutiger Laut kam über seine Lippen, während er sich fragte, ob die Kollegen aus Düsseldorf hierher geflogen waren.

„Was soll das Ding hier?“

„Das ist eine Spheron-Kamera“, belehrte Heinrichs seinen Vorgesetzten mit wichtiger Miene.

„Das weiß ich selber“, ranzte Ulbricht ihn an. „Ich habe gefragt, was die mit dem Ding hier wollen.“

„Ich habe sie angefordert. Mit den 360 Grad-Aufnahmen der Kamera können wir uns den Tatort noch mal ganz in Ruhe im Büro ansehen und vielleicht den Tathergang rekonstruieren.“

„Was gibt es da zu rekonstruieren?“, blaffte Ulbricht. Ihm waren die neuesten technischen Errungenschaften ein Gräuel. Während die meist jüngeren Kollegen auf den technischen Schnickschnack schworen, war Ulbricht anders veranlagt: Für ihn war die kriminalistische Arbeit ein Handwerk, und in den letzten Jahren hatte er zig Verbrecher auch ohne modernste Technik, die nur Steuergelder kostete, gefangen.

Während Ulbricht noch überlegte, „Brille" Heinrichs wegen des eigenmächtigen Handelns eine Rüge zu erteilen, murmelte er: „So wie ich das sehe, ist der Ablauf klar: Der alte Mann erwischt Einbrecher, spricht sie womöglich an. So was nannte man früher Zivilcourage, gibt es aber heutzutage nicht mehr, Heinrichs. Die Täter wollen den ungebetenen Zeugen ausschalten und schießen auf ihn. Offenbar nehmen sie seinen Tod dabei billigend in Kauf und flüchten. Der alte Mann stirbt und kann uns keine Fragen mehr beantworten. Damit haben die Schweine erreicht, was sie wollten."

Heinrichs nickte eifrig. „Ja... aber", wagte er dann einen Einspruch, wurde aber gleich wieder von seinem Vorgesetzten unterbrochen.

„Spurensicherung schon fertig?"

„Fertig nicht, aber die Kollegen nehmen sich gerade das Gebäude, in dem eingebrochen wurde, vor."

„Ist doch prima."

Ulbricht ließ sich von Heinrichs über den „Trampelpfad" zu dem Toten führen. Diese Pfade nutzten alle Anwesenden bei der Tatortarbeit, um nicht unnötig viele Spuren zu hinterlassen. Ulbricht ging neben dem Toten in die Hocke.

Heinrichs trat neben ihn und rasselte emotionslos die Fakten herunter. „Hans Halbach, 76 Jahre alt, wohnhaft in der Straße In der Krim, das liegt gleich hier um die Ecke. So wie es aussieht, war er nach einem Saufgelage auf dem Heimweg, als es ihn traf."

„Heinrichs – verkneifen Sie sich solche Ausdrücke!" Ulbricht blickte vorwurfsvoll zu seinem Assistenten auf. „Oder trinken Sie niemals einen über den Durst?"

Prompt murmelte „Brille“ Heinrichs eine Entschuldigung. Verlegen nahm er seine Brille ab und wischte die Gläser mit einem geblümten Stofftaschentuch trocken. Seine kleinen, aber hervorquellenden Augen erinnerten Ulbricht an das Gesicht eines Maulwurfes.

Er widmete sich dem Toten. Die trotz des Alters noch dichten grauen Haare standen wirr vom Schädel des Leichnams ab. Seine Haut war aschfahl, Altersflecken überzogen die runzelige Gesichtshaut des alten Mannes. Eine Handbreit unter dem Herzen erblickte Ulbricht die Einschusswunde. Blut war ausgetreten und hatte die Kleidung in Mitleidenschaft gezogen. Der Tote trug eine graue Stoffhose; die schwarzen Schuhe glänzten im Licht der aufgestellten Scheinwerfer. Ein braunes Hemd, eine dunkelbraune Weste und ein dunkelgrauer Anorak, dessen gefütterter Stoff längst durchnässt war.

Ältere Herren kleiden sich eben etwas dezenter, dachte Ulbricht und ging in Gedanken den Inhalt seines eigenen Kleiderschranks durch.

„Er hatte übrigens Krebs im Endstadium.“ Heinrichs hatte die Brille wieder auf der Nase und wippte mit den Füßen.

„Woher wissen wir das? Hat der Amtsarzt das bei der Leichenschau diagnostiziert?“

„Brille“ Heinrichs schüttelte den Kopf. „Leberkrebs“, bemerkte er und hielt einen durchsichtigen Asservatenbeutel in die Höhe. Darin befand sich eine braune Brieftasche aus brüchigem Leder. „Das sind die Papiere des Toten. Darunter haben wir auch den Bericht des Arztes gefunden, der die Diagnose enthält. Datiert auf heute…“ Er blickte auf die Armbanduhr, „auf gestern“, korrigierte er sich dann schnell.

„Ein schneller Tod für diese scheiß Krankheit." Ulbricht stemmte sich in die Höhe. Er schaute sich um und erblickte ein altes Gebäude, dessen Hintertüre offen stand. Der Rasen davor war ebenfalls mit Scheinwerfern ausgeleuchtet. Durch die Fenster sah Ulbricht Männer in weißen Einmalanzügen. „Was ist das für ein alter Kasten?"

„Das alte Amtsgericht von Ronsdorf. Seit 1932 fand da kein Prozess mehr statt, im Krieg hatten dort die Nazis ihr Revier. Deshalb nennen es die alten Ronsdorfer nur ‚das braune Haus'."

„Sie scheinen sich auszukennen", stellte Ulbricht fest und rang sich ein anerkennendes Grinsen ab.

Heinrichs zuckte die Schultern. „Meine Familie kommt aus Ronsdorf. Damals hat mein Opa mir immer Gruselgeschichten erzählt. Er wollte mich da drin einsperren, wenn ich nicht aufhöre, Unfug zu machen."

„Hätte er mal besser. Und was ist da jetzt untergebracht? Sieht ziemlich heruntergekommen aus, der Bau."

„Gehört der Stadt, und die ist bekanntlich pleite. Trotzdem ist das alte Gericht denkmalgeschützt, was eine Instandhaltung zusätzlich erschwert."

„Heinrichs…", drängte Ulbricht. „Lassen Sie sich nicht jeden Popel einzeln aus der Nase ziehen!"

„Brille" Heinrichs räusperte sich. „Oben ist das Seniorenhilfswerk untergebracht, es gibt einen Versammlungsraum, in dem sich das Rote Kreuz trifft, und unten gibt es eine kleine Polizeidienststelle."

Beim letzten Wort war Ulbrichts Neugier erwacht.

Doch der junge Kommissar winkte ab. „Ist nur noch tagsüber besetzt, die Wache. In den Nachtstunden übernehmen die Kollegen aus dem Polizeipräsidium den Bezirk."

„Hm." Ulbricht nickte und sah den Männern vom Bestattungsinstitut nach. „Wer hat unseren Toten gefunden?"

„Eine junge Frau, die mit dem Hund unterwegs war." Heinrichs zog einen Zettel hervor. „Gerlinde Hermanns. Sie wohnt hier in der Straße, Hausnummer 22, das ist gleich da vorn."

„Und niemand hat den Schuss gehört?", wunderte sich Ulbricht.

Kopfschütteln. „Offensichtlich nicht. Vielleicht haben die Täter eine Waffe mit Schalldämpfer genutzt. Gefunden haben wir eine Patronenhülse. Neun Millimeter, kann also fast alles sein. Ich werde die Hülse zum BKA schicken, die sollen einen Abgleich durchführen."

„Die Täter?", hakte Ulbricht nach.

„Ja, so wie es aussieht, handelt es sich um zwei an der Tat beteiligte Männer, darauf deuten die gefundenen Schuhabdrücke hin. Schweres Schuhwerk oder Stiefel, Größe 44 und 46, demnach haben wir es mit großer Wahrscheinlichkeit mit Männern zu tun."

„Lassen Sie die Abdrücke beim BKA abgleichen."

„Habe ich schon veranlasst."

Heinrichs macht sich so langsam, fand Ulbricht und gab sich Mühe, seine Anerkennung für den Jungspund zu verbergen. Das Bundeskriminalamt in Wiesbaden führte eine Datensammlung zahlreicher Schuhprofile, die Rückschluss auf die Produktionszeit, das Fabrikat und möglicherweise auch auf den Schuhhandel gab und unter Umständen zum Täter führen konnte.

Ein Leichenwagen rollte bis zur Sperrlinie vor. Zwei übermüdet wirkende Männer in schlecht sitzenden, schwarzen Anzügen stiegen aus. Während der Fahrer mit einer jungen Streifenpolizistin redete und sich einweisen ließ, schrieb sein Kollege eine SMS und grinste dabei blöde.

Soviel zum Thema Pietät, dachte Ulbricht und wandte sich zu seinem Assistenten um. „Was ist mit seiner Familie? Gibt es Verwandte, die informiert werden müssen?“

Heinrichs schüttelte den Kopf. „Nein, er war Witwer.“

„Ein kleiner Trost - immerhin“, murmelte Ulbricht. „Ich bin gespannt, was uns die Kollegen vom Einbruchsdezernat erzählen können.“ Er ließ seinen Assistenten stehen, versenkte die Hände wieder in den Hosentaschen und stapfte über den schmalen Weg, der über die Wiese zum Hintereingang des ehemaligen Gerichts führte. Die Steinplatten waren längst vom Rasen überwuchert, und Ulbricht musste achtgeben, nicht auszurutschen. Nur die Rasenkantensteine ragten noch aus dem Grün heraus. Und hier und da Tretminen von Hunden, die das kleine Grünstück hinter dem Gebäude als Hundeklo nutzten.

Amtsgericht, verbesserte er sich in Gedanken. Ronsdorf hatte mal ein Amtsgericht. Man lernt eben nie ganz aus.

Der Hintereingang befand sich in einem flachen Anbau des klobigen Gebäudes, dessen Rückseite mit Efeu bewachsen war. Oben erkannte Ulbricht sogar vergitterte Fenster, anscheinend die Haftzellen.

Über eine kleine Treppe gelangte er zu der offen stehenden Tür. Die Einbruchspuren waren offensichtlich - mit roher Gewalt hatten sich die Eindringlinge Zutritt verschafft. So wie es aussah, war die Tür mit einem Stemmeisen geöffnet worden. Das wurmstichige Holz des Türblattes hatte wohl schnell nachgegeben. Neben dem Eingang gab es drei Klingelknöpfe.

Auf dem mittleren Namensschild entzifferte er die verwitterte Aufschrift „Tiefbauamt" und fragte sich, bis wann die Behörde wohl hier untergebracht war. Ulbricht wandte sich auf dem kleinen Podest, auf dem er stand, zur Straße um. Dichtes Buschwerk bildete einen perfekten Sichtschutz vor ungebetenen Zuschauern.

Warum also hatte der alte Mann sterben müssen?

Ulbricht atmete tief durch und betrat das Gebäude. Auch drinnen verdrängten die Scheinwerfer jeden Schatten. Ulbrichts Augen brauchten einen Augenblick, bis sie sich an das gleißende Licht gewöhnt hatten. Muffiger Geruch schlug ihm entgegen. Er rümpfte die Nase und ließ den Blick schweifen. Das Gerümpel, das hier offenbar vor Jahren eingelagert worden war, erwies sich bei näherem Hinsehen als womöglich wertvolles Antiquariat. So streifte Ulbrichts Blick einen uralten Küchenofen, eine hölzerne Anrichte und sogar eine Wäscheschleuder aus den 1950er-Jahren. So ein Ding hatte seine Mutter im Keller stehen gehabt, um die Wäsche wenigstens ansatzweise zu trocknen. Ohne Wäscheleine war sie jedoch trotzdem nie ausgekommen.

„Da denkst du an nichts Böses…"

Die sonore Stimme eines hünenhaften Kerls in Cargohosen und Fleecepulli riss Ulbricht jäh aus den Erinnerungen.

„Karl", rief er und grinste breit. Vor ihm stand Hauptkommissar Karl Kegelmann, Chef des Einbruchsdezernates. Obwohl er in Ulbrichts Alter war, kleidete er sich im Gegensatz zu ihm sportlich und wirkte so zehn Jahre jünger als der Leiter des KK 11. Die Männer schüttelten sich die Hände.

„Endlich mal eine spektakuläre Sache?"

Schulterzucken. „Das musst du rausfinden, Norbert."

Ulbricht nickte. „Das werde ich. Also – wie beurteilst du die Lage?"

„Wenn du mich fragst, musste der arme Teufel draußen sterben, weil er die Schweine überrascht hat." Karl Kegelmann runzelte die Stirn.

„Dann verrat du mir doch mal, was man aus so einem alten Kasten hier zocken kann", erwiderte Ulbricht und blickte sich um. „Ich meine, hier gibt es offensichtlich keine Werte, wenn man mal von den ollen Möbeln absieht. Die Hütte ist nichts als ein Unterschlupf für Penner bei diesem Dreckswetter." Er fröstelte und rieb die Hände aneinander. Im grellen Scheinwerferlicht sah er seinen eigenen Atem. Ihm graute schon jetzt vor dem Winter – Ulbricht hasste Frieren wie die Pest.

„Das sagst du so in deinem jugendlichen Leichtsinn."

„Wie meinst du das?"

Kegelmann blickte sich um und deutete in den Flur. Rechts und links zweigten Kassettentüren ab, die offen standen. „Man gelangt durch diesen Anbau in den Haupttrakt des Gebäudes."

„Und? Willst du mir sagen, die Einbrecher haben Hörgeräte aus dem Seniorenhilfswerk entwendet und dafür einen Passanten abgeknallt?"

„Spinner." Kegelmann winkte ab. „Im vorderen Bereich, gleich neben dem Haupteingang an der Erbschlöer Straße gibt es die kleine Polizeiwache. Und dort gab es auch Waffen."

„Du sprichst in der Vergangenheit", stellte Ulbricht fest und sehnte sich nach einer Zigarette. Doch er hatte das Rauchen stark eingeschränkt, nicht zuletzt auch ein Verdienst von Maja Klausen aus Hameln. Eine Kur in Bad Pyrmont hatte er wegen eines Mordfalles vorzeitig abgebrochen und sich im Weserbergland umgehend auf die Suche nach dem Mordfall begeben. Dabei hatte er auch Maja Klausen kennengelernt. Sie hatte damals die Ermittlungen geleitet und ihn in die Schranken verwiesen, als er sich ungefragt in ihre Arbeit eingemischt hatte. Dennoch überführten sie den Mörder eines namhaften Fotografen gemeinsam, und sie schaffte es, Ulbricht das Rauchen ganz, nun, fast ganz abzugewöhnen.

Doch nicht immer konnte der ehemalige Kettenraucher die Nikotinsucht ignorieren.

„Gut erkannt, Norbert. Also, lange Rede, gar kein Sinn: Die Kerle haben sich Zutritt zur Waffenkammer verschafft und alles mitgehen lassen, das knallt und wehtut, wenn man es richtig einsetzt. Zusätzlich noch ein paar schusssichere Westen."

„Und so etwas wurde hier eingelagert?", wunderte sich Ulbricht. „Ich meine, es ist doch nur eine kleine Dienststelle."

Kegelmann nickte.

„Wie die Kollegen vom Streifendienst berichtet haben, gab es vor einigen Tagen eine Facebook-Party, oben am Ascheweg. Da war hier Großkampftag angesagt, und ein paar Hundertschaften der Bereitschaftspolizei waren vorübergehend hier einquartiert."

Ulbricht erinnerte sich daran, von der Facebook-Party gehört zu haben. Er hatte eine Aversion gegen diesen neumodischen Mist und die damit verbundenen Auswirkungen. Wenn es das Ziel sozialer Netzwerke war, zu Randale und Demonstrationen aufzurufen, dann konnte er gut und gern darauf verzichten. Aber er war sich darüber im Klaren, den Lauf der Zeit nicht aufhalten zu können.

„Schön", brummte Ulbricht schließlich. „Aber die Bereitschaftspolizei hat doch nur Knüppel und Tränengas, wenn sie eine Party auflösen."

„Falsch. Diesmal waren auch Maschinengewehre und Pistolen im Equipment, samt Munition, versteht sich." Kegelmann hob beschwörend beide Hände. „Frag mich nicht, warum."

Ulbricht wunderte sich, dass die Kollegen der Bereitschaftspolizei, die offenbar die Facebook-Party begleitet hatten, ihre Waffen nicht wieder mitgenommen hatten. Im Normalfall wurden die Maschinenpistolen in den Waffenkammern der größeren Polizeibehörden eingelagert und kamen selten zum Einsatz. Nur die Beamten der Bundespolizei, die auf Bahnhöfen und Flughäfen patrouillierten, führten Maschinenpistolen in Einzelfällen offen sichtbar. Dies war beispielsweise bei Terrorwarnungen der Fall. Ulbricht grinste schief. Terror in Ronsdorf, einem kleinen Stadtteil von Wuppertal, das wollte nicht recht zusammenpassen.

„Und warum haben die ihren Mist nicht wieder mitgenommen, als der ganze Spuk vorbei war?"

„Keine Ahnung." Kegelmann zuckte die Schultern. „Fest steht, dass die Waffenkammer offen steht und geplündert worden ist. Alles andere muss wohl die interne Ermittlung ergeben."

„Na Mahlzeit", erwiderte Ulbricht und rang sich ein müdes Grinsen ab. „Dann bin ich aber froh, dass ich mich nur um den Toten kümmern muss."

DREI

Ulbricht hasste es, wenn die Mannschaft schon in seinem Büro auf ihn wartete, bevor er den ersten Kaffee getrunken hatte. Nach einer viel zu kurzen Nacht war er um Viertel nach acht im Präsidium angekommen. Doch er ließ sich nach der viel zu kurzen Nacht nicht aus der Ruhe bringen und legte einen Zwischenstopp an der Kaffeemaschine ein, wo er seinen alten Tonbecher mit dem verwaschenen Logo der Polizeigewerkschaft mit dem schwarzen Muntermacher füllte. Mit einem grimmigen Nicken nahm er vor Kopf des Besprechungstisches Platz, pustete in die Tasse und trank. Prompt verbrannte er sich die Lippen und fluchte.

Das Team des 11. Kriminalkommissariats beobachtete ihn teils amüsiert, teils mitleidig.

„Was gibt es da zu gaffen?", bellte Ulbricht und schlug eine Mappe auf, in der er die Erkenntnisse der letzten Nacht zusammengeschrieben hatte. Er atmete tief ein und empfand den typischen Bürogeruch, eine Mischung aus staubigen Akten, Bohnerwachs und kaltem Kaffee heute besonders intensiv.

Als alle schwiegen, eröffnete er die morgendliche Einsatzbesprechung. Anke Fleiß, eine junge Kollegin aus der Presseabteilung, schrieb eilig mit. Obwohl sie eine dunkelblaue Dienstuniform trug, erinnerte sie Ulbricht immer ein wenig an seine Tochter. Wiebke war in die beruflichen Fußstapfen ihres Vaters getreten und arbeitete ebenfalls bei der Kriminalpolizei, allerdings in Husum, rund fünfhundert Kilometer von Wuppertal entfernt. Ulbricht nahm sich vor, ein paar

Tage Urlaub zu nehmen, um sie an der Küste zu besuchen. Doch zunächst galt es, den Fall zu lösen. Und noch, darüber ließ er keinen Zweifel zu, noch tappten sie im Dunkeln. So konzentrierte er sich auf die Fakten, als er die Morgenrunde eröffnete.

„Also, was haben wir? Mord an einem Rentner, der sich nach einem Abend in der Kneipe auf dem Heimweg befunden hat und vermutlich Augenzeuge eines Einbruchdiebstahls im Alten Amtsgericht Ronsdorf wurde. Die Täter schossen auf ihn, vermutlich, weil der Mann Zivilcourage bewiesen hat und die Einbrecher, die er auf frischer Tat ertappt hat, ansprach." Er blickte in die Runde. Heinrichs, der neben ihm saß, kritzelte etwas auf seinen Block und vermied direkten Blickkontakt zu seinem Vorgesetzten.

Ulbricht wandte sich an Hauptkommissar Peter Hummelmann von der Kriminaltechnik. „Heute Nacht habt ihr von zwei Tätern gesprochen. Bleibt es dabei?"

Der Kriminaltechniker nickte. „Was aber nicht ausschließt, dass es weitere Mittäter gab. Beispielsweise Komplizen, die Schmiere gestanden haben oder im Fluchtfahrzeug gewartet haben. Kennt man ja vom Banküberfall." Hummel, wie er im Kollegenkreis genannt wurde, räusperte sich. „In der Tat haben wir die Schuhabdrücke von zwei Einbrechern in dem betroffenen Gebäude feststellen können. Die Profile lassen wir gerade durch die Datenbanken laufen, sobald wir mehr wissen, halte ich euch auf dem Laufenden. Etwas schwieriger wird es wohl bei den Handschuhen: Obwohl die Diebe offenbar Latexhandschuhe trugen, konnten wir die festgestellten Rückstände noch nicht einwandfrei zuordnen." Hummel zog die Augenbrauen hoch, bevor er fortfuhr: „Anders sieht es hingegen bei den Reifenspuren des Fluchtfahrzeugs aus. Sie stammen höchstwahrscheinlich von einem Audi A4 neueren Baujahres. Nachdem die Diebe auf das Opfer geschossen hatten, legten sie eine filmreife Flucht hin. Durch das Reifenquietschen sind offenbar auch Nachbarn gestört worden. Sie haben sich jedoch nichts dabei gedacht. Immer wieder kommt es zu sogenannten Burn-outs, die meist jugendliche Autofahrer in der stillen Seitenstraße hinlegen, deshalb haben die Anwohner dem Lärm keine große Bedeutung beigemessen."

Hummelmann klappte seine Mappe auf und breitete einige Fotos auf dem Tisch aus. Sie zeigten die Auffindesituation des Toten sowie das Gebäude, in das eingebrochen worden war. Auf Detailaufnahmen waren die Profile der aufgefundenen Schuhabdrücke zu sehen.

„Wenn Bedarf besteht, können wir uns gleich die Aufnahmen ansehen, die das LKA mit der Spheron-Kamera gemacht hat", gab Heinrichs zum Besten, aber niemand beachtete ihn.

„Was macht die Überprüfung der Patronenhülse?", fragte Ulbricht, während er nun deutlich vorsichtiger von seinem Kaffee nippte.

Hummel blätterte in seinen Unterlagen. „Sie stammt aus einer SIG Sauer 225, uns besser bekannt als P6."

„Also eine Dienstwaffe deutscher Behörden - na herzlichen Glückwunsch", schnaubte Ulbricht. „Klingt, als würde die Interne uns den Fall bald abnehmen, Kollegen."

„Die zentrale Frage dürfte lauten, warum die Kollegen der Bereitschaftspolizei ihre Maschinengewehre in der Ronsdorfer Wache deponiert haben, nachdem der Einsatz beendet war. Also werden sie sich einige unangenehme Fragen stellen lassen müssen. Was die Tatwaffe betrifft, so kann man längst auch als Privatmann eine SIG erwerben, vorausgesetzt, man verfügt über einen gültigen Waffenschein."

„Oder man scheißt auf das Gesetz, besorgt sich die Knarre vom Schwarzmarkt und spielt damit Wilder Westen in Wuppertal", ächzte Ulbricht.

„Der Mann, der gestorben ist, hatte Krebs im Endstadium", warf Heinrichs nun ein. „Was haltet ihr von der Möglichkeit, dass der Schuss ihm sogar gelegen kam, weil er schnell sterben konnte? Wenn er beispielsweise die Täter provozierte, weil er nichts zu verlieren hatte?"

„Die Möglichkeit besteht", stimmte Dr. Diedrichs, ein Fallanalytiker vom LKA, zu. „Zumindest können wir im Hinblick auf die Krankheit davon ausgehen, dass seine Hemmschwelle stark gesunken ist, als er die Täter ansprach und er offenbar billigend in Kauf nahm, dass man auf ihn schoss. Die Einsicht in die Krankenakte hat ergeben, dass er jede weitere ärztliche Behandlung abgelehnt hat. Insofern können wir davon ausgehen, dass Halbach bereits mit seinem Leben abgeschlossen hatte."

Ulbricht hielt diese Theorie für Spinnerei, schwieg aber. Er wollte gerade die anstehende interne Ermittlung ansprechen, als die Bürotür aufflog und an die dahinterliegende Wand schlug, um dann sanft zurückzupendeln. Ein hochgewachsener Mann mit kurzen Haaren, Brille und Maßanzug stürmte ins Büro. Unter dem Arm klemmte eine Aktenmappe aus Leder, in der freien Hand ein Pappbecher mit dampfendem Kaffee. Die Augen huschten ein wenig unstet umher, als er die Tür mit dem Absatz seiner italienischen Designerschuhe zukickte.

Ulbricht schwante Übles. Das war wahrscheinlich schon jemand von der internen Ermittlung. Sein Tag war gelaufen, und der Fall war für ihn so gut wie erledigt. Geistig verabschiedete er sich davon, die Mörder des alten Mannes zu verhaften. Das würden dann wohl auch die Kollegen der Internen erledigen. Aber genau betrachtet, konnte ihm das nur recht sein: Dann konnte er gleich nach Hause fahren, sich aufs Ohr hauen und ein paar Stunden Schlafdefizit nachholen. Er war schließlich nicht mehr der Jüngste.

„Bin ich hier richtig im Elften?", fragte der Fremde und blickte sich um.

„Stockwerk oder Kommissariat?", konterte Ulbricht unbeeindruckt.

„Kriminalkommissariat natürlich", erwiderte der Fremde etwas pikiert und trat an den Besprechungstisch. Die Gläser seiner Brille waren beschlagen, und an seiner tiefroten Gesichtsfarbe erkannte Ulbricht, dass der Mann Probleme mit der trockenen Heizungsluft im Präsidium zu haben schien.

„Dann sind Sie hier richtig", nickte Ulbricht. „Darf ich verdammt noch mal wissen, wer Sie sind und warum Sie hier so einfach reinplatzen?"

„Dürfen Sie." Der Anzugträger stellte den Kaffeebecher auf dem Tisch ab und legte die Mappe daneben. Ein feiner Geruch nach frischem Leder kroch in Ulbrichts Nase. Die vermessingten Schutzecken glänzten noch wie neu. Mit einer energischen Bewegung rückte sich der Fremde die dezent gemusterte Krawatte zurecht.

Was die Bekleidung anging, so musste Ulbricht ihm durchaus Geschmack attestieren.

„Mein Name ist Wolfgang Schaumert. Staatsanwaltschaft Wuppertal. Ich denke, wir arbeiten in diesem Fall zusammen."

Der Neuankömmling deutete auf die Fotos vom Tatort, die Hummel auf dem langen Tisch ausgebreitet hatte.

„Ich bin begeistert", murmelte Ulbricht trocken und warf Heinrichs einen Hilfe suchenden Blick zu. Ulbrichts Assistent sprang hektisch auf, warf um ein Haar den Stuhl, auf dem er gesessen hatte, um und umrundete den Tisch, um dem Staatsanwalt den letzten freien Stuhl zurechtzurücken.

„Heinrichs", stellte er sich eilig vor und erntete dafür die mitleidigen Blicke der anwesenden Kollegen. „Ich bin der…"

„Speichellecker", brummte Ulbricht und räusperte sich dabei vernehmlich.

„Assistent des Ersten KHK", beendete Heinrichs den begonnenen Satz unbeeindruckt. „Freut mich sehr, Herr Staatsanwalt."

„Oberstaatsanwalt", korrigierte Schaumert ihn und nahm Platz. Dann lächelte er freundlich in die Runde. „Aber ich denke, die Anrede mit den Dienstgraden können wir uns schenken. Ich arbeite bei der Staatsanwaltschaft, Sie bei der Polizei. Und in einem solchen", er tippte auf eines der ausgebreiteten Bilder, „in einem solchen Fall sollten unsere beiden Behörden eher kollegial zusammenarbeiten." Als die Runde schwieg und sogar Ulbricht ein anerkennendes Nicken entflohen war, fuhr Schaumert fort: „Sie machen Ihren Job, ich den meinen. Und ich setze auf eine gute Zusammenarbeit, meine Herren", er betrachtete Anke Fleiß von der Pressestelle, „meine Dame. Ich freue mich und bin zuversichtlich, dass wir den Fall schon bald lösen werden."

Nun grunzte Ulbricht. „Das ist hier doch keine Pressekonferenz, Herr Oberstaatsanwalt, das ist eine

Einsatzbesprechung.“ Er blickte über die Schulter und flüsterte dann hinter vorgehaltener Hand: „Wir sind sozusagen unter uns und können Klartext reden.“

„Ich denke, dazu sind solche Meetings da“, stimmte Schaumert ihm zu.

„Besprechungen“, verbesserte Ulbricht ihn. „Wir reden hier deutsch.“

„Das geht klar.“ Schaumert nickte. „Also wäre es schön, wenn Sie mich über die Facts ... über den Stand der Dinge informieren würden.“

„Nichts lieber als das.“ Ulbrichts Stimme klang ironisch, doch er hatte keine Wahl: In diesem Spiel war der Staatsanwalt der Mann, der am längeren Hebel saß, und insgeheim war er froh, dass er es mit Schaumert offenbar recht gut getroffen hatte. In den Jahren seiner Tätigkeit hatte er schon mit ganz anderen Staatsanwälten kooperieren müssen.

Nachdem Heinrichs sich wieder gesetzt hatte, bat Ulbricht ihn, Schaumert auf Stand zu bringen.

Der Staatsanwalt setzte die Brille ab und wischte den Beschlag mit dem Saum seiner Krawatte fort. Er lauschte aufmerksam, machte sich immer wieder Notizen und unterbrach Heinrichs' Assistent nicht ein einziges Mal. Erst, als Heinrichs geendet hatte, nickte Schaumert und faltete die Hände auf der Tischplatte.

„Gut, vielen Dank. Wir ziehen also Bilanz: Was ist geschehen: Wir haben den Einbruchdiebstahl in eine kleine Polizeiwache. Unter anderem wurden Maschinenpistolen, die dazugehörige Munition und schusssichere Westen aus Polizeibeständen entwendet. Ein Mann ertappte die Täter und musste – offensichtlich – deshalb sterben. Das ist bedauerlich.“ Schaumert presste die Lippen zu einem Strich zusammen und drückte so sekundenlang sein Mitgefühl für den toten

Hans Halbach aus. „Aber die zentrale Frage muss doch lauten: Was wollen die Täter mit den Waffen? Dienen sie dazu, auf dem Schwarzmarkt veräußert zu werden, oder sind sie Mittel zum Zweck?"

„Könnten Sie Klartext reden?", fragte Ulbricht. „Damit kommen meine Leute besser klar."

„Natürlich, Entschuldigung. Soll heißen: Haben die Täter die Waffen unter Umständen gestohlen, um damit weitere Straftaten zu begehen?"

„Worauf wollen Sie hinaus, Staatsanwalt?" Ulbricht kniff die Augen zusammen und trank von seinem Kaffee, der inzwischen ohne Verbrennungen dritten Grades zu genießen war.

Wolfgang Schaumert blickte in die Runde. „Wenn die Kerle die Knarren abgezogen haben, um damit eine eigene Sache zu starten, dann steht uns eine ziemlich große Scheiße bevor. Wir sollten uns warm anziehen." Schaumert schenkte Ulbricht ein feines Lächeln. „War das für Ihre Leute verständlich genug, Hauptkommissar?"

Ulbricht konnte nicht umhin: Der neue Staatsanwalt war ihm durchaus sympathisch.

VIER

Er hatte alles genau geplant. Lange hatte er über dem Plan gebrütet, geeignete Verstecke ausgekundschaftet und Fahrzeiten berechnet. Nach dem ersten Schlag hatten sie ihr provisorisches Lager in der Scheune eines Bauern in der Oberbergischen Pampa aufgeschlagen. Natürlich hatte der Besitzer nichts von den ungebetenen Gästen mitbekommen, denn die Scheune lag am Waldrand auf eine seiner Wiesen, abgelegen und damit völlig unbemerkt vom Leben auf dem Gehöft.

Für die Männer war Wipperfürth der Arsch der Welt, respektive des Bergischen Landes. Nicht mehr ganz Bergisch, aber noch lange kein Sauerland, war das Kaff abgelegen genug, um für eine Nacht als Unterschlupf zu dienen. Über die nächtlichen Landstraßen konnten sie ihr Ziel, das sie in wochenlanger Vorarbeit ausgespäht hatten, erreichen, um dort die ersten Stunden nach dem Bruch in Ronsdorf abzuwarten. Der alte Mann hatte mit dem Leben bezahlen müssen, weil er sie bei der Arbeit überrascht hatte. Aber wahrscheinlich, so hatten sie in der Nacht sinniert, wäre er sowieso nicht mehr viel älter geworden. Und so konnten sie nach dem Bruch untertauchen, ohne lästige Zeugen und ohne Gefahr, erwischt zu werden, bevor sie richtig zum Zug gekommen waren. Es war, als hätte es sie nie auf dieser Erde gegeben.

Die drei hatten sich in der Scheune versteckt, waren mitsamt dem Auto untergekommen und hatten sich noch ein letztes Mal auf ihre Mission vorbereitet, bevor sie in die Schlafsäcke gekrochen waren, um ein wenig Kraft zu tanken für ihre erste Mission.

Nachdem er ein paar Stunden geschlafen hatte, sah er die Dinge entspannter: Ja, der alte Mann hatte sterben müssen, weil er zu einem gefährlichen Zeugen geworden war. Es wäre fatal gewesen, wenn er sie bei den Bullen angeschwärzt hätte, noch bevor sie überhaupt ihren ersten Coup gelandet hatten. So betrachtet war der Tod eines alten Mannes ein zu verschmerzender Verlust gewesen. Ein kalkuliertes Risiko.

Ihre Strategie war so einfach wie genial: Fritz, Michels und er handelten wie eine Schlange. Nachdem das Opfer lange genug beobachtet worden war, würden sie so schnell zuschlagen, dass niemand mehr rechtzeitig reagieren konnte. Es galt, so schnell zu sein, um längst untergetaucht zu sein, bevor der träge deutsche Behördenapparat überhaupt angelaufen war.

Nichts und niemand würde sie aufhalten, da waren sich die drei einig.

Und sie wollten um keinen Preis der Welt Spuren hinterlassen. Deshalb war es nur konsequent gewesen, die Scheune des Bauern in Wipperfürth anzuzünden, nachdem sie ihr provisorisches Quartier verlassen hatten. Dass der Fluchtwagen der letzten Nacht bei Ausbruch des Feuers noch zwischen den Strohballen gestanden hatte, war einkalkuliert. Es galt, keine verwertbaren Spuren zu hinterlassen.

Im Morgengrauen hatten sie auf einer Waldlichtung von einem Kurier aus dem holländischen Utrecht den Mercedes Sprinter übernommen. Der Mann war zuverlässig und schweigsam, vorausgesetzt, dass man ihn für seine Arbeit fürstlich entlohnte. Geld hatten sie noch keines, und so war es die einzige Alternative gewesen, den Holländer mit einem einzigen Schuss einer MP5 zu eliminieren. Seine Leiche hatten sie im Wald verscharrt. Wahrscheinlich würde es Wochen dauern, bis man den verwesten Leichnam unter dem Laub fand. Bis dahin waren sie längst über alle Berge.

Den Audi hatten sie also gegen den Kastenwagen getauscht. Kein billiger Lieferwagen, die Karre war so gut wie neu und mit der größtmöglichen Motorisierung ausgestattet. Trotz der mächtigen Ausmaße war der Sprinter schneller als mancher Pkw, genau das richtige Fahrzeug also für ihre Mission.

Der Holländer hatte gute Vorarbeit geleistet: Nachdem er den Wagen in Venlo gestohlen und über das, was einst die Grenze gewesen war, überführt hatte, wurde aus dem holländischen Wagen ein deutsches Fahrzeug. Die gelben Nummernschilder, mit denen er den 160 PS-Sprinter übernommen hatte, lagen irgendwo bei Düsseldorf im Rhein.

Niemand schenkte dem unauffälligen Transporter Beachtung, als er im Schritttempo in die Elberfelder Fußgängerzone rollte. Zwischen all den anderen Fahrzeugen der Kurier- und Paketdienste fiel der sperrige Wagen gar nicht auf. Hier wären sie mit einem normalen Personenwagen sicherlich schon auf den ersten Metern in der Fußgängerzone von einem Polizisten angehalten worden. Mit dem Sprinter aber bezweifelte niemand, dass die Männer Lieferanten auf dem Weg zu einem der zahlreichen Geschäfte in der Elberfelder City waren.

Ja, dachte er triumphierend, als der den Lieferwagen durch die engen Straßen lenkte, sein Plan war einfach genial gewesen.

Sie gelangten im Schneckentempo an ihr Ziel, doch das machte nichts. Er wunderte sich selbst darüber, wie gelassen er war. Erst später, wenn alles gelaufen war, würden sie sich beeilen müssen, doch noch war es nicht so weit.

FÜNF

Mitten in der Einsatzbesprechung klingelte ein Handy. Ulbricht blickte entnervt auf und sah, wie Kegelmann eine Entschuldigung murmelte und sein Mobiltelefon aus der Innentasche seines Sakkos zog. Nachdem sich Kegelmann mit einem knappen „wer stört?“ gemeldet hatte, lauschte er, murmelte ein paar leise Worte und zwei, drei „Ja“ und „interessant“ in den Hörer, bevor er sich von seinem Anrufer verabschiedete. Als das Handy wieder in seine Tasche wanderte, blickte er in die neugierigen Mienen der Kollegen.

„Und?“, fragte Ulbricht so nebensächlich wie möglich.

„Das waren die Kollegen aus dem Oberbergischen.“

„Ist wieder ein Kegelabend geplant, den sie verlieren werden?“ Ulbricht frotzelte mit seinem typischen trockenen Humor und versuchte sich so bei Laune zu halten.

„Nein, das war dienstlich. In Wipperfürth hat gegen fünf Uhr in der Früh eine Scheune gebrannt. So wie es nach jetzigem Kenntnisstand aussieht, handelt es sich um Brandstiftung.“

„Wie interessant.“ Spott lag in Ulbrichts Stimme.

„Durchaus.“ Kegelmann ließ sich nicht vom Ersten Kriminalhauptkommissar verunsichern. „In der Scheune befand sich nämlich ein abgestelltes Fahrzeug – ein Audi A4 Avant. Identisch wohl mit dem Fahrzeug, das wir suchen. Wenn sie das Fahrzeug unbemerkt bis ins Oberbergische bringen konnten, um es in einer Scheune zu verstecken, müssen wir uns nicht wundern, dass die Fahndung nach dem Auto erfolglos bleibt.“

„Was macht dich so sicher, dass es sich dabei um genau dieses Fahrzeug handelt, mit dem die Täter letzte Nacht unterwegs waren?“ Der Zusammenhang wollte sich Ulbricht nicht erschließen.

„Die Brandsachverständigen und die Feuerwehrleute konnten Reste des Kennzeichens sicherstellen. Es handelt sich dabei um ein Remscheider Nummernschild, das vor ein paar Tagen von einem Fahrzeug gleicher Bauart gestohlen wurde.“

„Dumm scheinen sie nicht zu sein“, überlegte Ulbricht. „Immerhin suchen sie sich ein geeignetes Auto, von dem sie die Nummernschilder abschrauben. Sollten sie doch in eine Kontrolle kommen, besteht die Möglichkeit, dass sie nicht auf den ersten Blick auffliegen. Nicht jeder Polizist macht sich die Mühe, die in den Papieren eingetragene Fahrgestellnummer mit der am Fahrzeug abzugleichen.“

„Wir müssen davon ausgehen, dass wir es mit intelligenten Tätern zu tun haben“, gab Wolfgang Schaumert zum Besten und kippte den Restinhalt seines Pappbechers hinunter. „Sie planen ihre Taten von langer Hand und sind deshalb durchschaubar, wenn wir erst einmal dahintergekommen sind, was sie vorhaben.“

„In puncto Intelligenz mögen Sie recht haben“, räumte Ulbricht ein, den etwas ganz anderes beunruhigte. „Allerdings sind sie nicht durchschaubar, wie der Anruf beim Kollegen der Kriminaltechnik eben gezeigt hat: Sie mögen langfristig planen - allerdings agieren sie schnell wie der Wind, und genau das macht mir Angst.“

„Sie können sich nicht in Luft auflösen“, gab Schaumert zu bedenken. „Wenn das Fluchtfahrzeug mitsamt der gestohlenen Nummernschilder in der Scheune verbrannt ist, dann müssen sie irgendwie von dort weggekommen sein. Zu Fuß werden sie wohl kaum geflüchtet sein, oder?"

SECHS

Der Wuppertaler Hauptbahnhof unterschied sich auf den ersten Blick nicht wesentlich von den Bahnhöfen anderer Städte. Geschäftiges Treiben, neben den gläsernen Ausgangstüren lungerten Penner herum, die just in dem Moment, als Maja Klausen die Bahnhofshalle betrat, von der Bahnpolizei zum Gehen aufgefordert wurden. Die beiden Obdachlosen erhoben sich unter Protest und verstauten ihr Hab und Gut in einer alten Reisetasche.

Die kleine Filiale einer Fast-Food-Kette verbreitete ihren Duft nach Fett und Burgern, der überall auf der Welt gleich roch. Maja hatte in diesem Zusammenhang schon einmal den Begriff „kulinarische Globalisierung" gehört.

Neben dem Infoschalter der Bahn stand ein Paar und knutschte weltvergessen. Er fummelte an ihr herum, seine Hand glitt frech unter ihren Rock und tätschelte ihren Hintern. Sie ließ es geschehen.

Irgendwo kläffte ein Hund. Das Gebell hallte von der hohen Decke zurück und mischte sich unter die verzerrte Stimme, die aus den Lautsprechern drang.

„Haben Sie etwas Kleingeld für mich?"

Maja Klausen wandte sich um und blickte in die glasigen Augen einer dick eingemummten Frau. Ihre braunen Haare hingen ihr strähnig ins Gesicht, eine feine Duftwolke von Schweiß und Urin umgab die untersetzte Gestalt mit der dreckigen Kleidung. Ihre Frage nach Kleingeld war während der verzerrten Lautsprecherstimme untergegangen.

„Leider habe ich kein Kleingeld für Sie, aber vielleicht können Sie mir sagen, wie ich in die Innenstadt komme." Maja stellte den grünen Rollkoffer neben sich ab und schenkte der offenbar obdachlosen Frau ein freundliches Lächeln.

„In die Stadt wollen Sie?" Die Obdachlose grinste abwertend. „In das, was davon übrig geblieben ist, meinen Sie wohl."

Maja überlegte, ob sie etwas verpasst hatte. War ein Tornado über die Wuppertaler Innenstadt gezogen und hatte eine Spur der Verwüstung hinterlassen?

„Wie auch immer. Ich bin grade eben in Wuppertal angekommen und muss noch dringend ein Geschenk für einen Freund besorgen."

Die Alte dachte einen Moment lang nach, dann deutete sie mit dem runzeligen Zeigefinger auf die Rolltreppe der Bahnhofshalle, die in die Tiefe führte. „Da runter, dann rechts durch den Tunnel, bis es nicht mehr nach Pisse stinkt. Das ist dann die Elberfelder City." Sie lachte meckernd, fast so, als hätte sie einen unglaublich guten Witz gerissen. „Viel Spaß wünsche ich Ihnen." Die Ironie in der Stimme der Obdachlosen war nicht zu überhören, doch Maja hatte keine Lust mehr, das Frage-Antwort-Spiel fortzusetzen.

„Danke. Ich werde es versuchen." Eilig marschierte sie, den Koffer am langen Arm hinter sich herziehend, auf die Rolltreppe zu. Unten angekommen, fand sie sich vor dem Eingang einer Bahnhofsbuchhandlung wieder. Nachdem sie sich orientiert hatte, wandte sich Maja Klausen nach rechts. Ihr Weg führte an zahlreichen kleineren Läden und gläsernen Schaukästen vorbei. Mit Erreichen des Tageslichts am Ende des Fußgängertunnels ließ auch die stickige Luft nach. Maja zuckte zusammen, als sie über ihrem Kopf ein surrendes Geräusch vernahm. Sie legte den Kopf in den Nacken und erblickte eine Schwebebahn, die eben eine Station verlassen hatte und nun schnell Fahrt aufnahm.

Maja Klausen sah zum ersten Mal das Wuppertaler Wahrzeichen mit eigenen Augen. Sicherlich würde sie in den nächsten Tagen auch damit fahren können. Sie warf einen Blick auf die Armbanduhr - es war noch ziemlich früh am Tag, und so beschloss Maja, zunächst ein wenig durch die Stadt zu bummeln, bevor sie sich auf den Weg zum Polizeipräsidium machte.

Ulbricht ahnte noch nichts davon, dass sie unterwegs zu ihm war.

Da bei der ZKI in Hameln alle Mann an Bord waren, hatte Maja ein paar Tage Urlaub bei Kriminaloberrat Dauber herausschinden können. Sie war sicher, dass Hauptkommissar Jürgen Grundmann, ihr Partner, sie während ihrer Abwesenheit hervorragend vertreten würde. Und so hatte sie ihr Versprechen eingehalten, eine Stippvisite in Ulbrichts Heimatstadt Wuppertal einzulegen.

Rechts gab es ein großes Einkaufscenter mit rot leuchtenden Lettern an der gläsernen Front. So etwas gab es in Hameln auch, wenngleich ein paar Nummern kleiner. Fachwerkhäuser und die prächtigen Bauten der Weserrenaissance, die sie an ihrer Heimatstadt so sehr liebte, suchte sie hier vergeblich. Einige der Gebäude machten gar einen heruntergekommenen Eindruck.

Mitten in der Fußgängerzone stand eine Skulptur. Maja verlangsamte ihre Schritte und betrachtete die Bronzefigur; ein etwas pummeliges Mädchen mit Stupsnase, das eine Schürze und Pantoffeln trug. Wirkte die in die Hüfte gestützte Hand beinahe trotzig, so drückte der in die Ferne gerichtete Blick des Mädchens Wehmut aus. Majas Neugier war erwacht.

Sie umrundete das Standbild und entdeckte ein eisernes Schild zu Füßen des Mädchens.

„Mina Knallenfalls", las Maja den Namen des Mädchens. Kunst interessierte Maja, und sie beschloss, Ulbricht nach Mina Knallenfalls zu fragen, bevor sie ihren Weg durch die Poststraße fortsetzte. Trotz der frühen Stunde herrschte schon reger Betrieb, und die Schaufensterbeleuchtung der umliegenden Geschäfte kämpfte vergeblich gegen das triste Grau des Tages an. Lieferwagen bahnten sich im Schritttempo den Weg durch die hektischen Passanten. Es grenzte an ein Wunder, dass weder Fußgänger verletzt noch Blech beschädigt wurde – eng genug war es für die schweren Fahrzeuge jedenfalls. Maja beneidete die Fahrer der Paketdienste nicht.

An einer Straßenecke gab es einen Juwelier. Maja trat näher und sah sich im Spiegelbild der großen, blank geputzten Scheibe. Nachdenklich betrachtete sie sich. Ein ebenes Gesicht mit einer, wie sie fand, etwas zu großen Nase, gerahmt von markanten Wangenknochen. Auf Lippenstift verzichtete sie an vielen Tagen, so auch heute. Ihren Mund mochte sie – um die geschwungenen Lippen würde sie so manches Model beneiden, da war sie sicher. Die halblangen, kastanienbrauen Haare hatte sie unter einer Wollmütze versteckt.

Einige Pfund hatte sie schon wieder zugelegt. Das lag nicht etwa an der dicken Jacke, die sie wegen des feuchtkalten Wetters trug, sondern schlicht daran, dass sie ihre Besuche im Fitnessstudio kaum, dass die Anmeldegebühr bezahlt war, schon wieder vernachlässigt hatte.

Selbst schuld, dachte sie, während ihr Blick nun über die prachtvoll glänzenden Auslagen im Geschäft huschte. Wer kaufte sich solch sündhaft teuren Schmuck? Ihr Sold als Hauptkommissarin bei der Kripo in Hameln reichte da bei Weitem nicht.

So etwas ließ man sich schenken. Von einem Mann. Doch einen Mann, der ihr Schmuck schenkte, gab es in ihrem Leben nicht.

Den Seufzer, der über ihre Lippen kam, bemerkte sie selber nicht. Erst, als ihr Blick über die glänzenden Eheringe im Schaufenster strich, spürte sie eine unbeschreibliche Sehnsucht. Mit ihren 47 Jahren war sie nicht mehr die Jüngste, und diese Liebeleien mit wechselnden Partnern waren einfach nicht Majas Ding. Doch auch sie hatte Bedürfnisse, sehnte sich oft nach einer starken Schulter zum Anlehnen, besonders dann, wenn das Verbrechen im heimischen Weserbergland wieder einmal zugeschlagen hatte und sie frustriert, müde und ausgebrannt am Ende eines langen Arbeitstages nach Hause kam.

Kein Wunder, dass sie in den letzten Monaten an Gewicht zugelegt hatte. Immer, wenn sie ihre Wohnung an der Pyrmonter Straße betrat, empfing sie die große und finstere Einsamkeit wie ein Dämon, der nur darauf lauerte, sie für sich zu vereinnahmen. Viele der einsamen Abende verbrachte sie in Gesellschaft einer Flasche Rotwein. Dazu gab es meistens Fast Food, da sie weder Lust noch die nötige Zeit zum Kochen hatte.

Vielleicht war es falsch gewesen, bei der Kriminalpolizei anzufangen. Doch damals, als junge Frau, hatte sie es als eine Ehre angesehen, Verbrecher zu jagen und für die Gerechtigkeit zu kämpfen. Hinzu kam, dass sie sich als künftige Beamtin in einer krisensicheren und einigermaßen gut bezahlten Stelle wähnen konnte. Hätte man ihr damals schon gesagt, wie sehr ihr Privatleben als Kriminalkommissarin leiden würde – wahrscheinlich hätte sie sich einen anderen Beruf gesucht. Vor einiger Zeit hatte sie Ulbricht kennengelernt.

Bei seiner Kur in Bad Pyrmont hatte er sich den Anwendungen entzogen, um das Weserbergland auf eigene Faust zu erkunden. Als er sein mitgebrachtes Frühstück auf einer Mauer der Burgruine Polle einnahm, hatte er einen Toten unterhalb der Burg entdeckt. Doch anstatt seine Kur zu genießen und die Arbeit dem Team, also Maja und ihren Kollegen, zu überlassen, hatte er sich ungefragt immer wieder in den Fall eingemischt. Auch Majas Ermahnungen, dass sie in dem Fall die Ermittlungen leite, konnte ihn nicht abhalten, weiterzuermitteln. Und irgendwann bemerkte sie, dass es trotz der großen Unterschiede auch einige Gemeinsamkeiten gab, die sie verband. Langsam, ganz langsam, war eine Freundschaft zwischen ihnen gewachsen.

Mit Kriminalhauptkommissar Norbert Ulbricht, diesem bärbeißigen Kerl in meist bügelfreien Klamotten, der in der Regel kein Blatt vor den Mund nahm und nicht immer leicht zu ertragen war. Doch sie wusste längst, dass auch er ein weiches, manchmal viel zu großes Herz besaß. Zudem war er ein Kollege, sicherlich ein weiterer Vorteil für eine Partnerschaft, denn so wusste jeder von den beruflichen Problemen des anderen.

Maja riss sich vom Anblick der Eheringe los. War da eben das Wort Partnerschaft in Verbindung mit Norbert Ulbricht durch ihren Kopf gegeistert?

Mehr Zeit, über ihre Sorgen und Sehnsüchte nachzudenken, fand sie nicht, denn im nächsten Moment brach zwei Meter neben ihr das Chaos aus.

*

Das junge Paar vor der Verkaufstheke begann Carolin Mertens zu nerven. Seit einer knappen halben Stunde ließen sich die beiden von der Schmuckverkäuferin beraten. Eheringe sollten es sein, um das gemeinsame Glück für immer zu beschließen. Dabei waren sie von dezenten Ringen in Weißgold zu 999er-Goldringen und wieder zurück zu Weißgold, jetzt aber in breiter Ausführung zurückgekommen. Sie, ein etwas introvertiertes aber durchaus hübsches Mädchen von vielleicht Mitte zwanzig, redete tuschelnd auf ihren künftigen Gatten ein. Er, der Kleidung nach zu urteilen, Sohn aus gutem Elternhaus, blinzelte hinter den Gläsern seiner Brille immer wieder hilfesuchend zu Carolin Mertens hinüber, die sich jedoch dezent zurückhielt. Ihre Aufgabe war es, dem Paar die gewünschten Ringe zu zeigen, die Wahl würde sie den beiden aber nicht abnehmen können.

Und augenblicklich hatte Carolin Mertens das Gefühl, dass hier die erste Ehekrise bevorstand, noch bevor das Paar überhaupt vor den Traualtar getreten war. In geübter Manier wich sie einen Schritt zurück, lehnte an der Vitrine in ihrem Rücken und richtete den Blick auf einen imaginären Punkt hinter den beiden.

Sie war heilfroh, dass die beiden die einzigen Kunden im Geschäft waren, denn sonst würde es schnell hektisch werden. Es war einfach nicht ihr Tag heute: Carolin hatte in der Nacht schlecht geschlafen, da sie sich gestern Abend mit Nils gestritten hatte. Der Verdacht von Carolins bester Freundin schien sich zu bestätigen – Nils schien eine andere Frau zu haben. Mit seinen achtundzwanzig Jahren war er knapp zehn Jahre jünger als Carolin, dazu sah er recht gut aus; dass er sich allerdings anders orientieren würde, hatte sie bisher immer ausgeschlossen, nein, sie hatte diese Möglichkeit verdrängt.

Als sie ihn gestern Abend auf ihren schlimmen Verdacht ansprach, war er förmlich ausgerastet. Er hatte ihre Vermutung weder bestätigt noch abgestritten, sie lediglich als eine eifersüchtige und hysterische Zicke tituliert. Rasend vor Wut war er aus der gemeinsamen Wohnung gestürmt. Natürlich war sein Handy ausgeschaltet gewesen, als sie versuchte, ihn zu erreichen.

Carolin hatte entsprechend schlecht geschlafen und war übernächtigt und schlecht gelaunt aufgestanden. Sie wusste nicht, wie es mit Nils weitergehen sollte, und diese Unsicherheit fraß sie förmlich auf.

Als sie mit zehnminütiger Verspätung im Laden angekommen war, gab es einen Rüffel von Georg Brabender, ihrem Chef, der ihr im gleichen Atemzug mitgeteilt hatte, dass Sabine, eine Kollegin, krank geworden war. Kirsten, ihre andere Kollegin, war im Urlaub, somit würde Carolin den Vormittag im Laden mehr oder weniger alleine bestreiten.

Georg Brabender war seit einer knappen Stunde unterwegs, um seine Besorgungen zu erledigen. Die morgendliche Runde durch Banken und die Leerung des Postfaches ließ er sich nicht nehmen, seitdem Carolin hier arbeitete. Wahrscheinlich hockte er in irgendeinem Straßencafé und ließ sie bewusst lange allein im Laden. Als Strafe. Das traute Carolin ihm zu.

„Wir haben uns entschieden", riss sie die Stimme des Bräutigams aus den Gedanken. Er tippte auf ein Paar Ringe aus Weißgold, zierlich in der Ausführung, mit fast unscheinbarem Muster am Außenrand. „Die sollen es sein."

Seine Braut schmiegte sich, nun wieder versöhnt und sichtlich glücklich, an ihn und himmelte ihren künftigen Mann an. Auch wenn es vor wenigen

Minuten nicht so ausgesehen hatte, schien ein Happy End zwischen den beiden nun nicht mehr ausgeschlossen.

„Gern." Carolin Mertens nickte erleichtert und schickte sich an, das Auftragsformular für die Gravur aus dem Schoß zu ziehen, als die Ladentür aufflog.

Zwei dunkel gekleidete Männer stürmten in das Schmuckgeschäft, dann überschlugen sich die Ereignisse. Plötzlich hielten sie Waffen im Anschlag, kurzläufige Maschinenpistolen. Die Gesichter der Männer waren mit grauenerregenden Masken verhüllt, und Carolin wusste sofort, was das zu bedeuten hatte.

Ein Überfall, ausgerechnet jetzt, wo ich alleine bin, schrie alles in ihr. Wann endet meine Pechsträhne endlich?

Während einer der beiden Männer die drei Personen im Laden mit seiner Waffe in Schach hielt und bezeichnend den behandschuhten Zeigefinger auf die Lippen hielt, drehte sein Komplize das Türschild auf „Geschlossen" und warf einen kleinen Holzkeil auf den Boden, den er mit einer geschickten Fußbewegung unter die Tür schob. Dann wirbelte er herum und zog einen dunklen Sack aus dem Anzug, den er vor Carolin auf die Theke warf. Mit der Mündung seiner Maschinenpistole deutete er auf die gläsernen Vitrinen hinter Carolin.

Mit mechanischen Bewegungen ergriff sie den Sack und machte sich ohne nachzudenken daran, den Inhalt der Vitrinen in den Sack zu stopfen. Dabei griff sie wahllos zu, packte diamantbesetzte Colliers ebenso ein wie goldene Uhren, die den Wert eines Mittelklassewagens hatten. Während sie handelte, bemerkte Carolin die tödliche Stille im Laden. Niemand wagte es, ein Wort zu sprechen, auch das junge Paar stand wie angewurzelt da und wurde Zeuge des Raubüberfalls. Die Braut weinte lautlos, als sie sah, dass Carolin dem Räuber den mit Schmuck und Uhren gefüllten Sack überreichte. Er griff mit einer hektischen Handbewegung danach, dann blickte er sich um. Als er die kleine Überwachungskamera hinter der Theke erblickte, riss er die Waffe hoch und schoss. Die Kugel traf die kleine Cam und zerlegte sie in ihre Bestandteile. Dann nickte der vermummte Mann seinem Partner zu. Während er den Keil unter der Tür mit der Stiefelspitze fortkickte, trat auch sein Komplize den Rückzug an. Der Spuk hatte eine, höchstens zwei Minuten gedauert, die allen Beteiligten jedoch wie eine Ewigkeit vorgekommen waren.

Carolins Blick fiel auf den Bräutigam, der sichtlich unruhig wurde.

Oh nein, schrie alles in ihr. Er wird doch jetzt nicht den Helden raushängen lassen!

Der junge Mann schien über ein ausgeprägtes Gerechtigkeitsgefühl zu verfügen. Als er die letzte Gelegenheit sah, die Täter von der Flucht abzuhalten, schob er seine Zukünftige fort und stürmte los.

„Bleibt hier, ihr Schweine!", gellte seine Stimme durch das Geschäft. Er bekam den Mann, der ihm am nächsten stand, zu packen und versuchte ihn an der Flucht zu hindern. Der Maskierte wirbelte herum und riss die Waffe hoch. Ohne eine Warnung krümmte der Räuber seinen Finger um den Abzug. Die Maschinenpistole spie ihm mit ihrem mörderischen Rattern Blei entgegen, ein Scherbenregen prasselte nieder und der junge Mann taumelte von einer Salve getroffen zurück und ging zu Boden. Im Fallen riss er eine kleine Vitrine mit Modeschmuck zu Boden. Er presste die Hände auf die Stelle, wo ihn die Kugeln getroffen hatten. Seine

Kleidung war von den unzähligen Kugeln zerfetzt; ein tiefroter Blutfleck bildete sich innerhalb einer einzigen Sekunde. Die Augen des jungen Mannes schienen aus den Höhlen hervorzutreten, sein Mund formte tonlose Worte.

Die Braut kreischte wie am Spieß und sank neben ihm zu Boden. Wimmernd beugte sie sich über den jungen Mann.

Carolin besann sich im letzten Moment, den Alarm auszulösen. Die Räuber hatten das Juweliergeschäft verlassen. Wieder kehrte Stille ein. Eine tödliche Stille, die nur vom Weinen der jungen Frau unterbrochen wurde.

Das Wimmern des Mannes verebbte schließlich. Ein letztes Mal bäumte er sich unter Schmerzen auf, dann sank er kraftlos in sich zusammen. Seine Augen waren weit aufgerissen und starrten zur Decke des Ladens. Zu spät realisierte die junge Frau, dass für ihren Bräutigam schon jetzt jede Hilfe zu spät kam. Von draußen drangen Schreie und das Rattern der Maschinenpistolen an Carolins Ohren, und sie betete, schnell aus diesem Albtraum zu erwachen.

*

Maja Klausen fühlte sich plötzlich wie mitten in einem drittklassigen Fernsehkrimi: Die Tür des Juweliers, dessen Auslagen sie eben noch bewundert hatte, flog auf. Zwei schwarz gekleidete und maskierte Männer stürmten auf die Fußgängerzone. Sie trugen einen großen Sack und Waffen, die sie im Anschlag hielten. Zwei junge Mädchen, vermutlich Schulschwänzerinnen, kreischten auf.

Wie zur Antwort riss einer der Maskierten die Maschinenpistole hoch und feuerte in die Luft. Das Blei ratterte durch die Luft, irgendwo in der Nähe ging eine Schaufensterscheibe zu Bruch. Binnen Sekunden brach unter den Passanten in der Fußgängerzone Panik aus.

Menschen warfen sich zu Boden, andere flüchteten sich in irgendwelche Hauseingänge oder versteckten sich hinter den geparkten Lieferfahrzeugen.

Auch Maja tat das, was sie vor vielen Jahren auf der Polizeischule gelernt hatte: Sie warf sich flach auf den kalten Boden der Elberfelder Fußgängerzone und spürte eine Kante ihres Koffers, die sich in ihre Hüfte bohrte. Im gleichen Moment sprang der Motor eines weißen Kastenwagens an, der sich keine drei Meter von Maja entfernt befand. Als sie den Kopf etwas anhob, sah sie, wie die Männer in das Fahrerhaus des Sprinters sprangen. Wenn sie sich nicht täuschte, dann hatte der dritte Mann hinter dem Steuer nur auf die Rückkehr seiner Partner gewartet. Der schwere Wagen preschte vor, bevor die Beifahrertür ins Schloss gefallen war. Der Mann, der rechts außen saß, hielt die Maschinenpistole aus dem Fenster und feuerte noch eine Salve ab, die eine Spur der Verwüstung hinterließ. Niemand wagte es, sich in den Kugelhagel zu werfen, um die drei Räuber von der Flucht abzuhalten. Sie hatten freie Fahrt, und der Mann hinter dem Steuer zirkelte das sperrige Fahrzeug geschickt durch die Fußgängerzone. Maja versuchte einen Blick auf das Kennzeichen des Kastenwagens zu werfen, doch im gleichen Moment war der Sprinter bereits in einer Seitenstraße verschwunden. Obwohl er nicht mehr zu sehen war, mischte sich das Dauerfeuer der Maschinenpistolen unter das Aufdröhnen des Motors und die angsterfüllten Schreie der Passanten, die sich in Sicherheit brachten.

Es dauerte ein paar Sekunden, dann kehrte eine gespenstische Stille ein in der Fußgängerzone. Eine Stille, die nur vom Weinen eines Kindes durchschnitten wurde. Maja erhob sich schwerfällig und rieb sich die schmerzende Hüfte. Als sie sich umblickte, kamen ihr die Worte der Obdachlosen in den Sinn, die sie nach dem Weg gefragt hatte: „Die Elberfelder City - oder das, was davon übrig geblieben ist", das waren ihre Worte gewesen.

Maja ließ den Blick kreisen. Eine alte Frau war von einem südländisch wirkenden jungen Mann mit Baseballcap und Bomberjacke zu Boden gerissen worden. Sie wimmerte, als er ihr nun wieder auf die Beine half. Beruhigend sprach er auf die alte Frau ein. Die Schaufenster der umliegenden Geschäfte waren unter dem Kugelhagel der Juwelenräuber zu Bruch gegangen und hatten einige Leuchtreklametafeln zerfetzt. Trümmer und Scherben, so weit das Auge reichte. Maja bot sich ein Bild der Verwüstung, als sie den Blick über die Szenerie schweifen ließ.

Es war Ulbricht unangenehm, dass ausgerechnet sein Handy während der Besprechung klingelte. Normalerweise schaltete er das Ding auf lautlos, doch diesmal hatte er es irgendwie vergessen - wahrscheinlich, weil er nach der kurzen Nacht zu spät im Präsidium aufgeschlagen war.

Sekundenlang herrschte Stille am langen Besprechungstisch, und Ulbricht glaubte, das schadenfrohe Grinsen von „Brille" Heinrichs zu sehen. Normalerweise fing er sich immer einen Rüffel von Ulbricht ein, sobald sich das Telefon in den unmöglichsten Situationen meldete. So schien es ihm nur recht zu sein, dass es diesmal seinen Vorgesetzten traf.

Nachdem er eine Entschuldigung in Staatsanwalt Schaumerts Richtung gemurmelt hatte, zog er mit umständlichen Bewegungen sein Handy hervor, warf einen Blick auf das Display und erkannte eine Handynummer, die er offenbar nicht abgespeichert hatte. Entsprechend distanziert meldete er sich.

„Wer stört?"

Diese Frage, die er vorhin von Kegelmann aufgeschnappt hatte, gefiel ihm.

„Hauptkommissar Hansmeier, Kriminalwache. Es hat einen Zwischenfall in der Elberfelder Innenstadt gegeben. Raubüberfall auf einen Juwelier."

„Ist nicht meine Baustelle - ich arbeite an einem Mordfall."

„Ich fürchte schon, da wir einen Toten zu beklagen haben."

„Scheiße."

„Da sagen Sie was." Hansmeier berichtete Ulbricht kurz und präzise, was sich ereignet hatte. Wie durch ein Wunder war bei der Flucht der Räuber kein weiterer Mensch zu Schaden gekommen. Aber es hatte einen jungen Mann erwischt, der sich mit seiner zukünftigen Frau in dem Schmuckgeschäft befunden hatte, als die Räuber aufgetaucht waren.

„Ich bin in zehn Minuten da." Ulbricht drückte die rote Taste am Handy und erhob sich. „Die Morgenrunde ist hiermit aufgehoben", teilte er den Anwesenden mit und berichtete, was er eben von KHK Hansmeier erfahren hatte. Nachdem die Aufgaben verteilt waren, stürmte Ulbricht aus dem Büro. Die Frühstückspause konnte er vergessen.

Wuppertal-Elberfeld, Poststraße, 9.40 Uhr

Maja blickte auf, als sich ein alter Vectra den Weg durch die Fußgängerzone bahnte. Sie hatte den Seelsorgern, die sich um die Augenzeugen des brutalen Raubüberfalls kümmerten, zur Seite gestanden und geholfen, wo sie konnte. Einer der Männer betreute gerade eine wimmernde junge Frau, die einen schreienden Säugling auf dem Arm hielt.

Der sogenannte „erste Angriff", wie es im Polizeijargon hieß, war im vollen Gang. Trotz Absperrband und eisigem Nieselregen ließen sich die Schaulustigen nicht davon abhalten, sich die Hälse zu verrenken. Jugendliche hielten Handys in die Höhe und filmten.

Pressefotografen waren keine Viertelstunde nach dem Überfall auf den Juwelier aufgetaucht und schossen ihre Aufnahmen. Auch ein Fernsehteam war eingetroffen und hatte sich neben einem Reisebüro in

Position gebracht. Ein paar Meter weiter mischte sich eine Frau Anfang dreißig unter die Anwesenden. Sie hielt ein Mikrofon in der Hand, auf dessen Logo Maja eine stilisierte Schwebebahn erkennen konnte. Wahrscheinlich eine Mitarbeiterin des lokalen Radiosenders.

Hier fand der reinste Sensationstourismus statt, dachte Maja erschrocken. Aber wahrscheinlich wäre das in Hameln nicht anders. Natürlich hatte sich die Botschaft, dass es bei dem Überfall auf den Juwelier einen Toten gegeben hatte, wie ein Lauffeuer herumgesprochen. Der schwarze Wagen eines Bestatters war vor einer Viertelstunde vorgefahren und hatte die Gerüchte der Schaulustigen bestätigt. Es gab wieder etwas zum Fotografieren, und so löste sich die Traube der Menschen auch nicht auf, als sie von den uniformierten Polizisten aufgefordert wurden, den Ort des Geschehens zu verlassen. Maja wandte den Kopf und blickte in die Richtung, aus der sie nun Stimmen hörte.

Dass Norbert Ulbricht jetzt hier auftauchte, wunderte Maja im Grunde genommen nicht: Immerhin hatte es einen Toten gegeben; somit fiel der Raub auch in das Zuständigkeitsgebiet des KK 11, dessen Erster Hauptkommissar Ulbricht war.

Hätte sie ihn vielleicht anrufen sollen?

Ein hochmotivierter, etwas schlaksiger Streifenpolizist sprang auf den alten Opel zu und stoppte ihn mit finsterer Miene.

Norbert ließ sich von ihm nicht aus der Ruhe bringen. Er schaltete den Motor ab, löste den Sicherheitsgurt und stieg schwerfällig aus.

„Hier dürfen Sie nicht durch“, wurde er von dem jungen Polizisten belehrt. Offenbar kannte er den Leiter des KK 11 noch nicht. Das würde Norbert gleich auf die ihm eigene Art eindrucksvoll ändern, da war

Maja sicher. Sie beobachtete das Schauspiel amüsiert aus der Ferne.

„Und ob ich das darf."

„Haben Sie eine Sondergenehmigung, um überhaupt mit einem Pkw in die Fußgängerzone zu fahren?"

„Ich bin die personifizierte Sondergenehmigung, Sie Pappnase!", bellte Ulbricht, griff in die Innentasche seiner Jacke und präsentierte dem Streifenpolizisten seine Dienstmarke.

Dieser zuckte sichtlich zurück, dann nahm er Haltung an und zuckte die Schultern, bevor er Ulbricht das Flatterband niederdrückte, um ihn passieren zu lassen.

Umständlich kletterte der Hauptkommissar über die Absperrlinie.

„Du bist verdammt spät dran, Norbert", empfing Maja ihn mit vorwurfsvollem Unterton in der Stimme. Ihren grünen Rollkoffer stellte sie neben sich ab.

Er stockte in der Bewegung und musterte sie überrascht. Eine eigenartige Mischung aus Wut, Freude und Überraschung lag in seinem Blick. „Maja", kam es über seine Lippen. „Was machst du denn hier?"

„In erster Linie auf dich warten", entgegnete sie schlagfertig. „Hast du eigentlich immer so lange Ausrückezeiten?"

„Werd mal nicht frech", grollte er, dann hellte sich seine Miene auf und er zog sie in seine Arme.

„Du piekst." Maja strich ihm über das unrasierte Kinn.

„Hier boxt der Papst, ich komme kaum noch zum Schlafen, geschweige denn zum Rasieren." Es klang fast wie eine Ausrede. „Ich glaube, ich muss weg aus dieser Stadt. Es wird immer schlimmer. Erst heute

Nacht gab es einen Mord, und jetzt das hier." Er deutete auf die Szenerie. „Sieht ja aus wie nach einem Bombenangriff."

„So hat es sich auch angefühlt. Ich hatte die Ehre, den ganzen Mist aus der ersten Reihe sehen zu dürfen."

„Was machst du denn überhaupt hier?", fragte er versöhnlich und strich ihr zärtlich durch das Gesicht. Nun lächelte er sogar. „Schön, dass du hier bist."

„Find ich auch. Zumindest ist mir die Überraschung geglückt, wenngleich ich mir unser Wiedersehen auch ein wenig anders gewünscht hätte."

Ulbricht nickte. „Du hättest es nicht gleich so krachen lassen müssen, um mir eine Freude zu machen." Er deutete mit dem Kinn auf den Tatort. Dann wurde er ernst. „Die werden immer dreister", murmelte Ulbricht betroffen. „Das sind schon Zustände wie in Amerika."

Maja zuckte die Schultern. Sie schenkte es sich, ihm vom friedlichen Hameln zu erzählen. Auch im Weserbergland schlief das Verbrechen niemals, davon hatte sich Ulbricht schon mehrfach ein Bild machen können. Sie versuchte ein Lächeln, das allerdings misslang. „Willst du mich nicht verhören? Immerhin bin ich eine wichtige Augenzeugin."

„Sind denn alle versorgt?"

„Ein Mann ist bei dem Raubüberfall getötet worden, aber das weißt du wohl schon. Verletzte gibt es keine, die Kollegen von der Spurensicherung sind auch schon zugange und Seelsorger kümmern sich um die Passanten und Zeugen, die unter Schock stehen."

„Schön. Dann schieß mal los – ich bin ganz Ohr."

Maja berichtete ihm, was sie beobachtet hatte. Ulbricht hörte aufmerksam zu, und erst, als sie ihre Ausführungen abgeschlossen hatte, stellte er seine Fragen.

„Was war das für ein Fluchtfahrzeug, ein Kastenwagen, sagtest du?"

Maja nickte. „Ein Mercedes Sprinter, ziemlich neu, würde ich sagen. Keine Beschriftung, und ich hatte erst gedacht, dass es sich bei dem Wagen um das Fahrzeug eines Lieferanten handelt." Sie machte eine hilflose Handbewegung. „Wie soll ich denn auch ahnen, dass Räuber jetzt schon mit dem Lieferwagen in die Fußgängerzone kommen?"

„Clever", räumte Ulbricht ein. „So konnten sie sicher sein, dass sie nicht auffallen. Und moderne Lieferwagen sind schneller als so mancher Pkw. Wären sie mit einer großen Limousine vorgefahren, hätten einige Passanten wohl gleich Verdacht geschöpft."

„Deine Kollegen haben den Sprinter schon zur Fahndung ausgeschrieben, bislang aber wohl erfolglos." Maja lächelte. „Wahrscheinlich ärgern sich jetzt alle Paketdienst- und Kurierfahrer, dass sie kontrolliert werden."

„Wenn die Räuber so brutal vorgehen, müssen wir damit rechnen, dass sie weitere Tote in Kauf nehmen."

„Allerdings. Du hättest das sehen müssen, wie die geflüchtet sind. Sie haben sich den Weg förmlich freigeschossen, das war wie in einem schlechten Film, Norbert." Ein Schauer rieselte ihren Rücken herunter, als Maja das Erlebte noch einmal vor ihrem geistigen Auge Revue passieren ließ.

Ulbricht schüttelte fassungslos den Kopf und verspürte offenbar Lust auf eine Zigarette. Von einer plötzlichen Unruhe ergriffen, nestelte er an seiner Jacke herum, griff schließlich in die Innentasche und zog eine zerknautschte Zigarettenpackung hervor. Als er Majas missbilligenden Blick sah, grinste er schief. „Die Sucht", räumte er ein. „Ich brauch das jetzt einfach, um nachdenken zu können." Mit diesen Worten klopfte er eine Zigarette aus der Packung und zündete sie sich an.

„Du musst dich nicht entschuldigen", antwortete Maja schließlich. In Anbetracht der Situation war eine Zigarette das kleinste Übel.

„Schön, dass du da bist", wiederholte er lächelnd, wohl mehr um von seiner Nikotinsucht abzulenken. Und er klang trotz der chaotischen Situation ruhig und ehrlich. Genüsslich paffte er den Rauch zum Himmel.

„Und jetzt sehen wir zu, dass wir diese Schweine zu fassen kriegen", sagte Maja.

„Wir?" Er machte eine Miene, als hätte er sich verhört. Dann nahm Norbert Ulbricht einen Zug von seiner Zigarette und blies den Rauch zum grauen Himmel.

„Na klar. Oder glaubst du ernsthaft, ich lass dich hier im Stich?"

ACHT

Sie hatten gründlich vorgearbeitet. Und so gehörte es zum Plan, dass sie den Wagen verschwinden ließen, noch bevor der Polizeihubschrauber aus Düsseldorf in der Luft war, um die Verfolgung aufzunehmen. Noch bevor der Behördenapparat der Polizei angelaufen war und die Fahndung an alle Streifenwagen im Bergischen Städtedreieck ausgerufen war, wollten sie von der Bildfläche verschwunden sein. Sie hatten den Überraschungsmoment genutzt, um unterzutauchen.

Und sie hatten es geschafft.

Als er den Sprinter auf das Gelände der seit Jahren leer stehenden Firma lenkte, atmete er auf. Ihm war, als würde die Anspannung der letzten Stunden wie ein zentnerschwerer Stein von ihm abfallen.

Kaum, dass der Kastenwagen vor dem großen Tor zum Stehen gekommen war, sprangen seine Beifahrer mitsamt ihrer Beute ins Freie. Michels machte sich daran, das Hallentor zu öffnen, Fritz huschte hinein und entschwand seinem Blickfeld.

Ein zufriedenes Lächeln legte sich auf seine kantigen Mundwinkel.

Hier saß tatsächlich jeder Handgriff.

Wenige Sekunden, nachdem einer der Männer im Halbdunkel der baufälligen Halle verschwunden war, schoss ein dunkler Siebener-BMW älterer Bauart aus der Fabrik und hielt mit laufendem Motor neben dem Sprinter. Alles hatte geklappt, die gelben Nummernschilder waren bereits an der Limousine montiert. Achim Fritz saß am Steuer, hielt den rechten Daumen hoch, während er die Kupplung kommen ließ und den

Kastenwagen in die Halle rangierte. Feinste Scherben und Geröllbrocken knirschten unter den breiten Reifen des Sprinters.

Nachdem der Kastenwagen stand, würgte er den Motor ab und sprang ins Freie. Den Zündschlüssel des Sprinters ließ er stecken – mit dem Wagen würde niemand mehr einen Meter fahren. Eilig umrundete er die wuchtige Front des Lieferwagens und zog die rechte Schiebetür des Laderaums auf. Darin befanden sich zwei große Blechkanister. Er öffnete die Verschlüsse nacheinander und schüttete das Benzin auf den Wagen. Gluckernd sickerte der Kraftstoff auch unter das Fahrzeug. Er wartete, bis sich die brennbare Flüssigkeit verteilt hatte, dann zog er eine Streichholzpackung hervor und riss eines der Zündhölzer an. Mit einem dumpfen Geräusch entzündete sich das brennbare Benzin-Luftgemisch, dann stand der Sprinter lichterloh in Flammen. Beißender Rauch bildete sich in kürzester Zeit, und bald schon leckten die Flammen am Blechkleid des Kastenwagens und warfen Blasen auf dem Lack.

Der Fahrer stürmte aus der Halle und warf das Tor zu. Draußen warteten seine Partner bereits mit laufendem Motor im BMW. Er riss die rechte Hintertür auf und warf sich in den Fond. „Ab dafür!“, gellte seine Stimme auf, und Fritz trat das Gaspedal durch. Schlingernd setzte sich die schwere Limousine in Bewegung.

„Ruhig, Brauner“, rief er. „Oder willst du, dass dich die Bullen anhalten, weil du wie ein Irrer fährst?“

Wuppertal-Elberfeld, Poststraße, 10.05 Uhr

Sie ließen sich von einem uniformierten Kollegen in das Hinterzimmer des Schmuckgeschäfts führen. Der

Raum war höchstens drei mal drei Meter groß und fensterlos. Es gab einen wuchtigen Schreibtisch, auf dem sich die Kataloge internationaler Uhren- und Schmuckhersteller stapelten. Eine Plastikhaube schützte den vergilbten PC-Monitor vor Staub.

Die beiden Frauen kauerten auf knarrenden Besucherstühlen aus verchromtem Stahlrohr und blickten Maja und Ulbricht unverwandt an. Neben ihnen stand Habermann, einer der Polizeiseelsorger. Als er Ulbrichts fragenden Blick sah, nickte er unmerklich und wandte sich an die beiden Frauen.

„Das sind die Kollegen, die in dem Fall ermitteln – ich lasse Sie einen Moment allein, wenn das in Ordnung ist?"

„Geht schon klar", hauchte die Jüngere der beiden. Ihr Gesicht war verheult, der eigentlich flotte Pagenschnitt wirkte verwahrlost. Sie knetete ein Stofftaschentuch und schnäuzte sich geräuschvoll die Nase.

Nachdem Habermann den Raum verlassen hatte, zog sich Ulbricht den Bürostuhl heran.

„Wie geht es Ihnen?"

„Das fragen Sie nicht ernsthaft, oder?", fuhr die ältere der beiden Frauen auf. „Julia... Julia Spielhoff hat vor einer Stunde ihren Verlobten verloren, weil mir zwei Verrückte den Laden ausgeraubt haben."

„Also gehören Sie zur Belegschaft des Juweliers?", mischte sich Maja ein. Sie lächelte freundlich und stellte den Rollkoffer neben sich ab. Wäre es nicht ein tragischer Moment gewesen, hätte Ulbricht wahrscheinlich gegrinst.

„Das ist richtig. Mein Name ist Carolin Mertens. Seit acht Jahren arbeite ich hier, und das war schon der zweite Überfall. Es wird immer schlimmer, und diese Typen haben keinerlei Hemmungen mehr. Sie schießen einen Mann einfach so über den Haufen... Wo sind wir hier eigentlich? In Chicago? Es ist so..."

Carolin Mertens brach ab, als Julia Spielhoff laut aufschluchzte. Maja war sofort bei ihr und redete beruhigend auf sie ein. Ulbricht war froh, dass sie und nicht Heinrichs, dieser alte Hektiker, ihn im Verhör begleitete.

„Bitte schildern Sie uns, was sich ereignet hat", bat Maja, nachdem sich die jüngere Frau wieder ein wenig beruhigt hatte.

Stockend erzählten sie nacheinander, wie sie den Überfall auf das Schmuckgeschäft erlebt hatten. Ulbricht blickte sich währenddessen suchend um. „Gibt es eigentlich eine Überwachungsanlage?"

„Natürlich", nickte Carolin Mertens. „Die wird aber vom Chef verwaltet. Wahrscheinlich wollen Sie die Aufzeichnungen auswerten."

„Exakt." Ulbricht nickte. „Können Sie uns die Täter beschreiben?"

Carolin Mertens tauschte einen Blick mit Julia Spielhoff, die den Kopf schüttelte. „Sie waren vermummt, trugen schwarze Kleidung und Masken – also was erwarten Sie?" Vorwurf lag in der Stimme der Schmuckverkäuferin.

„Die Masken", hakte Ulbricht nach. „Trugen sie die bereits, als sie den Laden betreten haben, oder haben sie sich die erst übergezogen, als sie drinnen waren?"

„Nein, sie waren schon maskiert, als sie ins Geschäft stürmten", erklärte Julia Spielhoff. „Ich habe sofort gewusst, was es zu bedeuten hat, als diese Typen den Laden betreten haben." Tränen sammelten sich wieder in ihren Augen, und die junge Frau war um Fassung bemüht. Sie rang mit den Händen.

Dezent lackierte, sehr gepflegte Nägel, stellte Ulbricht fest.

„Dass sie mit den Masken nicht den Passanten in der Fußgängerzone vor dem Laden aufgefallen sind, wundert mich", murmelte Carolin Mertens. „Die hätten doch bestimmt sofort die Polizei gerufen. Heute hat doch jeder ein Handy." Sie schüttelte im Zeitlupentempo den Kopf. „Das war so schrecklich."

„Wahrscheinlich", nahm Maja nach einem kurzen Blick zu Ulbricht den Faden wieder auf, „wahrscheinlich haben sie die Masken erst im Eingangsbereich aufgesetzt, als sie mit dem Rücken zur Straße standen. Und wenn man die Waffen eng am Körper hält, muss das nicht zwangsläufig auffallen. Zumal sie den Kastenwagen so geparkt haben, dass er ihnen als zusätzlicher Sichtschutz diente."

„Wissen Sie, ob es auch eine Kamera im Eingangsbereich des Ladenlokals gibt?", wollte Ulbricht wissen.

Carolin Mertens schüttelte den Kopf. „Da ist nichts. Nur im Laden selbst hat der Chef nach dem Überfall damals mehrere winzig kleine Kameras montieren lassen."

„Immerhin zeigen sie den Überfall aus verschiedenen Perspektiven", murmelte Maja und warf Julia Spielmann einen aufmunternden Blick zu. Doch Ulbricht sah ihr an, dass sie sich selbst hilflos fühlte. Ihren ersten Besuch in Wuppertal hatte sie sich wohl anders vorgestellt.

„Das war doch alles bis ins letzte Detail geplant", vermutete die Schmuckverkäuferin.

Ulbricht nickte. „Davon ist auszugehen."

„Und gesprochen haben sie auch nicht", vermutete Maja.

Von draußen drang das Rattern von Rotorblättern an ihre Ohren. Der Hubschrauber aus Düsseldorf kreiste in der Luft.

„Natürlich nicht. Ich glaube, das waren Profis. So schnell, wie das alles ging." Carolin Mertens schüttelte den Kopf.

„Was können Sie uns zur Beute sagen?"

Carolin Mertens seufzte. „Colliers, Ringe, einige wertvolle Uhren." Nun lächelte die Verkäuferin matt. „Und jetzt wollen Sie bestimmt die Schadenshöhe wissen?"

Maja erwiderte das Lächeln und schüttelte den Kopf.

„Mehrere hunderttausend Euro bestimmt, vielleicht knapp eine Million, ich weiß es wirklich nicht."

Ulbricht wurde ungeduldig. „Waren die Täter groß, klein, dick oder dünn?"

„Die beiden waren tatsächlich groß, bestimmt zwei Meter. Und wenn ich das durch die Kleidung erkannt habe, auch muskulös." Carolin Mertens machte eine weit ausladende Geste. „So breite Schultern, die gehen bestimmt zum Pumpen ins Fitnessstudio. So typische Türstehertypen, denen man nicht im Dunkeln begegnen möchte."

„Wenn ich das richtig verstanden habe, haben Sie sich zum Zeitpunkt des Überfalls allein im Laden befunden, von Frau Spielhoff und ihrem Verlobten abgesehen?" Maja faltete die Hände im Schoß.

„Das ist richtig, ja. Offenbar habe ich eine Pechsträhne. Ich hatte Streit mit meinem Freund, heute Morgen verschlafen, bin zu spät gekommen und habe mir einen Anschiss, pardon, eine Ermahnung, von Brabender, meinem Chef, eingefangen. Eine Kollegin ist im Urlaub, eine andere hat sich krankgemeldet."

„Mahlzeit, das sind Zustände wie bei der Polizei", brummte Ulbricht und registrierte den Ansatz eines Lächelns auf Carolin Mertens' Gesicht. „Und wo war Brabender?"

„Unterwegs. Jeden Morgen zieht er los, um die täglichen Erledigungen zu tätigen. Post, Banken, Brötchen und Zeitung holen."

„Wie lange ist er schon weg?"

„Zu lange. Gut zwei Stunden. Ich habe versucht, ihn auf Handy anzurufen - bisher vergeblich. Eigentlich seltsam, wo er doch Tag und Nacht telefonisch erreichbar ist."

Maja warf Ulbricht einen warnenden Blick zu.

War Brabender etwas zugestoßen?

„Sie sollten bei ihm zu Hause anrufen und seine Angehörigen fragen", schlug Maja vor.

„Wir werden das gleich übernehmen." Ulbricht zückte Block und Stift und schrieb mit. Er ließ sich von Carolin Mertens die Kontaktdaten des Ladeninhabers nennen. „Wir kümmern uns darum", versprach er abschließend und erhob sich. „Um die Aufzeichnungen der Überwachungsanlage kümmern sich die Kollegen der Kriminaltechnik." Er tauschte einen schnellen Blick mit Maja. „Wir wären dann erstmal durch. Vielen Dank für Ihre Geduld."

Maja stand auf und griff nach ihrem Koffer. „Ihre Kontaktdaten..."

„Haben Ihre Kollegen vom Streifendienst bereits aufgenommen", beendete Carolin Mertens den Satz. Die beiden Frauen hatten sich ebenfalls erhoben. Als Ulbricht an der Tür des kleinen Büros angelangt war, blieb er stehen und wandte sich noch einmal um. Er hatte das dringende Bedürfnis, Julia Spielhoff noch etwas zu sagen, vielleicht ein paar tröstende Worte zu sprechen, doch es wollte ihm einfach nichts Passendes einfallen. Manchmal hatte er das Einfühlungsvermögen eines Eisschrankes. Zwar hasste er sich dafür, doch er war sich im Klaren darüber, dass diese Erkenntnis allein nicht genügte, um ihn auf seine alten Tage noch zu verändern.

„Halten Sie die Ohren steif", brachte er mit einem gequälten Grinsen hervor, dann war er draußen. Majas vorwurfsvollen Blick, den er förmlich im Rücken spürte, ignorierte er so gut es ging.

*

„Da sind Sie ja endlich, Chef!" Heinrichs löste sich aus einer Menschengruppe und stürmte auf Ulbricht und Maja zu.

„Wenn Sie mich noch einmal...", setzte Ulbricht wütend an.

„Chef, ich weiß, ich soll nicht Chef sagen." Frank Heinrichs betrachtete Maja, sagte aber nichts zu Ulbrichts Begleiterin, die noch immer ihren grünen Rollkoffer hinter sich herzog.

„Was gibt es denn so Wichtiges?" Der Hauptkommissar versenkte die Hände in den Taschen seiner Winterjacke.

Heinrichs druckste herum. „Die Kollegen vom Landeskriminalamt übernehmen jetzt."

„Wie bitte?" Ulbricht glaubte sich verhört zu haben.

„Das LKA hat die landesweite Fahndung eingeleitet und mit der Befragung der Zeugen begonnen." Heinrichs zuckte die schmalen Schultern. „Wir sind raus, Chef."

„Das denken die."

„Norbert, bitte." Maja zupfte an seinem Ärmel. „Das sind eben die Gesetze."

Er blickte sie mit regungsloser Miene an. „Und ich lasse mir den Fall so mir nichts, dir nichts, abnehmen?" Ulbricht überlegte mit in den Taschen versenkten

Händen. Schließlich nickte er und gab Maja ein Zeichen. „Na gut."

„Wie – na gut?" Maja glaubte sich verhört zu haben.

„Wir können Feierabend machen. Ich habe sowieso noch ein paar Stunden Schlaf nachzuholen."

Er nickte Heinrichs zu. „Sie halten hier die Stellung, und wenn sich was Wichtiges ergibt, rufen Sie mich an."

„Aber Sie wollten nicht gestört werden", erinnerte er seinen Vorgesetzten zaghaft.

„Heinrichs, bitte." Ulbrichts Stimme klang wie die eines von seinem Schüler enttäuschten Lehrers. „Seit wann halten Sie sich an meine Anweisungen?" Damit ließ er Heinrichs stehen. Maja zuckte die Schultern, schnappte sich den Koffer und zog ihn ratternd hinter Ulbricht her. Nachdem der grüne Hartschalenkoffer im Heck des alten Vectra verstaut war und sie im Wagen saßen, blickte Maja ihn entsetzt an.

„Das ist nicht dein Ernst, oder?"

Die Scheiben beschlugen innerhalb weniger Sekunden. Ulbricht startete den Motor und schaltete das Heizgebläse auf die höchste Stufe. „Wovon redest du?"

„Von deinem wohlverdienten Feierabend, Norbert. Wir können doch jetzt nicht so einfach aufgeben, nur weil das LKA ermittelt."

Er grinste. „Lass die mal machen, wir kümmern uns um die Basisarbeit und kommen schneller zum Ziel als die, darauf verwette ich meinen Arsch. Ich dachte daran, diesem Brabender einen Besuch abzustatten. Wenn er nicht im Geschäft ist, während sein Laden überfallen wird, und wenn er danach nicht telefonisch zu erreichen ist, dann finde ich das sehr seltsam."

„Jetzt gefällst du mir wieder viel besser.“ Maja beugte sich zu ihm herüber und strich ihm durch das Haar.

Er rieb sich den Nasenrücken und grinste wie ein kleiner Junge. „Kommst du mit?“

Jetzt musste sie lachen. „Dachtest du ernsthaft, ich warte hier?“

Wuppertal-Sonnborn, 10.40 Uhr

Die Villa lag im Zooviertel, Wuppertals teuerster Wohngegend, unweit des Märchenbrunnens, der auf einer Insel zwischen vier Straßen thronte.

„Das ist ja besser als unser Klütviertel“, staunte Maja, die Wuppertal immer wieder mit Hameln verglich und enttäuscht feststellte, dass der Vergleich hinkte. Das prächtige Villenviertel, durch das Ulbricht den Opel gelenkt hatte, imponierte ihr. Doch sie liebte ihre Heimatstadt und vermisste die historischen Bauten der Hamelner Altstadt schon jetzt.

Nachdem Ulbricht den Vectra in der Donarstraße in eine enge Parklücke gezirkelt hatte, grinste er zufrieden. Sie stiegen aus und legten die letzten Meter zu Brabenders Haus zu Fuß zurück. Ein Mann im blauen Overall war damit beschäftigt, den Gehweg zu fegen; auf dem gegenüberliegenden Bürgersteig ging eine alte Frau mit ihrem ergrauten Rauhaardackel Gassi. Das Tier trug einen dunkelroten Mantel, der bei Ulbricht nur ein Kopfschütteln hervorrief.

Der Juwelier residierte in einer mehrgeschossigen Jugendstilvilla mit strahlend weiß getünchter Fassade und einem Walmdach mit mehreren Gauben, hohen Fenstern und einem verspielt wirkenden Ecktürmchen.

Ein Tor trennte den Bürgersteig vom Vorgarten, dahinter befand sich eine kleine Grünfläche mit Skulpturen aus Stein auf dem Rasen. Im Sommer sicher ein Kleinod, wirkte der Garten jetzt trostlos. Breite Stufen führten zu einem überdachten Portal, das von steinernen Löwen flankiert wurde.

Maja blieb staunend stehen. „Es scheint ihm in finanzieller Hinsicht nicht schlecht zu gehen."

„Das ist noch nicht raus", meinte Ulbricht und legte den Daumen auf den goldenen Klingelknopf. Ihm fiel auf, dass er kein Namensschild entdecken konnte. Offensichtlich war dem Juwelier daran gelegen, dass niemand erfuhr, wer hier residierte.

Im Haus schlug ein melodischer Gong an.

Ein Hund bellte. Dem Bellen nach handelte es sich um ein großes Tier. Ulbricht warf Maja einen säuerlichen Blick zu. „Du gehst vor", beschloss er.

„Hast du etwa Angst vor Hunden?"

„Nein." Er schüttelte den Kopf. „Ich mag sie nur nicht."

Maja, die gerade etwas erwidern wollte, brach ab, als sich die schwere Haustüre öffnete.

Eine blasse Frau Ende dreißig stand im Rahmen. Obwohl sie hübsch war, wirkte sie unscheinbar und verschüchtert. Dunkle Ringe lagen unter ihren Augen, die selbst das Make-up nicht verdecken konnte. Zu einer weißen Bluse trug sie einen grauen Rock, der eine Handbreit über dem Knie endete. Eigentlich eine attraktive Frau, stellte Maja fest. Das Attribut ‚eigenartig', das ihr während ihrer Betrachtung einfiel, vermochte sie nicht zu erklären. Die Frau betrachtete ihre Besucher mit fragender Miene.

„Guten Tag, Kriminalpolizei." Ulbricht zeigte ihr den Dienstausweis und stellte sich vor. „Hauptkommissar Ulbricht", er deutete auf Maja, „meine Kollegin, Hauptkommissarin Maja Klausen." Er band der Frau nicht auf die Nase, dass Maja hier keine polizeilichen Befugnisse hatte.

„Worum geht es?" Die Frau klang abweisend, aber auch verunsichert.

„Gisela Brabender?", antwortete Ulbricht mit einer Gegenfrage. Von Carolin Mertens hatte er den Vornamen ihrer Chefin erfahren. „Sie sind doch die Frau von Georg Brabender?"

„Ja, aber warum ..." Zwischen ihren Augenbrauen bildete sich eine steile Falte.

„Es geht um Ihren Mann", antwortete Maja an Ulbrichts Stelle und schenkte der Frau ein freundliches Lächeln. „Er ist verschwunden."

„Wie bitte?" Frau Brabender schüttelte den Kopf. „Das ist nicht möglich. Er ist heute Morgen ganz normal ins Geschäft gefahren, so, wie er es jeden Morgen tut."

Maja tauschte einen Blick mit Ulbricht. Von dem Überfall auf das Geschäft schien sie noch nichts zu wissen. „Dort ist er auch angekommen, aber von seiner morgendlichen Runde ist er nicht zurück ins Geschäft gekommen."

Ulbricht räusperte sich. „Wir haben bereits mehrfach versucht ihn zu erreichen, leider vergeblich."

Gisela Brabender strich sich eine Haarsträhne hinter das Ohr und gab den Eingang frei. „Bitte", sagte sie und blickte an den Polizisten vorbei, so, als befürchte sie, beobachtet zu werden. Ihre Bewegungen wirkten fahrig und unsicher. „Bitte kommen Sie herein. Ich möchte nicht, dass die ganze Nachbarschaft erfährt..." Sie brach ab und deutete in das Innere der Villa.

„Was ist mit dem Hund?", fragte Ulbricht und blickte im Gegenzug an Gisela Brabender vorbei. Von einem Hund war nichts zu sehen.

„Er soll mich schützen. Aber Sie können beruhigt sein: Ich habe ihn in den Garten gebracht." Ein zaghaftes Lächeln umspielte ihre Mundwinkel.

„Gut." Ulbricht steckte den Ausweis fort und betrat, gefolgt von Maja, einen fast quadratischen Flur. Hier herrschte kühle Eleganz. Große Gemälde in schlichten Rahmen als Farbtupfer auf weißen Wänden. Die Motive sagten Ulbrichts offenbar nichts, der Blick, den er Maja zuwarf, sprach Bände. Alle Türen, die in angrenzende Zimmer führten, waren verschlossen. Neben der Treppe, die in die oberen Stockwerke führte, gab es eine Sitzecke mit einem flachen Tisch und Designer-Ledersesseln. Eine Stehlampe mit cremefarbenem Schirm verbreitete einen diffusen Lichtschein.

„Bitte, nehmen Sie doch Platz." Gisela Brabender deutete auf die Sitzecke.

Während Ulbricht sich noch wunderte, nicht in das Wohnzimmer geführt zu werden, sank Maja bereits auf einen der Stühle. Das Leder knarzte leise. Ulbricht zuckte unmerklich die Schultern und tat es ihr nach.

„Darf ich Ihnen etwas zu trinken anbieten?"

Maja registrierte, dass Gisela Brabender durchaus gute Manieren hatte. So, wie es die Kreise, in denen sie verkehrte, verlangten.

„Nein, danke", erwiderte Ulbricht. „Wir werden Ihre Aufmerksamkeit nicht länger als nötig beanspruchen."

„Vielen Dank." Gisela Brabender setzte sich zu ihnen. Ihr Rock rutschte dabei über die Knie.

Maja eröffnete das Gespräch. „Es hat einen Zwischenfall im Laden gegeben."

Gisela Brabenders Augen weiteten sich angsterfüllt. „Oh nein, bitte nicht schon wieder." Nervös nestelte sie am Kragen ihrer blütenweißen Bluse herum.

Ulbricht stutzte. „Schon wieder?"

„Ist das Geschäft überfallen worden? Das ist es doch, was Sie mir mitteilen wollen, oder?"

„Ja, es hat einen Raubüberfall gegeben", nickte Ulbricht. „Warum sagen Sie schon wieder?"

„Weil wir vor acht Jahren schon einmal überfallen worden sind." Sie rang mit den feingliedrigen Fingern. „Seit dieser Zeit …", setzte sie an, biss sich auf die Unterlippe und brach ab.

„Was ist seit dieser Zeit, Frau Brabender?", fragte Maja.

Der Kopf der Geschäftsfrau ruckte hoch. „Seit dieser Zeit kann ich nicht mehr im Laden sein. Ich habe ein schweres Trauma davongetragen und befinde mich auch heute noch in psychologischer Behandlung. Noch immer schlafe ich nachts nicht durch, wache schweißgebadet auf und leide unter Verfolgungsängsten."

Das erklärt auch das seltsame Verhalten an der Haustür, dachte Maja. „Ist es damals zu … körperlichen Übergriffen gekommen?"

Gisela Brabender nickte. „Man hat uns mit Schusswaffen bedroht, man hat mit vorgehaltener Waffe die Herausgabe von hochwertigem Schmuck und Uhren gefordert. Hat man Ihnen schon mal die Mündung einer Waffe auf die Schläfe gedrückt?" Als die Polizisten schwiegen, fuhr die Frau des Juweliers fort: „Das hat mir schon genügt. Nicht auszudenken, wenn …" Gisela Brabender brach ab und barg das blasse Gesicht in den Händen. Maja sah ihr an, dass sie den Überfall im Geiste noch einmal durchlebte.

Dann ruckte ihr Kopf hoch. Sie blickte erst Ulbricht, dann Maja an. „Aber, nein", sagte sie dann leise. „Nein, es hat keine körperliche Gewalt im eigentlichen Sinne gegeben." Sie stockte. „Und heute? Gab es Verletzte?"

„Verletzte nicht", erwiderte Ulbricht mit versteinerter Miene. So ernst hatte Maja ihn selten erlebt. „Es hat sogar einen Toten gegeben. Ein Kunde, der sich im Laden befand, als die Räuber das Geschäft betraten, wollte die Täter an der Flucht hindern. Er musste seinen Einsatz mit dem Leben bezahlen."

Maja betrachtete Ulbricht von der Seite. Seine Miene war verschlossen; sie wusste nicht, ob er sich an den Fall erinnerte.

„Wie schrecklich", bemerkte sie, um das eingetretene Schweigen zu überbrücken.

„Allerdings."

Gisela Brabender zupfte sich den Rock zurecht. „Sie sagten, Sie suchen meinen Mann?"

Ulbricht nickte. „Frau Mertens, seine Mitarbeiterin, kann ihn telefonisch nicht erreichen. Weder hier noch über Handy."

„Das ist seltsam."

„Sie waren aber doch zu Hause, nehme ich an?" Ulbricht richtete sich auf und blickte in die ängstlichen Augen der Juweliersfrau.

„Gehen Sie nicht ans Telefon, wenn jemand anruft?", fragte Maja.

Gisela Brabender schüttelte den Kopf. „Niemals. Ich besitze auch kein Handy. Aber dass Georg sich nicht meldet, ist seltsam." Sie blickte die Kommissare an. „Meinen Sie, ihm ist etwas zugestoßen?"

„Das wissen wir nicht, Frau Brabender." Maja war bemüht, sachlich zu klingen. „Deshalb sind wir hier."

„Was denken Sie – wo könnte er sich aufhalten? Haben Sie Kinder, Freunde, Verwandte?“ Ulbricht zückte den Notizblock.

„Nein, unsere Ehe ist kinderlos. Georg kann nicht … egal. Freunde gibt es einige, die Verwandten leben in der Schweiz. Ich muss aber sagen, dass ich mich seit dem Überfall sehr aus dem gesellschaftlichen Leben zurückgezogen habe und dass Georg unsere Freundschaften größtenteils alleine pflegt.“ Nun lächelte sie wieder, und diesmal wirkte es sehnsüchtig. „Ich gehe nur noch vor die Türe, wenn es unbedingt sein muss. Immer wieder überkommen mich diese Panikattacken.“

Gisela Brabenders zuckte zusammen, als von außen ein Schlüssel in die Haustür geschoben wurde. Ein eisiger Wind fegte ins Haus, dann erschien ein hochgewachsener Endvierziger mit breiten Schultern und Stiernacken auf der Bildfläche. Trotz seiner eigenartigen Statur saß der dunkle Anzug perfekt. Die dichten Haare waren gefärbt, das erkannte Maja auf den ersten Blick. Und sie sah, dass der Mann offensichtlich ein Kreislaufproblem hatte: An seiner tiefroten Gesichtsfarbe stellte sie fest, dass er kurz vor der Explosion stand.

„Was hat das hier zu bedeuten?“, polterte er wütend und baute sich vor der Sitzecke auf.

„Georg …“, setzte Gisela erschrocken an und wurde mit einer herrischen Geste ihres Gatten zum Schweigen gebracht. So räumte er gleichzeitig Majas letzten Zweifel aus, dass es sich bei dem unsympathischen Choleriker offensichtlich um den Mann handelte, den sie in den letzten Stunden vergeblich gesucht hatten.

„Warum lässt du in meiner Abwesenheit wildfremde Menschen ins Haus?“, fragte Brabender an seine Frau gewandt. „Ich habe dir schon hundertmal gesagt, dass …"

Ulbricht sprang auf. „Herr Brabender, ich muss Sie doch sehr bitten." Er zog den Dienstausweis aus der Tasche und hielt ihn Brabender vor das Gesicht. „Hauptkommissar Ulbricht, Kripo Wuppertal." Als Brabender den Ausweis an sich nahm und ihn schweigend studierte, fuhr Ulbricht fort. „Meine Kollegin, Hauptkommissarin Klausen."

Er ließ die Hand, in der er den Ausweis hielt, sinken, und betrachtete Maja wie ein lästiges Insekt. „Auch von der Wuppertaler Kriminalpolizei?"

Maja wurde kurz heiß, dann hatte sie sich wieder unter Kontrolle. „Zentraler Kriminaldienst", sagte sie schnell und ließ ganz bewusst den Sitz ihrer Dienststelle weg.

„Ich habe Ihren Vorgesetzten vom Landeskriminalamt schon alles erzählt", polterte Brabender und gab Ulbricht den Ausweis zurück.

„Das sind nicht unsere Vorgesetzten", korrigierte er den Juwelier. „Die Damen und Herren aus Düsseldorf sind unsere Kollegen. Und da Sie in den letzten Stunden durch Abwesenheit geglänzt haben und wir es für richtig hielten, Sie über die Umstände des Überfalls zu informieren …"

„…haben Sie hier rumgeschnüffelt? Ich trenne berufliche und private Belange streng. Und so tragisch der Zwischenfall im Geschäft auch sein mag – er hat hier, in meinem Haus, nichts zu suchen."

„Aber Sie reden schon über das Geschäft, beispielsweise beim Abendessen mit Ihrer Frau?" Maja war nun ebenfalls aufgestanden.

„Ich wüsste nicht, was Sie das angeht", konterte Brabender.

„Georg – wo warst du?" Gisela Brabenders Stimme klang leise und eingeschüchtert.

Er starrte sie unverwandt an. „Unterwegs, geschäftlich. Ich habe eben erst von dem Raub erfahren und bin sofort hergefahren." Nun musterte er die beiden Kommissare feindselig. „Als hätte ich es geahnt, dass Sie in meinem Haus herumschnüffeln", sagte er leise.

„Ich muss doch sehr bitten." Ulbricht hob eine Hand.

„Wir mussten davon ausgehen, dass Sie sich in Gefahr befinden", gab Maja ihm recht.

„Papperlapapp." Brabender schüttelte den Kopf und atmete tief durch. Langsam schien sich sein Kreislauf zu beruhigen.

„Also", sagte er an Ulbricht gewandt. „Was wollen Sie hier?"

„Das sagte ich bereits." Ulbricht winkte ab. „Wir werden jetzt, wo wir uns davon überzeugen konnten, dass es Ihnen gut geht, verschwinden. Bitte seien Sie morgen früh um acht Uhr im Präsidium." Er gab Maja ein Zeichen, dass er durch war.

„Warten Sie", rief Brabender hastig.

„Was ist denn noch?" Ulbricht machte kehrt.

„Kann ich Sie unter vier..." Brabender blickte Maja an. „Unter sechs Augen sprechen?"

„Natürlich." Ulbricht wechselte einen Blick mit Maja. Sie nickte.

Georg Brabender führte sie, ohne seine Frau auch nur eines einzigen Blickes zu würdigen, in sein Büro. Auch hier herrschte kühle Sachlichkeit. Weiße Wände, große Bilder, ein Fenster zum Garten hinter dem Haus, eine Kommode, die sich als Bar erwies, Bücherregale und ein massiver Schreibtisch. Davor zwei lederne Besucherstühle. Nachdem Brabender die Tür verschlossen hatte, holte er tief Luft. Er machte sich an der kleinen Bar zu schaffen und schenkte sich einen schottischen Whisky ein. „Möchten Sie auch etwas?"

„Nein, danke." Ulbricht schüttelte den Kopf und sank unaufgefordert in einen der beiden Besucherstühle vor dem wuchtigen Schreibtisch. Maja tat es ihm nach.

Brabender verschanzte sich mit dem Glas in der Hand hinter seinem Schreibtisch. Er betrachtete die Kommissare mit regungsloser Miene. Seine Kieferknochen mahlten. „Meine Frau ist krank." Er sagte das in einem Ton, als würde er über das Wetter plaudern.

„Sie hat von einem früheren Überfall ein Trauma davongetragen", nickte Maja. „Davon berichtete sie uns, bevor Sie..."

„Es tut mir leid, wenn mein Benehmen ein wenig ... unangemessen war." Brabender lächelte, doch es waren nur seine Mundwinkel, die sich nach oben schoben. Der Blick seiner grauen Augen war leer und kalt.

„Wo waren Sie, als Ihr Geschäft überfallen wurde?", kam Ulbricht auf den Grund ihres Besuches zurück.

Brabender kippte den Whisky in einem einzigen Zug herunter und schüttelte sich. Mit einer angewiderten Miene stellte er das Glas hart auf dem Schreibtisch ab.

„Ich möchte nicht darüber sprechen", sagte er dann, ohne seine Besucher anzuschauen.

Ulbricht sprang in die Höhe und beugte sich über den Schreibtisch des Juweliers. „Sie möchten nicht darüber sprechen?", fragte er leise.

Maja kannte ihn gut genug um zu wissen, dass es gefährlich wurde, wenn Norbert Ulbricht leise sprach. Solange er herumpolterte, war seine Welt in Ordnung. Doch sobald er die Stimme senkte, sollte man die

Flucht antreten. Brabender schien das nicht zu wissen – er blieb seelenruhig sitzen und erwiderte Ulbrichts Blick.

Sekundenlang maßen sich die Männer mit Blicken.

„Sie möchten nicht darüber sprechen?", wiederholte Ulbricht, als seine Geduld am Ende war. Dann ließ er die rechte Hand so schnell auf die Schreibtischplatte sausen, dass Brabender von dem Knall erschrocken zurückwich.

„Ihr Laden ist überfallen worden, und neben dem materiellen Verlust, den Sie sich von der Versicherung ersetzen lassen werden, ist ein junger Mann gestorben." Ulbricht spie ihm die Worte ins Gesicht. „Er starb, weil er die Räuber, die Ihr Geschäft überfallen haben, an der Flucht hindern wollte. Eine junge Frau ist Witwe, bevor sie überhaupt verheiratet war. Sie hat mit ansehen müssen, wie ihr Mann elendig verreckt ist. Und da sagen Sie mir allen Ernstes, dass Sie nicht über den Grund Ihrer Abwesenheit während des Überfalls sprechen wollen? Ihre Mitarbeiterin befand sich zu dem Zeitpunkt allein im Laden – ist das versicherungstechnisch überhaupt tragbar, von Ihrer Verantwortungslosigkeit einmal abgesehen?"

Ulbricht atmete tief durch, schüttelte den Kopf, dann sank er wieder auf seinen Stuhl.

So aufgebracht hatte Maja ihn noch nie erlebt. Ihr Blick wechselte von Ulbricht zu Georg Brabender, der nun vornübergebeugt an seinem Schreibtisch saß und das erhitzte Gesicht in den Händen barg. Er seufzte, dann stand er schwerfällig auf und begann eine Wanderung durch das große Arbeitszimmer.

„Ich war bei einem befreundeten Anwalt", sagte er, während er zu Boden blickte. Seine Stimme hatte jede Souveränität verloren. Er wirkte eingeschüchtert und kleinlaut.

„Was haben Sie dort getan?"

„Es war ein ... privater Termin." Brabender war am Fenster angelangt. Er verschränkte die Hände hinter dem Rücken und blickte hinaus in den Garten, der sich wie eine graue Einöde hinter dem Haus ausbreitete. Von einem Hund war nichts zu sehen.

Die Tür flog auf, und Gisela Brabender schob den Kopf ins Zimmer.

„Ist alles in Ordnung hier?", fragte sie zögerlich. Offenbar war ihr Ulbrichts Ausbruch nicht verborgen geblieben.

Der Juwelier riss sich vom Anblick aus dem Fenster los und machte auf dem Absatz kehrt. „Ja, es geht schon, danke." Sein Lächeln wirkte aufgesetzt. Eine Maskerade, so wie alles an Georg Brabender. „Lass uns bitte einen Augenblick allein, Gila."

„Wie du meinst." Sie nickte, lächelte Maja und Ulbricht zu, dann zog sie sich zurück.

„Sie leidet unter den Folgen des damaligen Überfalls", erklärte Brabender und blickte wieder aus dem Fenster. Ein Eichhörnchen huschte über die mit Laub bedeckte Wiese und erklomm eine alte Eiche.

Maja räusperte sich. „Herr Brabender, gestatten Sie mir eine Frage?"

„Schießen Sie los", antwortete er, ohne sich umzuwenden.

„Wie steht es um Ihre Ehe?"

Nun wirbelte Brabender herum und funkelte Maja böse an. „Was hat das mit dem Raub zu tun?"

„Wir benötigen zur Aufklärung des Falles so viele Fakten wie möglich", erklärte sie gelassen. „Dazu gehört Ihr geschäftliches, aber auch Ihr privates Umfeld."

Der Juwelier nickte verstehend. „Wir werden uns scheiden lassen."

„Ihre Frau ist krank, seit ..."

„Dafür gibt es Fachärzte, die sich weitaus besser um sie kümmern können als ich das je kann."

„Sie ist jünger als Sie, nehme ich an?"

Nun blickte sich Georg Brabender um. „Das stimmt. Fünfzehn Jahre trennen uns; ich kenne Paare, bei denen der Altersunterschied weitaus größer ist." Nun lächelte er feinsinnig. „Sie kommt aus einfachem Haus, ich habe sie als Studentin hier an der Uni Wuppertal kennengelernt. In den Semesterferien hat sie bei mir als Verkäuferin gearbeitet. Wir kamen uns näher, und nun sind wir verheiratet."

„Und nun erklären Sie Ihre Ehe als gescheitert?"

Er nickte. „Allerdings. Gila kam mit anderen Erwartungen in mein Haus. Sie war es gewöhnt, arm zu sein. Die Eltern waren einfache Arbeiter, der Vater lange Zeit sogar arbeitslos. Sie lebten unter bescheidenen Verhältnissen am Rott in Barmen. Und dann sieht dieses junge hübsche Ding das Haus meiner Eltern, sitzt zum ersten Mal in meinem Mercedes, sie begleitet mich zum Tennisspielen, fährt dreimal im Jahr in den Urlaub." Brabender schnalzte mit der Zunge. „Sie hat sich in ein goldenes Nest gesetzt."

„Der Vergleich hinkt", mischte sich Ulbricht nun ein. „Es ist wohl eher ein goldener Käfig."

„Wie würden Sie das Verhältnis zu Ihren Angestellten bezeichnen?", wechselte Maja das Thema.

Brabender wiegte den massigen Schädel. „Grundsätzlich gut. Wir respektieren uns. Seit Gila habe ich aber mit keiner meiner Angestellten ein Verhältnis angefangen, sollten Sie das meinen."

Ulbricht schüttelte den Kopf. „Offensichtlich hing aber heute Morgen der Haussegen zwischen Ihnen und Frau Mertens ein wenig schief?"

„Hat sie das so gesagt?“ Da lag ein seltsamer Unterton in seiner Stimme, den weder Ulbricht noch Maja zuordnen konnte. „Sie hatte mal wieder Krach mit ihrem Freund und kam zu spät ins Geschäft, ja, das ist richtig. Und deshalb habe ich sie gemahnt.“ Brabender winkte ab. „Abgesehen davon ist dieser Kerl auch nicht der Richtige für sie. Auch wenn mich das Privatleben meiner Angestellten nichts angeht - seitdem Frau Mertens mit diesem Nils zusammen ist, hat sie sich sehr zu ihrem Nachteil verändert.“ Das Wort „Nils“ hatte er wie ein Schimpfwort ausgesprochen. „Ich weiß zufällig, dass er eine kriminelle Vergangenheit hat - ob Frau Mertens davon Kenntnis hat, ist mir unbekannt.“

„Was hat er denn so auf dem Kerbholz, der Lebensgefährte Ihrer Mitarbeiterin?“, fragte Ulbricht mit einem merkwürdigen Beiklang in der Stimme.

„Was weiß ich“, grunzte Brabender. „Das geht mich auch nichts an. Aber wenn sich die Arbeitsmoral meiner Verkäuferin verschlechtert, seitdem sie einen neuen Partner hat, ist das doch schon sehr auffällig.“

Er weiß mehr, als er zugeben will, durchzuckte es Maja. „Wo waren Sie, als der Laden überfallen wurde?“, fragte sie. „Wo waren Sie wirklich?“

„Ich sagte es doch bereits: bei einem befreundeten Anwalt.“ Er senkte den Blick und wirkte zerknirscht. „Ich wollte es nicht an die große Glocke hängen.“

„Benötigen Sie denn Rechtsbeistand?“ Ulbricht stutzte.

Brabender massierte sein Kinn. „Üblicherweise rede ich nicht über solche Dinge. Der Besuch beim Anwalt wird oft mit negativen Assoziationen in Verbindung gebracht, deshalb hänge ich eine Rechtsberatung nicht an die große Glocke, wenn Sie verstehen?“

Maja registrierte, dass er Ulbricht zuzwinkerte, bevor er fortfuhr: „Es geht um meine Scheidung von Gila."

Ulbricht war unbeeindruckt. „Schön. Sicherlich haben Sie den Namen Ihres Anwaltes für uns?"

„Sicher." Brabender nickte eifrig. „Ich war bei Rechtsanwalt Rolf Körner an der Morianstraße. Dort bin ich zu Fuß hingegangen, der Weg ist nicht sonderlich weit, wie Sie sicher wissen."

Täuschte Maja sich, oder bedachte er sie mit einem lauernden Blick? Sie schwieg jetzt und überließ Ulbricht das Sprechen.

„Wir werden das überprüfen müssen."

„Bitte wahren Sie die nötige Diskretion."

Ulbricht musterte den Juwelier, und Maja kannte ihn gut genug um zu wissen, dass er ihn nicht sonderlich mochte. „Wir haben einen brutalen Mord in Verbindung mit einem Raub aufzuklären", brummte er. „Da kann ich auf Ihre Befindlichkeiten keine Rücksicht nehmen, fürchte ich." Bevor Georg Brabender etwas erwidern konnte, fuhr Ulbricht fort: „Wie komme ich an die Aufzeichnungen des ersten Überfalls?"

„Sie liegen bei Ihnen im Präsidium, nehme ich an." Der Juwelier hatte die Oberhand zurückerlangt und wirkte arrogant. „Das sollten Sie wissen. Damals gab es noch die alten Magnetbandaufzeichnungen, aber ich denke, dass das kein Problem ist. Nach dem ersten Überfall habe ich unsere Sicherheitstechnik modernisieren lassen. Heute erfolgt dic Aufzeichnung natürlich digital."

„Versteht sich von selbst", nickte Ulbricht. „Die Kollegen werten die Bilder in diesem Moment aus, ich werde das Material heute noch sichten. Mit ein wenig

Glück haben wir schon bald eine Spur, die uns zu den Tätern führt."

„Davon gehe ich aus." Brabender grinste überheblich und brachte seine Besucher zur Tür.

*

Im Auto klingelte Ulbrichts Handy. Am anderen Ende der Leitung war Kegelmann.

„Ich habe gerade den vorläufigen Bericht von Hummel auf den Tisch bekommen. Seine Leute haben die Schuhabdrücke im Laden ausgewertet. Und tatsächlich handelt es sich um die gleichen Täter wie bei dem Einbruch in Ronsdorf. Die Prints sind absolut identisch."

„Man trifft sich also tatsächlich immer zweimal im Leben. Mist."

„Da sagst du was. Außerdem handelt es sich bei den Patronenhülsen, die Hummel an der Poststraße und im Schmuckgeschäft aufgesammelt hat, um Munition, die aus einer Maschinenpistole stammt."

„Also nutzen die Schweine das Diebesgut für einen Raubzug", überlegte Ulbricht.

„Denkst du, dass sie weitermachen?"

„Wer weiß das schon?" Ulbricht seufzte. „Allerdings sollten wir uns auf einen weiteren Raubüberfall gefasst machen. Diesen riesigen Aufwand betreiben die garantiert nicht nur für den einen Coup, den sie heute bei Brabender gelandet haben, darauf verwette ich meinen Arsch."

Als er sich einen rügenden Seitenblick von Maja einfing, zuckte er entschuldigend die Schultern.

„Was schlägst du vor?"

„Augen und Ohren offen zu halten. Den Rest erledigt die Pressemeute, jede Wette." Ulbricht hatte keine

Lust auf eine sinnlose Diskussion und beendete das Gespräch. Er spürte das Ziehen im Magen.

„Hast du auch Hunger?", fragte er Maja, während er den Motor startete und den Vectra langsam durch das Zooviertel rollen ließ.

„Wie ein Bär", lachte Maja und ließ sich von Ulbricht berichten, was er von Kegelmann erfahren hatte.

„Was mich wundert", sagte er ohne den Blick von der Straße zu nehmen, „ist aber der Umstand, dass Brabender angeblich nichts von dem Überfall auf seinen Laden mitbekommen hat."

„Was ist so ungewöhnlich daran?" Maja stutzte.

„Die Anwaltskanzlei, in der er sich angeblich zum Zeitpunkt des Überfalls aufgehalten hat, liegt einen Steinwurf von seinem Geschäft entfernt. Es ist fast ausgeschlossen, dass er weder den Lärm in der Fußgängerzone noch die Martinshörner gehört haben soll. Spätestens, als der LKA-Hubschrauber über der City kreiste, hätte er stutzig werden müssen."

„Dann fragen wir diesen Anwalt. Und zwar vor dem Essen."

Ulbricht grinste zufrieden, während er an der Siegfriedstraße nach rechts auf die Friedrich-Ebert-Straße abbog. Der Opel rollte mit der zugelassenen Höchstgeschwindigkeit am Bayer-Werksgelände vorbei. Immer wieder war das Gerüst der Schwebebahn im grauen Dunst zu erkennen. Die Strecke der Bahn führte an dieser Stelle genau durch das Chemiewerk. „Genau das wollte ich hören", sagte er und lehnte sich im Fahrersitz zurück.

Ulbricht hatte sichtlich Spaß an den alten Kinosesseln im Wartebereich der Anwaltskanzlei, hoch über den Dächern Elberfelds. Er klappte die mit rotem Samt bezogenen Sitze der Reihe nach herunter und nahm Platz. Mit einem verzückten Grinsen streckte er die Beine weit von sich. „Das waren noch Zeiten", murmelte er und nickte der blutjungen Büroangestellten, die hinter einer Art Empfangstresen ihren Dienst versah, aufmunternd zu. „So viel Platz hatten wir damals nicht im Rex-Theater, aber gemütlich waren diese knarrenden Sitze schon immer."

Maja musste schmunzeln. Sie hatte sich vor einem der bodentiefen Fenster aufgebaut und ließ den Blick über die umliegenden Dächer der Wohn- und Geschäftshäuser schweifen. Der Regen hatte sich verzogen, auch die Wolkendecke über der Stadt war dünner geworden. Fast schon konnte man einen Hauch von Frühling erahnen.

„Du schwelgst in Erinnerungen?", fragte sie ohne sich zu ihm umzublicken.

„Aber sicher." Er nickte, stand auf und nahm auf dem benachbarten Sitz Platz. Die Scharniere quietschten laut. „Das ist noch Kultur, Maja. Hast du eine Ahnung, wie lange das Rex-Theater nun schon seine Pforten geschlossen hat?"

Sie schüttelte den Kopf und drehte sich nun zu ihm um. „Ich weiß noch nicht mal, was das Rex ist oder besser war. Aber so verschlissen wie die Sitzbezüge sind, könnte ich mir vorstellen, dass diese alten Sitzmöbel mal ihr Dasein in der Schattenwelt eines Kinos gefristet haben."

„Eins zu null", freute sich Ulbricht. „Das Rex war für mich früher das erste Kino am Platz. Lag übrigens gleich hier um die Ecke. Ich war mit Wiebke drin, an einem Sonntagvormittag. Kindervorstellung. Es gab ‚Susi und Strolch', und ich erinner' mich noch ganz genau daran, dass sie am Filmende geheult hat wie ein Schlosshund. Und sie hat sich einen Hund gewünscht."

„Und nie bekommen?"

„Natürlich nicht, Maja. Ich war Polizist, und..."

„Rabenvater", entgegnete Maja.

„Wie bitte?" Er sprang aus seinem Kinosessel auf. Die Sitzfläche schnappte mit einem knarrenden Geräusch hoch.

„Rabenvater", wiederholte Maja seelenruhig.

Die Blondine am Tresen räusperte sich. Maja und Ulbricht unterbrachen ihre Unterhaltung und fuhren herum.

„Doktor Körner erwartet Sie jetzt." Sie lächelte unverbindlich, so, wie es Millionen Empfangsdamen auf der Welt taten, und deutete auf eine geschlossene Bürotür.

„Danke." Maja schenkte ihr ein ebenso unverbindliches Lächeln und setzte sich in Bewegung, um Ulbricht zu folgen, der bereits losgestapft war.

Ohne anzuklopfen legte er eine Hand auf die Klinke und öffnete die Tür.

Der Mann hinter dem Schreibtisch, Ulbricht schätzte ihn auf Anfang fünfzig, fuhr in seinem luxuriösen Bürostuhl auf und zupfte sich den Knoten der Krawatte über dem blütenweißen Hemd zurecht. Er lächelte den Besuchern entgegen und deutete auf die beiden Besucherstühle.

Ulbricht und Maja nahmen Platz. Durch das auf Kipp stehende Fenster drang der Verkehrslärm der

Morianstraße in den fast quadratischen Raum hinauf. Im Rücken des Anwalts eine deckenhohe Regalwand mit juristischer Fachliteratur; zwischen Schreibtisch und Fensterbank ein Benjaminbaum.

„Was kann ich für Sie tun?“ Rolf Körner beugte sich vor und faltete die feingliedrigen Hände auf der Schreibunterlage. „Wie mir meine Mitarbeiterin sagte, sind Sie von der Kriminalpolizei?“

„Das ist richtig“, nickte Ulbricht und schlug die Beine übereinander. „KK 11, wenn Ihnen das was sagt? Es geht um Mord und Totschlag, um Waffen und um alles, was brennt.“

Körner zog die Mundwinkel nach unten. Das Lächeln war aus seinem Gesicht verschwunden. „Was kann ich da für Sie tun?“, wiederholte er dann seine Frage.

„Sicherlich haben Sie schon mitbekommen, dass es heute Vormittag einen brutalen Raubüberfall in der Innenstadt gegeben hat?“, fragte Maja.

„Schreckliche Sache, allerdings.“ Körner nickte mit betroffener Miene. „Der Inhaber, Herr Brabender, ist mein Klient. Zudem sind wir privat befreundet.“

„Und hier schließt sich der Kreis“, nickte Ulbricht zufrieden. Er liebte es, wenn seine Gesprächspartner mitdachten. „Deshalb sind wir hier.“

„Zum Zeitpunkt des Überfalls war Georg Brabender bei Ihnen, das gibt er zumindest an“, erklärte Maja.

Körner dachte kurz nach und nickte dann. „Um zehn Uhr hatten wir den Termin, das kann ich bestätigen. Gern kann ich Ihnen einen Ausdruck meines Terminkalenders mitgeben.“ Er deutete auf seinen Computer.

„Das wird nicht notwendig sein, wenn Sie uns den Termin bestätigen“, entgegnete Maja.

„Er hat angegeben, sich juristischen Rat bei Ihnen geholt zu haben", kam Ulbricht auf den Grund ihres Besuches zurück. „Worum ging es da?"

Körner zog die Augenbrauen hoch und hob abweisend die Hände. „Bitte entschuldigen Sie, das unterliegt der Diskretion, zu der ich meinen Klienten gegenüber verpflichtet bin."

„Darauf kann ich nur leider keine Rücksicht nehmen, solange die Täter frei herumlaufen", murmelte Ulbricht. „Wie Sie vielleicht gehört haben, hat es einen Toten gegeben, und die Täter haben sich nach dem Raub den Fluchtweg brutal frei geschossen. Es grenzt an ein Wunder, dass es keine weiteren Opfer gegeben hat." Er seufzte. „Also", sagte er dann. „Warum war Brabender bei Ihnen?"

„Gestatten Sie mir eine grundsätzliche Frage?"

„Natürlich."

„Ist mein Klient in diesem Fall tatverdächtig, oder ist er ein Opfer?"

„Um das herauszufinden, sind wir hier", erwiderte Ulbricht unbeeindruckt. „Also - was wollte er von Ihnen?"

„Wissen Sie, was eines meiner Fachgebiete ist?" Rolf Körner beugte sich noch weiter zu seinen Besuchern herüber. „Ich bin Fachanwalt für Insolvenzrecht."

„Und Familienrecht?" Maja stand auf. Von einer plötzlichen inneren Unruhe ergriffen, wanderte sie durch das Büro. Am Fenster blieb sie stehen, blickte hinab auf die viel befahrene Straße, bevor sie sich zu Körner umwandte. „Scheidungsrecht, beispielsweise?"

„Damit habe ich nichts zu tun, das übernehmen meine Partner."

Maja nickte Ulbricht zu. Wie auf ein stilles Kommando erhob er sich. „Danke", sagte Ulbricht. „Dann haben wir genug gehört." Er warf dem Anwalt im Hinausgehen eine seiner zerknitterten Visitenkarten auf den Schreibtisch. „Rufen Sie mich an, wenn Ihnen noch etwas einfällt."

*

„Was hältst du von ihm?", fragte Maja, während Ulbricht den alten Vectra über die steile Rampe des Parkhauses hinunterlenkte.

„Er ist ein integerer Mann", murmelte der alte Kommissar, ohne sich zu Maja umzublicken. „Ein Anwalt wie er hat einen Ruf zu verlieren und wird uns nicht anlügen."

„So etwas behauptet Brabender auch", erwiderte Maja und beobachtete Ulbricht amüsiert, wie er umständlich durch das geöffnete Seitenfenster den Parkschein in den Schlitz des Automaten fummelte. „Alle wollen den Schein wahren und nach außen seriös sein."

Die Schranke hob sich; Ulbricht fuhr an. „Körner hat uns durch die Blume zu verstehen gegeben, was Brabender bei ihm wollte. Nicht die geplante Scheidung hat ihn zum Anwalt getrieben - der Mann ist Fachanwalt für Insolvenzrecht."

„Du meinst, der feine Herr Juwelier ist pleite?"

„Ich will nichts ausschließen, aber eine andere Idee will mir momentan nicht in den Kopf kommen. Heinrichs soll sich mal drum kümmern." Ulbricht lenkte den Opel an den Straßenrand und zog das Handy hervor. Es dauerte nur ein Freizeichen, bis er die hektische Stimme seines Assistenten hörte. Ulbricht berichtete ihm vom Besuch bei Brabender und dem Gespräch mit Körner.

„Sie meinen, Brabender ist pleite und er versucht mit einem vorgetäuschten Raubüberfall und der Ausschüttung der Versicherungssumme den Kopf aus der Schlinge zu ziehen?"

„Ich meine gar nichts", bellte Ulbricht. Holen Sie eine Bank- und eine Schufa-Auskunft ein, dann wissen wir mehr. Die richterlichen Beschlüsse lasse ich durch Schaumert nachreichen."

„Natürlich. Was machen Sie?"

„Essen gehen, wir haben Hunger. Mit leerem Magen kann ich nicht denken. Und ich bin unausstehlich."

„Das stimmt", erwiderte Heinrichs und legte auf, bevor Ulbricht ihn zurechtweisen konnte.

Der Kommissar starrte fassungslos auf das Handy in seiner Hand und schüttelte den Kopf.

„Du lässt also andere arbeiten, während du dir den Bauch vollschlägst?", fragte Maja ungläubig.

„Wie lange kennen wir uns jetzt?" Er warf das Handy in die Mittelkonsole und startete den Motor. „Du müsstest wissen, dass die Nahrungsaufnahme für mich zum Erhalt der Arbeitskraft zuträglich ist." Dann lächelte er sie sanft an. „Außerdem muss dir der Magen in den Kniekehlen hängen – du hast sicherlich seit einer Ewigkeit nichts gegessen."

„Das ist in unserem Job nichts Neues", erwiderte sie. „Wir haben keine Zeit, uns in ein Restaurant zu setzen."

„Es wird schnell gehen", versprach er, während er sich am Kreisverkehr in den Ostersbaum einordnete. „Ich lade dich zum Essen ein – amerikanische Küche."

Wuppertal-Barmen, Alter Markt, 12.10 Uhr

Da sie noch viel vorhatten und Ulbricht auf Ergebnisse wartete, war seine Wahl auf das Fast-Food-Restaurant gefallen. Niemand der Gäste schien heute zu ahnen, dass sich in diesem Gebäude früher ein Kino befunden hatte. Doch das war längst vorbei, und in Wuppertal hatten in den letzten Jahren zahlreiche Kinos ihre Pforten für immer geschlossen. Am Alten Markt wurden seit Jahren Burger anstatt Hollywood-Streifen serviert.

Ulbricht hatte die Burger-Schmiede mit Bedacht gewählt: Von hier aus konnten sie in fünf Minuten im Präsidium sein, sollte es Neuigkeiten geben.

Nachdem sie sich mit ihrem Plastiktablett, auf dem Pommes Frites und verschiedene Burger lagen, einen Tisch im oberen Stockwerk besetzt hatten, genoss Maja den Blick auf die benachbarte Schwebebahnstation.

„Ist schon ein Ding, eure Schwebebahn", sagte sie kauend, als einer der orange-blauen Züge auf Augenhöhe die Station in Richtung Westen verließ und schnell Fahrt aufnahm.

Ulbricht grunzte zustimmend. „Ja, guck sie dir noch mal an, bald schon kommen neue Züge."

„Ich finde die aber schick."

„Typisch Frau", lachte Ulbricht. „Die Bahnen sind vierzig Jahre alt, deshalb wird modernisiert. Frag mich nicht, wie viele Millionen der Spaß kostet. Dazu noch der neue Döppersberg, und in ein paar Jahren kann sich die Stadt wieder sehen lassen."

„Und du willst weg von hier." Maja klang verwundert und spülte ihren Burger mit einem Schluck eiskalter Cola herunter.

„In dieser Stadt hält mich nichts mehr, mal ganz abgesehen davon, dass wir durch den Umbau am Bahnhof jahrelang mit einer Großbaustelle leben müssen, die alles lahmlegt", brummte Ulbricht ein wenig melancholisch. „Meine Tochter Wiebke hat es richtig gemacht – sie lebt in Nordfriesland und schiebt da eine ruhige Kugel. In ihrem Bezirk gibt es die geringste Kriminalitätsrate von ganz Deutschland."

Maja lächelte und wickelte einen dampfenden Cheeseburger aus. „Sie fehlt dir, was?"

Ulbricht schüttelte den Kopf. „Jetzt nicht mehr. Ich habe sie ja endlich wiedergefunden. Natürlich fehlen uns viele Jahre, aber wir verstehen uns und sind ein gutes Team." Er seufzte. „Ich wünschte mir, hier wär' es nur halb so ruhig wie in Nordfriesland."

„Das wär' nichts für dich, Norbert. Du brauchst die Action, liebst es, Verbrecher zu jagen."

Ulbricht tunkte eine Pommes in die Majo und winkte ab. „Aus dem Alter bin ich längst raus, Maja. Was hab ich denn von meinem Leben gehabt? Stress, viel Arbeit, eine gescheiterte Ehe und eine Tochter, die ich nicht aufwachsen sehen habe. Und nun, kurz vor dem Ruhestand, fühle ich mich einfach nur noch ausgebrannt. Ist es das, wofür man lebt?"

„Das nun nicht gerade", räumte Maja ein. „Aber ein Beziehungsmensch war ich auch nie – vielleicht liegt das tatsächlich an unserem Beruf. Kein Wunder, dass unsere Partner da wegrennen, während wir uns die Nächte um die Ohren schlagen, um Täter zu fassen, die von einem Richter aus irgendwelchen irren Gründen wieder auf freien Fuß gelassen werden." Sie biss in den Burger. „Das zum Beispiel", sagte sie genüsslich kauend. „Das genieße ich gerade hier. Auch wenn ich dafür wieder stundenlang durch den Hamelner Stadtwald joggen werde, sobald ich zu Hause bin."

„Moment", unterbrach Ulbricht sie. „Du liebst diesen Burgerfraß, obwohl du dich danach wieder abrackern musst?" Er tippte sich an die Schläfe. „Das ist nicht normal."

„Nein." Maja schüttelte den Kopf. „Aber ich sitze hier im Warmen, während sich die Leute da unten den Allerwertesten abschnattern. Ich genieße die Aussicht, die ihr Wuppertaler anscheinend schon gar nicht mehr registriert. Und ich sitze hier … mit dir, Norbert."

„Na, das nenne ich mal ein Kompliment." Nun strahlte er und widmete sich seiner Cola. „Vielleicht hast du recht, und ich habe vor langer Zeit den Blick für die Schönheiten des Lebens verloren. Aber es geht mir auch gut, wenn du in meiner Nähe bist." Er bekam prompt einen roten Kopf, als ihm die Worte über die Lippen gekommen waren.

Maja beugte sich vor und strich ihm sanft über das Gesicht.

Das Klingeln seines Handys riss sie auseinander. „Ich hasse diese Dinger", grollte Ulbricht und zog das Telefon hervor.

Am anderen Ende der Leitung war Hummel.

„Wir konnten ein Handy orten."

„Wie schön." Ulbricht grunzte. „Wir sitzen bei Tisch."

„Es wird dich interessieren, dass ich von dem Handy rede, dass die Räuber Carolin Mertens beim Überfall abgenommen haben. Die Ortung endete in Sonnborn."

„Also habt ihr die Schweine?" Ulbricht kaute ungeniert weiter und hob eine Augenbraue, als er Majas neugierigen Blick sah.

„Nicht ganz. Wir haben, das heißt, wir hatten ihre Spur. Ein SEK ist losgefahren, fand aber nur eine brennende Fabrikhalle vor. Und nun rate mal, was drinnen stand?"

„Die haben ihre Karre schon wieder heiß entsorgt, nehme ich an?"

„Richtig, Norbert. Und genau hier verläuft ihre Spur im Sand. Augenzeugen haben allerdings im Industriegebiet einen Siebener-BMW gesehen, dessen Fahrer einen flotten Stiefel an den Tag legte. Holländisches Kennzeichen, wir prüfen das gerade."

„Nicht prüfen - schickt den Hubschrauber los!", bellte Ulbricht in den Hörer.

„Bleib locker, Norbert. Die Kollegen vom LKA sind am Ball, das ist deren Baustelle. Ist also nur eine Frage der Zeit, bis wir sie haben. Sobald der Brand in der Fabrikhalle gelöscht ist, werden wir versuchen, Spuren zu sichern."

„Ich fürchte, da werdet ihr nicht viel finden."

„Dem widerspreche ich nicht." Hummel verabschiedete sich.

„Und was machen wir jetzt mit dem angebrochenen Tag?", fragte Maja, nachdem Ulbricht ihr berichtet hatte, was er von Hummel wusste.

„Dieser Brabender ist mir offen gestanden nicht sehr sympathisch. Hinzu kommt der Besuch bei Rolf Körner, Fachanwalt für Insolvenzrecht. Da schrillen bei mir sämtliche Alarmglocken. Was ist, wenn er Geldsorgen hatte?"

Maja schnalzte mit der Zunge. „Versicherungsbetrug durch einen Juwelier?"

„Ich hab schon Pferde vor der Apotheke kotzen sehen", behauptete Ulbricht und griff zum Handy. Er rief bei der Staatsanwaltschaft an. Ulbricht hatte Glück - er erreichte Schaumert an seinem Arbeitsplatz und schilderte ihm sein Anliegen. „Wir müssen Brabender auf den Zahn fühlen. Ich habe das blöde Gefühl, dass der Mann kurz vor der Pleite steht. Mein Assistent würde gern Bank- und Schufa-Auskünfte einholen." Dass er Heinrichs bereits damit beauftragt hatte, verschwieg Ulbricht. „Dazu brauchen wir natürlich das richterliche Einverständnis."

Der Staatsanwalt wandt sich wie ein Aal. „Der Juwelier Georg Brabender genießt hohes Ansehen in der Stadt", gab Schaumert zu bedenken. „Familienbetrieb in dritter Generation, und ich will nicht wissen, wie viele Stadtväter bei ihm ihre Trauringe gekauft haben." Ulbricht sah förmlich, wie dem Staatsanwalt der Schweiß auf der Stirn perlte und er nervös an seiner Krawatte herumzerrte. „Ich möchte da eigentlich nicht ohne konkreten Verdacht schlafende Hunde wecken, Hauptkommissar."

„Es ist mir scheißegal, ob Ihre Hunde schlafen", entgegnete Ulbricht ungehalten. „Ich bin mir zwar auch ziemlich sicher, dass die Räuber wieder zuschlagen werden. Doch bevor es so weit ist, will ich ausschließen, dass Brabender seine Hände da im Spiel hat, um sich mit einer fetten Versicherungsprämie vor dem Untergang zu retten."

„Moment, Moment", rief Schaumert aufgebracht. „Sie bezichtigen einen angesehenen Unternehmer unserer Stadt, an organisierten Raubzügen beteiligt zu sein? Verstehe ich Sie richtig?"

„Unsinn. Ich will nur wissen, ob wir uns auf weitere Überfälle vorbereiten müssen oder ob Brabender eventuell in Schwierigkeiten steckt und deshalb seine Versicherung bemühen möchte."

„Sie machen mich fertig." Schaumert seufzte. „Und Sie bringen mich in Teufels Küche."

„Ich hol Sie auch wieder raus, wenn ich auf dem Holzweg bin, aber zuerst will ich den Beschluss eines Richters, um die finanzielle Situation des Juweliers zu überprüfen. Nur, um nach dem Ausschlussverfahren weiterzumachen."

„Sie gucken zu viel Jauch im Fernsehen", erwiderte Schaumert und legte auf.

Ulbricht knüllte das Papier, in dem die inzwischen vertilgten Burger eingeschlagen waren, zusammen, leerte den großen Colabecher und gab Maja das Zeichen zum Aufbruch.

Industriegebiet Sonnborn, 12.50 Uhr

Von der Halle war nicht mehr viel übrig. Die unter der Hitze geschmolzenen Stahlträger der Fabrik ragten unheilvoll wie das Skelett eines Dinosauriers in den wolkenverhangenen Himmel. Teile der Dachkonstruktion hingen herab und neigten sich über die verrusten Überreste des Kastenwagens inmitten der kleinen Halle. Vor einer Viertelstunde hatte wieder dieser widerliche Nieselregen eingesetzt, der Ulbricht und Maja frösteln ließ. Sie schlug den Kragen ihrer Jacke hoch und atmete flach. Beißender Qualmgeruch reizte ihre Atemwege.

Zum zweiten Mal an diesem Tag sah Ulbricht die Aasgeier von der Presse herumlungern. Seine Laune sank augenblicklich in den Keller, daran konnte auch Majas Anwesenheit nichts ändern. Die Kollegen von der Pressestelle waren damit beschäftigt, die Journalisten mit den gewünschten Informationen zu versorgen.

Blaulicht zuckte durch den grauen Novembertag, und die Feuerwehrleute packten ihre Ausrüstung zusammen. Wahrscheinlich würde nur eine kleine Brandwache vor Ort bleiben.

Der grüne Kastenwagen der Kriminaltechniker rollte gerade auf das Werksgelände. Hummel saß am Steuer und winkte ihm zu.

Maja, die dicht neben Ulbricht stand, ließ den Blick über die alte Fabrik schweifen. „Die haben ganze Arbeit geleistet."

Ulbricht nickte. „Sie spielen volles Risiko, wollen es uns aber nicht leicht machen und konsequent alle Spuren vernichten."

„Das dürfte ihnen gelungen sein."

Unterwegs im Auto hatte Ulbricht ihr die ganze Geschichte erzählt. Maja befürchtete, dass es sich bei den Tätern um eine gut organisierte Bande handelte, der ein Menschenleben nichts wert ist. „Womöglich aus Bulgarien oder Rumänien", hatte sie getippt.

„So viel zum Thema EU-Erweiterung", murmelte Ulbricht und vergrub die Hände in den Taschen seiner Jacke. „Schönen Dank auch."

„Ich frage mich, wie sie an die vielen Fluchtfahrzeuge kommen. Wenn die Augenzeugenberichte stimmen, und sie sind mit dem BMW geflohen, dann sind sie jetzt mit dem dritten Auto unterwegs, um alle Spuren hinter sich zu verwischen. Die Autos müssen doch irgendwie beschafft werden." Sie rieb Daumen und Zeigefinger aneinander. „So etwas kostet Geld."

„Ja", stimmte Ulbricht zu. „Es sei denn, man gehört zu einer Autoschieber-Bande und klaut die gewünschten Autos auf Bestellung für den nächsten Überfall."

„Dann wären der Waffendiebstahl aus der Polizeiwache und der Raub bei Brabender so etwas wie ein zweites Standbein?"

„Ausschließen kann ich nichts - noch nicht", brummte Ulbricht entnervt.

„Norbert - bitte: Das hier ist bestimmt nicht die Handschrift eines bankrotten Juweliers. Wenn er denn bankrott ist, wie du ihm unterstellen willst."

„Ich will Brabender gar nichts unterstellen", konterte Ulbricht ein wenig ungehalten. Dann blickte er auf die Überreste der Fabrikhalle. „Aber es könnte die Handschrift von Männern sein, die er sich gekauft hat."

„Wenn er pleite wäre, könnte er sich niemanden leisten, der seine Drecksarbeit macht", gab Maja zu bedenken.

„Er stellt ihnen die hohe Deckungssumme in Aussicht, die er von der Versicherung einstreicht, wenn alles gut läuft."

Maja schüttelte den Kopf. „Ich glaube, das ist ein wenig weit hergeholt, Norbert."

Er betrachtete sie nachdenklich. „Vielleicht hast du recht, Maja. Aber ich will einfach nichts außer Acht lassen. Und du siehst ja selber, wie diese Schweine ihr Ding durchziehen."

„Denk mal nach: Die fahren zu jedem Raub oder Einbruch mit einem anderen Wagen vor. Immer schnell und teuer, immer werden die Fahrzeuge nach der Tat in Brand gesetzt, um möglichst alle Spuren zu verwischen. Allein die Autos zu beschaffen, setzt ein gewisses Startkapital voraus."

„Es sei denn, sie sind geklaut", murmelte Ulbricht und vergrub die Hände in den Hosentaschen. Ihm war kalt. Er fürchtete, dass eine Erkältung im Anmarsch war. Kein Wunder, bei diesem Wetter.

„Da sind Sie ja, Chef!"

Ulbricht wirbelte mit einer entnervten Miene herum. Frank „Brille" Heinrichs näherte sich mit weit ausladenden Schritten. Über seinem hellgrauen Anzug trug er einen Parka, mit der Kapuze auf dem Kopf sah er noch dämlicher aus als sonst.

„Ulbricht", knurrte er. „Für Sie heiße ich Ulbricht, Heinrichs, wann kapieren Sie das endlich?"

„Schon gut, schon gut, Herr Hauptkommissar." Heinrichs errötete auf der Stelle. Als er sah, dass sein Vorgesetzter schon wieder in Begleitung der ihm unbekannten Frau war, deutete er eine Verbeugung an. „Entschuldigen Sie, Frau… Wir haben uns vorhin noch gar nicht kennenlernen können, Frau …" Durch die dünnen Gläser der blau gerahmten Brille lugten seine Schweinsaugen neugierig zu Maja hinüber.

Ulbricht fiel erst jetzt auf, dass er Maja und Heinrichs in der Hektik vorhin gar nicht einander vorgestellt hatte. Nun war es dafür zu spät, aber die beiden waren erwachsen und der deutschen Sprache mächtig.

Also, fragte er sich, warum soll ich mich jetzt noch einmischen?

„Klausen", stellte sie sich vor. „Hauptkommissarin Maja Klausen vom Zentralen Kriminaldienst in Hameln." Sie reichten sich die Hände.

„Hameln?" Heinrichs stutzte. „Liegt das nicht in Niedersachsen?"

„Erdkunde eins - setzen", stimme Ulbricht zu. „Wir kennen uns privat, und wir…" Er suchte ein wenig peinlich berührt nach den richtigen Worten. „Wir unterstützen uns gegenseitig."

„So, so", machte Heinrichs und war plötzlich so zickig wie ein eifersüchtiges Mädchen. „Sie unterstützen sich. Ganz unbürokratisch, nehme ich mal an?"

„Heinrichs, wenn Sie nicht den Ball flach halten, werde ich dafür Sorge tragen, dass Sie im nächsten Halbjahr den Kollegen von der Streife unter die Arme greifen und Parksünder jagen - ganz unbürokratisch, versteht sich."

„Nichts für ungut, aber ich erfahre es normalerweise zuerst, wenn sich im Präsidium neue Teams bilden, und …"

„Was macht die Bank- und die Schufa-Auskunft von Brabender?", wechselte Ulbricht schnell das Thema. Er hatte keine Lust, sich vor einem Kommissarsanwärter zu rechtfertigen.

„Läuft. Könnten wir uns jetzt um den Fall kümmern?"

„Keine Einwände. Sie lamentieren doch hier rum wie eine beleidigte Tucke. Ist der Heli aus Düsseldorf in der Luft, um die Verfolgung des BMW aufzunehmen?"

„Seit zwanzig Minuten. Bislang vergeblich." Heinrichs' Stimme klang ein wenig versöhnlich. „Die Fahndung läuft landesweit, die Holländer halten Augen und Ohren offen und es ist wohl eine Frage der Zeit, bis wir die Kerle haben."

„Ihr Wort in Gottes Ohr", erwiderte Ulbricht. „Und sonst?"

„Es hieß doch heute Morgen, dass Carolin Mertens in der Nacht vor dem Überfall Streit mit ihrem Lebensgefährten hatte."

„Und?" Ulbricht rümpfte die Nase. „Was geht uns das Liebesleben von Brabenders Schmuckverkäuferin an?"

Heinrichs rückte sich die Brille zurecht und ging nicht auf die Frage seines Vorgesetzten ein. „Wir haben den Mann überprüft. Nils Gertz, achtundzwanzig Jahre alt, jobbt bei einer Zeitarbeitsfirma. Er ist unserer Firma bekannt." Heinrichs machte eine wichtige Miene.

„Was soll das heißen?"

„Gertz ist vorbestraft und nur auf Bewährung auf freiem Fuß."

Maja wurde das Frage-Antwort-Spiel zwischen Norbert Ulbricht und seinem Assistenten offenbar zu bunt. „Was hat er denn angestellt?"

„Verschiedene Eigentumsdelikte, einmal soll er an einem Wohnungseinbruch beteiligt gewesen sein, was ihm aber nicht nachgewiesen werden konnte. Überhaupt scheint er über eine geringe Hemmschwelle zu verfügen. Vor einigen Jahren gab es eine Anzeige wegen körperlicher Gewalt. Er hat seine damalige Freundin verprügelt."

„Na, ob seine jetzige Freundin das wohl weiß?" Maja gab Ulbricht ein Zeichen.

„Wir werden sie dazu befragen", erwiderte er und blickte sich auf dem Gelände um. „Da ist doch spurentechnisch nichts mehr zu holen", sagte er dann an seinen Assistenten gewandt.

„Wahrscheinlich nicht", stimmte Heinrichs ihm zu. „Wir sind mal die Datenbanken durchgegangen – ein Fahrzeug wie das da", er deutete zu dem ausgebrannten Lieferwagen, „wird in Deutschland nicht als gestohlen gemeldet."

„Na prima. Dann geht das mit der Autoschieberbande wohl auch nicht in die richtige Richtung", murmelte Maja ein wenig enttäuscht.

„Ist noch nicht raus, Frau Klaasen."

„Klausen, Maja Klausen", berichtigte sie ihn. „Sie erwähnten eben die Holländer. Was meinten Sie damit?"

„Wir haben die Nachbarn befragt und sind in Holland fündig geworden. Der Sprinter, wenn es der da drüben ist, wurde in Venlo gestohlen. Eine Anzeige wegen Diebstahls war bislang fruchtlos. Sobald die Karre kalt ist, können Hummels Leute die Fahrgestellnummer checken."

„Wenn es sich dabei um den geklauten Sprinter handelt, müssen ihn die Diebe irgendwie über die Grenze geschafft haben", überlegte Maja. „Vielleicht mit gestohlenen oder gefälschten Kennzeichen? Das würde wieder unsere Theorie von der gründlichen Vorarbeit bestätigen. Und wenn der BMW, den die Augenzeugen gesehen haben, mit holländischen Nummernschildern unterwegs ist, haben wir es vielleicht mit einer Bande aus den Niederlanden zu tun." Sie wandte sich an Ulbricht. „Wie weit ist das bis zur holländischen Grenze?"

Ulbricht wiegte den Kopf. „Achtzig, vielleicht neunzig Kilometer."

„Dann können die Täter also in einer guten Stunde hier sein, um den Kastenwagen zu verstecken und für den Überfall zu präparieren."

„Die Fahndung nach den Autodieben läuft bei den holländischen Kollegen", bemerkte Heinrichs. „Sobald man eine Spur verfolgt, werde ich informiert."

„Na bitte", sagte Ulbricht und rang sich ein anerkennendes Grinsen ab. „Dann haben Sie ja alles im Griff." Er nickte Maja zu. „Wir kümmern uns mal um Carolin Mertens und um ihren Prügelfreund."

Maja zögerte. „Ja, aber ... die Halle, willst du nicht warten, bis deine Kollegen von der Spurensicherung erste Ergebnisse haben?"

Ulbricht zögerte. Er winkte Heinrichs herbei, der gerade einen blutjungen Kollegen vom Streifendienst anbrüllte.

„Wem gehört die Immobilie?", fragte Ulbricht, ein wenig stolz darauf, dass Heinrichs langsam seine Züge annahm. Der Junge war doch nicht so schlecht, wie er anfangs immer gedacht hatte.

„Einem bankrotten Immobilienmakler", kam es wie aus der Pistole geschossen. Offenbar hatte „Brille" Heinrichs seine Hausaufgaben bereits gemacht. Er zog sein Notizbuch aus der Jackentasche und blätterte darin herum. „Joachim Hildebrandt, mit DT. Hat sein

Büro in Remscheid." Heinrichs rasselte die Adresse herunter.

„Wie schön", sagte Ulbricht und deutete auf die verkohlten Reste der ehemaligen Fabrikhalle. „Weiß er schon von seinem Glück?"

„Wir haben ihn noch nicht erreichen können, offenbar stimmt etwas mit seinem Telefon nicht."

„Wie dumm." Ulbricht nickte Maja zu. „Dann werden wir mal persönlich vorbeischauen."

„Ich kann das auch übernehmen", bot sich „Brille" Heinrichs voller Eifer an.

„Schon gut, Sie haben andere Aufgaben." Ulbricht winkte ab. „Ich hab genug gesehen." Er zog sein Handy aus der Tasche und hielt es in die Höhe. „Außerdem haben wir ja diese kleinen nervigen Dinger hier. Sobald Hummel etwas herausgefunden hat, kann er sich melden, ansonsten gibt es ja noch die Einsatzbesprechung heute Abend."

ZEHN

Ulbricht war sichtlich genervt, als er endlich einen Parkplatz in der Wülfingstraße gefunden hatte, der eigentlich Anwohnern vorbehalten war. Dreimal waren sie um den Block gefahren, und Maja bekam einen ersten Eindruck vom Paradeberg am Rande der Elberfelder City und der Parkplatznot in diesem Bezirk der Schwebebahnstadt. Einbahnstraßen führten weitläufig um das Viertel zwischen Paradestraße, Platz der Republik und dem Neuenteich herum, und zum ersten Mal sehnte sie sich nach Hameln zurück. Die Stadt im Weserbergland war kleiner und übersichtlicher; in Wuppertal kamen die Berge und verwinkelte Straßen hinzu, in denen man als Ortsfremder schnell den Überblick verlieren konnte. Obwohl in der Paradestraße kaum Verkehr herrschte, so drangen die Motorgeräusche der stark befahrenen Gathe an ihre Ohren.

Das Haus, in dem Nils Gertz lebte, machte einen heruntergekommenen Eindruck. Die ehemals prächtigen Stuckverzierungen der Fassade wirkten grau und farblos, hinter den schmutzigen Fenstern waren vergilbte Gardinen zu sehen. Der Eingang lag direkt neben einem mit zahllosen anzüglichen Graffiti besprühten Garagentor. Zwei Stufen führten zum Eingang, und so blieb Maja auf dem Bürgersteig stehen, während Ulbricht sich orientierte. Einige Namensschilder am Klingelbrett neben der Eingangstür waren von besonders intelligenten Zeitgenossen mit dem Feuerzeug bearbeitet worden und wiesen Brandflecken auf, sodass manche der größtenteils fremdsprachig klingenden Namen kaum zu lesen waren.

Gertz hatte Glück – sein Klingelschild war von den sinnlosen Feuerzeug-Attacken verschont geblieben. Und so landete Ulbrichts Zeigefinger auf dem vergilbten Knopf.

„Er wird um diese Zeit arbeiten", vermutete Maja, nachdem sich nichts tat.

Ulbricht zuckte die Schultern und klingelte erneut. Diesmal ließ er den Zeigefinger lange auf dem Knopf ruhen. Sein zweiter Versuch war von Erfolg gekrönt, denn kaum, dass Ulbricht die Hand sinken ließ, ertönte der Türöffner mit einem Geräusch, das Zahnschmerzen verursachen konnte.

„Na guck mal – auch ich muss mal Glück haben", bemerkte Ulbricht zufrieden und stemmte sein Körpergewicht gegen die Haustür.

Maja folgte ihm. Drinnen herrschte schummriges Licht, das durch eine Milchglasscheibe in der Hoftür in den gefliesten Flur fiel. Prospekte lagen auf dem Boden herum; an den Wänden eine Batterie verbeulter Briefkästen aus Blech. Maja bemerkte den strengen Geruch, eine Mischung aus Knoblauch und angebranntem Mittagessen, und rümpfte die Nase.

„Ganz oben", rief jemand einige Etagen über ihnen und beugte den Oberkörper über das hölzerne Geländer. Fast gleichzeitig flammte die Beleuchtung auf und entriss der Dunkelheit die bis zu diesem Moment verborgenen schmuddeligen Wände. Ein enges Treppenhaus mit knarrenden, ausgetretenen Holzstufen führte nach oben.

„Ganz hoch?" Ulbricht stöhnte. „Ich hab es irgendwie geahnt."

„Jeder Gang macht schlank", lästerte Maja und schenkte ihm ein Lächeln.

„Du hast gut reden und kannst dir nach dem Essen bei McDonald's das Joggen sparen, aber ich bin ein alter Mann“, zeterte Ulbricht, während sie die Stufen in die oberen Stockwerke des Altbaus bewältigten.

„Ein alter Mann, der viel zu lange geraucht hat und jetzt mit dem Teer in der Lunge zu kämpfen hat“, konterte Maja schlagfertig. Sie spielte darauf an, dass er versucht hatte, sich das Rauchen abzugewöhnen.

Er antwortete nicht und sparte sich seine Atemluft für die Begrüßung von Nils Gertz, der lässig im Türrahmen lehnte, als sie unter dem Dach des Altbaus angekommen waren. Maja fand, dass der junge Mann eigentlich gar nicht in diese Umgebung passte – er war groß, breitschultrig und von athletischer Statur. Seine Haare trug er modisch kurz, zur Baggy-Jeans ein grünes Kapuzenshirt.

Als er die Besucher sah, verfinsterte sich sein Blick, und er verschränkte demonstrativ die Arme vor der Brust.

„Ich kaufe nichts an der Tür, also zischen Sie ab.“

„Oh“, lächelte Maja. „Wir wollen Ihnen doch nichts verkaufen, ganz im Gegenteil.“ Nachdem Ulbricht atemlos oben angekommen war, übernahm Maja das Reden. Er blickte sie dankbar an.

„Dann sind Sie Gerichtsvollzieher? In meiner Wohnung gibt es keine pfändbaren Gegenstände, das habe ich Ihren Kollegen aber schon am Telefon gesagt. Außerdem habe ich wegen dieser blöden Sache eine Ratenzahlung angeboten.“

„Wir sind auch keine Vollstreckungsbeamten“, erwiderte Maja unbeeindruckt. „Mein Name ist Maja Klausen von der Kriminalpolizei.“ Sie deutete auf Ulbricht, der immer noch nach Luft rang. „Das ist Hauptkommissar Ulbricht – er leitet die Ermittlungen.“

„Welche Ermittlungen?“

„Sicherlich haben Sie von Carolin Mertens erfahren, dass sie heute überfallen wurde."

„Natürlich weiß ich das, war eben im Radio. Lokalnachrichten auf der Wupperwelle." Er winkte ab.

Ulbricht hatte in den letzten Jahren genügend Bekanntschaft mit den Reportern des lokalen Radiosenders gemacht. Immer wieder hatten sich Stefan Seiler und Heike Göbel massiv in seine Arbeit eingemischt und sich so seinen Unmut zugezogen. Ulbricht reagierte allergisch darauf, wenn Reporter ihre Nase in seine Arbeit hineinsteckten, nur um eine heiße Story zu ergaunern. Er hoffte, dass ihm diesmal der Kontakt zu Seiler und Göbel erspart blieb, hatte aber keine großen Hoffnungen. Allein der Raubüberfall war brisant genug, um die ehrgeizigen Hörfunk-Journalisten auf den Plan zu rufen.

Nils Gertz schnaubte. „Und was wollen Sie von mir?" Seine Augenbrauen verengten sich zu einem Strich, und Maja fragte sich, ob die Brauen gezupft waren. Gertz schien sehr eitel zu sein, das war ihr auf den ersten Blick aufgefallen.

„Wir haben ein paar Fragen an Sie." Maja deutete auf die Wohnungstür. „Dürfen wir vielleicht einen Moment reinkommen?"

„Wenn es sein muss." Nils Gertz stöhnte gequält auf und gab den Eingang frei. Er führte seinen Besuch in ein unerwartet helles und freundlich eingerichtetes Wohnzimmer. Und dennoch glaubte Maja einen feinen Duft von Marihuana wahrzunehmen. Für so etwas hatte sie eine empfindsame Nase.

„Haben Sie denn einen Durchsuchungsbeschluss?", fragte Gertz, ohne sich umzublicken.

Ulbrichts Blick fiel auf eine kleine transparente Tüte, auf der sich das Hanfsymbol befand, einen Aschenbecher und ein Paket mit Blättchen. „Liegt da", bemerkte er und setzte sich unaufgefordert.

„Abgesehen davon wollen wir Ihre Wohnung nicht umkrempeln, wir haben ein paar Fragen, mehr nicht."

Nils Gertz zog es vor, mit dem Rücken am Fenster stehen zu bleiben, Maja setzte sich zu Ulbricht. „Oder haben Sie etwas zu verbergen?" Sie ließ den Blick über das seltsame Sammelsurium des Mobiliars gleiten, eine fast schon skurrile Mischung aus Sperrmüll und Möbel-Discounter.

Gertz wandte sich zu Maja um. „Drogenfahndung?"

„Nein. Mordkommission", antwortete Ulbricht und stand noch einmal auf. Er blickte an dem jungen Mann vorbei aus dem Fenster. Die verschachtelten Häuser des Paradeberges lagen im Nebel unter ihnen. Die Stadt präsentierte sich heute in einem melancholischen Grau und strahlte die Trostlosigkeit aus, die zu dem Haus passte.

„Hab ich jemand umgebracht? Ich kann mich nicht erinnern." Die Stimme von Nils Gertz triefte vor Ironie. Ein breites Grinsen lag auf seinem Gesicht, und Maja sah Ulbricht an, dass er dem jungen Mann am liebsten eine gescheuert hätte.

Doch Ulbricht ließ sich nicht aus der Reserve locken und blickte an Gertz vorbei auf die Stadt herab. „Schöne Aussicht."

„Ja." Nun lächelte Gertz. „Dafür lohnt sich der Aufstieg, auch wenn es in Ihrem Alter schwerfällt."

Maja musste grinsen, schwieg aber.

„Also – was wollen Sie von mir wissen?" Das Grinsen verschwand von Gertz' Lippen.

„Wie lange sind Sie mit Carolin Mertens zusammen?" Maja zückte das Notizbuch, das sie immer, auch in der Freizeit, mit sich herumtrug.

„Seit zwei Jahren. Sie ist gut drauf für ihr…"
„Für ihr Alter?", mischte sich Ulbricht ein.
Gertz errötete. „So krass wollte ich das nicht sagen. Aber Caro ist nunmal zehn Jahre älter als ich."
„Mögen Sie ältere Frauen?"
„Was soll der Scheiß?" Gertz sprach leise und musterte Ulbricht unverwandt. „Sind Sie hergekommen, um mich über mein Beuteschema zu befragen, oder haben Sie einen Raubüberfall, bei dem ein unschuldiger Mann draufgegangen ist, zu klären?"
„Wie wir arbeiten, überlassen Sie bitte uns."
„Nein, ich mag auch jüngere Frauen", gab sich Nils Gertz geschlagen. „Aber die Sache mit Caro hat sich so ergeben. Wir haben uns in der Börse kennengelernt, beim Restefi..." Er brach abrupt ab und räusperte sich. „Auf einer dieser Ü30-Partys. Sie war mit einer Freundin da, ich mit einem Kumpel."
„Sie sind da reingekommen? Wenn die Party doch erst für Menschen über dreißig war?"
„Klar, ein Freund von mir arbeitet beim Sicherheitsdienst. Und der hat mich durchgewunken."
„Wie schön. Also hatten Sie leichtes Spiel, sich eine Dame zu suchen, mit der Sie die Nacht verbringen können", unterstellte Ulbricht ihm.
„Das geht Sie verdammt noch mal nichts an." Noch immer sprach Gertz leise. Seine Augen blitzten angriffslustig.
„Wie wir hörten, gab es gestern, am Abend vor dem Überfall auf das Geschäft, in dem Ihre Freundin arbeitet, Streit zwischen Ihnen."
„Wer sagt das?" Nun verlor Gertz seine Beherrschung. „Hat sie mich bei den Bullen angeschissen? Hat sie erzählt, dass wir uns gezofft haben?" Als weder Ulbricht noch Maja antwortete, nickte er. „Ich

verstehe", sagte er. „Sie haben mein Vorstrafenregister gewälzt und sind zu dem Schluss gekommen, dass ich den Laden überfallen haben könnte? Um meinen finanziellen Engpass aufzubessern, und weil ich von Caro einige interne Dinge über den Laden weiß?" Nils Gertz stieß sich von der Fensterbank ab und tigerte durch den Raum.

„Wo waren Sie heute in der Zeit zwischen neun Uhr dreißig und elf Uhr dreißig?", fragte Maja anstatt einer Antwort.

„Sie sind bei einer Firma beschäftigt, die Zeitarbeit anbietet", stellte Ulbricht fest.

„Augenblicklich bin ich da nicht gefragt und habe frei", erwiderte Nils Gertz.

„Also - wo waren Sie?"

„Hier, erst hier. Dann habe ich einen Freund besucht."

„Bitte nennen Sie uns jetzt den Namen und die Anschrift des Freundes, bei dem Sie sich in der betreffenden Zeit aufgehalten haben", bat Maja ihn. Sie befürchtete, dass Gertz gleich die Fassung verlieren würde.

„Er heißt Stefan. Stefan Markert. Ein alter Bekannter, haust in einer Hütte am Loh." Nils Gertz diktierte Maja die genaue Anschrift.

„Wie heißt die Zeitarbeitsfirma?", hakte Ulbricht nach.

„Timeless, sitzen an der Wasserstraße in Barmen." Auch hier folgte die genaue Adresse.

Maja steckte ihr Notizbuch weg und nickte Ulbricht zu.

„Eine Frage noch, Herr Gertz", sagte sie an der Wohnzimmertür. „Warum haben Sie mit Ihrer Freundin gestritten?"

„Eifersucht. Ihre beste Freundin hat ihr Scheiße erzählt. Ich hätte eine andere am Start und so." Eine wegwerfende Handbewegung. „Stimmt aber nicht." Zum ersten Mal seit ihrer Ankunft erhellte sich die Miene von Nils Gertz. „Ich liebe sie wirklich, und das, was mit einem Flirt in der Börse und einem One-Night-Stand angefangen hat, na ja, das ist inzwischen eine feste Liebe geworden, und nein, es stört mich nicht im Geringsten, dass Caro älter ist, obwohl ich nicht ausschließlich auf ältere Frauen stehe. Reicht Ihnen das so?"

„Danke, ja." Maja lächelte freundlich.

„Und Ihre Freundin weiß auch, dass Sie eine Anzeige bekommen haben, weil Sie Ihrer Exfreundin gegenüber handgreiflich geworden sind?"

„Gehen Sie jetzt." Nils Gertz machte eine ausladende Geste.

„Vielleicht fragen wir sie einfach", brummte Ulbricht, als sie alleine im Treppenhaus standen.

*

„Und?", fragte Maja, als sie im Auto saßen. Der Regen hatte wieder eingesetzt und ließ sie frösteln. Die Scheiben waren im Nu beschlagen, und die Stadt zeigte sich von ihrer grauen Seite.

„Der Typ ist seltsam. Und ich könnte schwören, dass Carolin Mertens nichts über seine Vergangenheit weiß."

„Womöglich hat er was mit Drogen zu tun. Dass er Gras raucht, war ja offensichtlich."

Ulbricht nickte. „Das Zeug hatte er ganz offen auf dem Wohnzimmertisch liegen. Dass er kifft, macht ihn noch lange nicht kriminell." Nun grinste er vielsagend.

Ulbricht fummelte den Schlüssel ins Zündschloss und startete den Motor des alten Vectra. „Jedenfalls nicht für meinen Geschmack - und für meine Abteilung."

„Stimmt, aber ich denke, dass er Kontakte zu dunklen Gestalten hat - immerhin muss er sich das Gras ja irgendwie beschaffen."

„Diese kleinen Beutel kriegst du von jedem Dealer in der Stadt und ich behaupte sogar, an jeder weiterführenden Schule." Ulbricht schaltete das Gebläse ein und sah dem Beschlag dabei zu, wie er langsam verschwand und die Sicht nach außen freigab. Dann betätigte er den Scheibenwischer und rangierte den Opel umständlich aus der engen Parklücke.

„Und jetzt?", fragte Maja, während sich der alte Opel den Paradeberg hinaufquälte.

„Zu Carolin Mertens. Ich schätze mal, dass wir sie zu Hause antreffen."

Schwebebahnstation Döppersberg, 13.30 Uhr

Sie nahm die Menschen auf dem Bahnsteig kaum wahr. Gelangweilte Gesichter, Wartemienen. Zwei Jugendliche unterhielten sich lautstark, in einer Ecke zeterte eine alte Frau mit den Passanten. Als sich die Bahn aus Richtung Osten näherte, erhob sich eine Taube, die das grüne Gerüst der Schwebebahn als Unterschlupf genutzt hatte, mit weit ausladenden Flügelschwingen in die Luft und verließ das zugige Gebäude.

Der Zug hielt an, die vier Türpaare öffneten sich und spien Fahrgäste aus. Dann enterte Carolin Mertens den Wagen. Natürlich hatten die Polizisten ihr nach dem Überfall angeboten, sie nach Hause zu fahren, doch

Carolin Mertens hatte darauf bestanden, mit der Schwebebahn heimzufahren. Normalerweise legte sie den Weg zu ihrer Wohnung am Ölberg zu Fuß zurück, doch heute war kein normaler Tag. Sie war im Laden überfallen worden, und ein Mensch war vor ihren Augen gestorben. Kaltblütig hatte man den jungen Mann erschossen.

Carolin Mertens war froh, sich heute für die Schwebebahn entschieden zu haben, auch wenn sie nur zwei Stationen mit dem Wahrzeichen fuhr.

Ihr war daran gelegen, sich nach dem Überfall nicht zu verkriechen. Es galt, das Vertrauen in ihre Umwelt wiederzugewinnen. Und aus diesem Grunde war sie durch die Poststraße zur Schwebebahnstation gelaufen und hatte in der zugigen Station Döppersberg auf die Schwebebahn gewartet. Dass es eine Flucht in die Realität war, bemerkte sie nur unterschwellig, als sie den leicht am Gerüst pendelnden Zug enterte.

Die Schwebebahn war ziemlich voll. Es war früher Nachmittag, und die ersten Schulen spuckten die Kinder aus, die mit dem Wahrzeichen der Stadt nach Hause fuhren. Entsprechend hoch war der Lärmpegel in der Bahn, als Carolin Mertens am Döppersberg vergeblich nach einem freien Sitzplatz Ausschau hielt. Sie umklammerte einen Haltegriff in der Nähe der mittleren Tür, während sie sich unter den anderen Fahrgästen umblickte. Die überwiegende Mehrheit bestand tatsächlich aus Kindern und Jugendlichen. Sie unterhielten sich lautstark, lachten oder hatten weiße Ohrstöpsel, mit denen sie Musik von ihrem MP3-Player hörten. Die Außenseiter hockten in sich versunken auf einem der cremefarbenen Hartschalensitze und spielten mit ihrem Handy.

Als Carolin Mertens in diesem Alter gewesen war, war sie stolze Besitzerin eines Walkman gewesen. Diese handtaschengroßen Kassettenrekorder mit Kopfhörern, bei denen nach spätestens zwei Kassetten die Batterien schwächelten und die Musik leierte.

Auf zwei Sitzen hockten zwei ältere Frauen, die sich auf Platt unterhielten. Carolin Mertens' Neugier war geweckt; sie verstand jedes Wort, hatte doch früher ihre Großmutter Wuppertaler Platt gesprochen. Eine Mundart, die es eigentlich gar nicht gab; die Spezialisten unterschieden das Elberfelder grundsätzlich vom Barmer Platt. Doch so geschult war Carolin Mertens' Ohr nun doch wieder nicht, dass sie die feinen Unterschiede heraushören konnte. Überhaupt war die Mundart in Wuppertal selten geworden. In ihrer Kindheit hatten die Erwachsenen fast ausschließlich „platt gekallt". So war das gute alte „woll, nit" einem „krass, Alter" der jüngeren Generation gewichen.

Ratternd schlossen die Türen der Bahn, und mit einem dezenten Summen setzte sie sich in Fahrt.

Unter ihr die Wupper, der „Schwarze Fluss", am Ufer die schmale Straße Schlossbleiche. Die Stadt hatte in den letzten Jahren ihr Gesicht verändert, und durch den Umbau des Döppersberg würde jemand, der längere Zeit nicht mehr in Wuppertal gewesen war, das Zentrum Elberfelds wohl bald nicht mehr wiedererkennen.

Das Grölen der Jugendlichen in der Bahn begann Carolin Mertens zu nerven, und auch die beiden älteren Damen tauschten pikierte Blicke und tuschelten.

Carolin Mertens umklammerte die Haltestange fester und schloss sekundenlang die Augen.

Ein schrecklicher Tag lag hinter ihr, nach einem schrecklichen Abend und einer schrecklichen Nacht.

Sie wusste nicht, wie es mit Nils weitergehen sollte. Der Raubüberfall hatte ihr Beziehungsproblem weit in den Hintergrund gerückt. Ein Mann war verstorben, ein junger Mann, der mit seiner Braut in ihrem Laden gewesen war, um Trauringe für die bevorstehende Hochzeit zu kaufen. Die Hochzeit würde nicht stattfinden, stattdessen würde es eine Bestattung geben. Eine Beerdigung, bei der eine junge Witwe um ihren Mann am Grab weinen würde.

Die Ereignisse der letzten Stunden überrannten Carolin Mertens. Vielleicht war es falsch gewesen, das Gespräch mit dem Seelsorger der Polizei abzulehnen. Vielleicht hätte sie sich ihm anvertrauen sollen. Nun war es zu spät. Sie war auf dem Heimweg, würde in einer Viertelstunde die Wohnungstür aufschließen und die Wände anstarren. Es gab niemanden, mit dem sie über das Erlebte sprechen konnte. Vielleicht würde sie ihre beste Freundin anrufen.

Oder sich mit Fernsehen ablenken.

Carolin Mertens überlegte, ob es gut war, sich zu betrinken. Alkohol half zu vergessen. Doch wollte sie vergessen? Sie war unsicher. Natürlich war der Überfall ein schreckliches Erlebnis, doch war es richtig, das alles zu verdrängen? Die Ereignisse würden sie in den nächsten Jahren wie ein grauer Schatten auf ihrer Seele begleiten, daran zweifelte sie nicht. Und sie wusste zu diesem Zeitpunkt nicht, wie sie mit diesem Schatten umgehen sollte. Doch womöglich, so machte sie sich Mut, womöglich würde sie sich mit der Erinnerung an den Raubüberfall arrangieren. So, wie sie sich bisher mit allen Dingen im Leben arrangiert hatte.

Als sie die Augen wieder öffnete, überquerte die Schwebebahn gerade die B7. Unten herrschte der übliche Verkehr, dann lag die Wupper wieder unter der Bahn.

Brabender, ihr Chef, hatte sich äußerst emotionslos gezeigt. Zwar hatte er sich nach ihrem Befinden erkundigt, allerdings schien es eine eher rhetorische Frage gewesen zu sein. Es war für die Verkäuferin mehr als offensichtlich gewesen, dass er sich nicht für seine Mitarbeiterin interessierte, und sie fragte sich, ob er in Schwierigkeiten steckte. Die Umsätze waren in den letzten Monaten zurückgegangen, doch er schob das alles immer auf die Rezession.

„Die Leute kaufen in schlechten Zeiten lieber zu essen und zu trinken, anstatt in Schmuck und in wertvolle Uhren zu investieren“, argumentierte er immer.

Der Zug verzögerte spürbar, rechts flog ein Backsteingebäude an der Bahn vorüber. Die Katholische Hauptschule West, einst als Gymnasium Aue erbaut. Nun rollte die Bahn in die Station am Robert-Daum-Platz ein. Der Bahnhof war modern und lichtdurchlässig. Nur wenige der alten Stationen hatten die Runderneuerung des Wahrzeichens überstanden, und nicht nur Carolin Mertens war der Meinung, dass durch die Modernisierung und den Neubau der meisten Stationen auch der alte, wenngleich auch etwas morbide Charme der Bahn für immer verloren gegangen war. Heute präsentierte sich die Bahn als modernes Verkehrsmittel, nicht mehr als Relikt aus der Kaiserzeit.

Die Türen glitten auseinander, und ein kalter Luftzug wehte in den Zug. Carolin Mertens blickte sich ein letztes Mal zu den beiden alten Damen um, schenkte ihnen sogar ein Lächeln, dann stieg sie aus und war auf dem verlassenen Bahnsteig. Ein wenig unschlüssig stand sie da und beobachtete, wie sich die Türen des Zuges schlossen und die Schwebebahn weiter nach Westen zog.

Erst, als sie ihrem Sichtfeld entschwunden war, suchte sie den Ausgang auf. Während sie die Treppen hinunterstieg, glaubte sie Schritte hinter sich zu hören. Doch das war unmöglich, hatte sie sich doch alleine auf dem Bahnsteig befunden. Sie blieb mit rasendem Herzen stehen und wandte sich um. Erwartungsgemäß lag die Treppe verlassen vor ihr. Der Straßenlärm der Tannenbergstraße und der B7 drang als gleichmäßiges Rauschen an ihre Ohren. Als sie sich wieder umwandte, hörte Carolin Mertens noch ein Geräusch: Von Westen näherte sich eine Schwebebahn, die sich unmittelbar vor der Einfahrt in die Station befand. Womöglich stammte das Geräusch, das sie so verunsichert hatte, auch von den Vibrationen, die die Bahn auf das Gerüst und damit auf die eiserne und gläserne Station übertrug.

Wahrscheinlich hatten ihr die völlig überreizten Nerven einen Streich gespielt. Carolin Mertens lauschte dem Geräusch der über ihrem Kopf einfahrenden Schwebebahn, während sich ihr Puls langsam normalisierte, dann setzte sie ihren Weg zum Ausgang an der Tannenbergstraße fort. Vor der Kreuzung am Robert-Daum-Platz staute sich der Verkehr, und ein feiner Nieselregen hatte eingesetzt, der nicht gerade dazu beitrug, die Stimmung der jungen Frau zu verbessern. Den Schirm hatte sie natürlich im Laden vergessen, und so blieb ihr nichts, als den Kragen ihrer schwarzen, hüftlangen Jacke hochzuschlagen und den Kopf so tief wie möglich zwischen die Schultern zu ziehen. Nun bereute sie es, mit der Bahn gefahren zu sein. Wäre sie geradewegs vom Geschäft in der Elberfelder Innenstadt zum Ölberg gelaufen, hätte sie ihre

Wohnung wahrscheinlich sogar noch trockenen Fußes erreicht.

Während sie sich über ihre Entscheidung ärgerte, überquerte sie den Fußgängerüberweg und hatte nach wenigen Minuten schon den Deweerthschen Garten erreicht. Trist lag die kleine Grünanlage da. War der kleine Park zwischen Luisenstraße und der Briller Straße im Sommer ein beliebter Treffpunkt für Jung und Alt, so hielt sich bei diesem unwirtlichen Wetter niemand im Deweerthschen Garten auf.

Carolin Mertens fühlte sich immer noch verfolgt. Sie warf in unregelmäßigen Abständen unsichere Blicke über die Schulter, doch da war niemand, der ihr nachging.

Würde sie fortan mit dieser grundlosen Panik leben müssen? Sie fragte sich, ob das die Folgen des Überfalls waren, die mit einem derartigen Trauma verbunden waren. Vielleicht, so überlegte sie, während sie ihre Schritte beschleunigte, wäre es ratsam, ärztliche Hilfe zu suchen. Möglicherweise genügte schon das Gespräch mit einem Seelsorger. Sie beschloss, den alten Kommissar, der sie im Geschäft befragt hatte, anzurufen. Vielleicht bestand noch die Möglichkeit, einen Polizeiseelsorger zu konsultieren, der mit der Situation vertraut war.

In diesem Augenblick fürchtete die Verkäuferin, dass sie künftig bei den kleinsten Anlässen die Nerven verlieren würde. Und diese Ungewissheit bereitete ihr eine panische Angst.

Schusterstraße, 13.50 Uhr

Drei ausgetretene Stufen führten zu dem heruntergekommenen Haus mit der verblichenen Gründerzeit-

Fassade. Acht Klingelschilder, dem Namen nach schienen die meisten keine deutschen Mieter zu sein. Das Schild mit der Aufschrift „C. Mertens" befand sich ganz unten, demnach wohnte Carolin Mertens in der Parterre des Hauses.

Nach dem zweiten vergeblichen Klingeln zuckte Ulbricht die Schultern. „Sie ist nicht da."

„Oder sie schläft, weil sie sich mit Beruhigungsmitteln zugepumpt hat", erwiderte Maja und drängte sich an Ulbricht vorbei, um den Finger auf den Klingelknopf zu legen. „Lass mich mal", sagte sie. „Vielleicht machst du was falsch."

„Wahrscheinlich hab ich nicht die richtige Klingeltechnik drauf", brummte Ulbricht mit einem Schulterzucken. „Kannst ja mal lauter klingeln."

Maja betätigte den Knopf drei Mal, doch die Türe öffnete sich nicht. „Und nun?"

Ulbricht feixte. „Wissen wir, dass du es auch nicht besser kannst." Er deutete mit dem unrasierten Kinn die Schusterstraße hinunter. „Wir warten, vielleicht ist sie auch noch unterwegs. Ich fahr hier nicht noch mal hin, wenn es nicht sein muss. In diesem Viertel hier ist ein Parkplatz mehr wert als ein Sechser im Lotto."

Maja folgte ihm auf den Bürgersteig und ließ die Blicke über die teils heruntergekommenen Fassaden der umliegenden Mehrfamilienhäuser gleiten. „Das würde ich nicht unterschreiben. Wie nennt sich das Viertel hier?"

„Ölberg."

„Liegt der nicht in Jerusalem?" Seite an Seite stapften sie durch den Regen zu Ulbrichts Wagen. Zwei südländisch aussehende Jungs grinsten sie frech an und streckten dem alten Kommissar die Zunge heraus.

„Das hier ist der echte Ölberg", erwiderte Ulbricht mit ernster Miene. Dann legte sich ein Grinsen auf sein

Gesicht. „Das nennen die Wuppertaler so, weil die Laternen hier bis zuletzt mit Öl betrieben wurden. Die gesamte Stadt war längst an die Elektrizität angeschlossen..."

„Hm." Maja nickte. Ihr war anzusehen, dass sie sich hier nicht sonderlich wohlfühlte.

„Manche sprechen auch vom Wuppertaler Kiez", fuhr Ulbricht fort. „Und das ist gar nicht mal so sehr daneben. Hier leben Menschen aller denkbaren Nationalitäten auf engstem Raum zusammen - das birgt schon mal Zündstoff."

Maja nickte verstehend. „Und sicherlich auch Arbeit für die Polizei."

„Was soll's - die Mieten hier sind billig und ideal für Studenten."

„Carolin Mertens ist aber keine Studentin mehr."

„Vielleicht verdient sie nicht gut genug." Sie waren am Vectra angelangt. Ulbricht schob den Schlüssel ins Türschloss. Die Zentralverriegelung sprang schnappend auf. Sie stiegen ein und stierten durch die verregneten Scheiben nach draußen. Den Eingang des Hauses, in dem die Verkäuferin lebte, hatten sie von hier aus im Auge.

„Da tut sich was", rief Maja plötzlich und streckte den Arm aus. Tatsächlich trat ein Mann vor das Haus. Er schlug den Kragen hoch und versenkte die Hände in den Hosentaschen. Da er die Kapuze seines Sweatshirts aufgezogen hatte, konnten sie von seinem Gesicht nicht viel erkennen, doch Ulbricht schätzte ihn anhand seines Kleidungsstils auf Mitte zwanzig bis Mitte dreißig. Nachdem sich der Mann ein paar Mal umgeblickt hatte, marschierte er eilig in Richtung Marienstraße davon.

„Der hat Dreck am Stecken", behauptete Maja.

Ulbricht blickte sie unverwandt an. „Sicher“, sagte er. Als Maja ihn nur wütend anfunkelte, fuhr er fort: „Maja, in dem Haus leben acht Parteien. Es wäre ein ziemlich großer Zufall, wenn dieser Typ bei Carolin Mertens zu Besuch war, findest du nicht?“

„Die Chance steht eins zu sieben, statistisch jedenfalls.“

„Ich werde ihm jetzt nicht nachfahren und seine Personalien aufnehmen“, erwiderte Ulbricht seelenruhig. Er legte die rechte Hand auf die Lehne des Beifahrersitzes und sank demonstrativ in die Polster. „Hier finde ich nie wieder einen Parkplatz!“

„Aber wir sollten ausschließen können, dass…“, setzte Maja an, wurde aber durch den Klingelton von Ulbrichts Handy unterbrochen.

Er seufzte, richtete sich auf und zog das Telefon hervor. „Der Herr Staatsanwalt.“

„Sie hatten recht“, kam Schaumert ohne Umschweife auf den Punkt. „Brabender steckt tatsächlich in finanziellen Schwierigkeiten.“

„Bingo“, rief Ulbricht. „Aber Sie sind von der schnellen Truppe, Respekt.“

„Die eingetretenen Umstände erfordern schnelles Handeln.“

Ulbricht glaubte, Schaumerts Schmunzeln förmlich hören zu können. „Und der Richter hat sich anfangs geziert, doch ich habe es mir nicht nehmen lassen, die entsprechenden Auskünfte persönlich einzuholen. Die Umsätze des Schmuckgeschäfts sinken seit einiger Zeit, das Haus ist mit einer Hypothek belastet und einige Mietshäuser hat Brabender im letzten Jahr bereits veräußert. Hinzu kommt, dass er Probleme mit dem Finanzamt hat. Unterm Strich kein Grund zum Jubeln für den Herrn Juwelier.“

„Höre ich da einen Hauch von Spott?"

„Unsinn. Ich selber habe bei Brabender meine Eheringe gekauft, der diensthabende Richter übrigens auch - das hat er mir so gesagt. Aber ich schweife ab. Nun sollten Ihre Leute klären, wie Georg Brabender versichert ist. Was geschieht, wenn er ausgeraubt wird? Kommt die Versicherung in vollem Umfang für den entstandenen Verlust und den Schaden an der Ladeneinrichtung auf? Das alles muss geprüft werden. Ich würde mich freuen, wenn wir bei der Einsatzbesprechung um achtzehn Uhr erste Ergebnisse in der Hand haben. Die Presse drängt..."

„Wir haben also eine Einsatzbesprechung um achtzehn Uhr?", fragte Ulbricht. „Normalerweise bestimme ich das, aber da Sie so exzellente Vorarbeit geleistet haben, will ich mal nicht so sein, Staatsanwalt."

„Es wird nicht lange dauern." Schaumerts Stimme klang entschuldigend. „Ich habe heute Hochzeitstag und will mit meiner Frau essen gehen."

„Na dann - herzlichen Glückwunsch. Wir sehen uns um achtzehn Uhr im Präsidium." Ulbricht drückte den roten Knopf und ließ das Handy wieder in der Hemdstasche verschwinden. Als er Maja von den Neuigkeiten berichten wollte, deutete sie aufgeregt durch die Windschutzscheibe.

„Sie kommt", rief sie. „Da ist Carolin Mertens." Ohne seine Antwort abzuwarten, hatte sie die Beifahrertür aufgestoßen, dabei eine alte Dame mit einem Rollator um ein Haar umgeworfen und war an die frische Luft gesprungen. Die alte Frau zeterte und drohte Maja mit der knorrigen Faust, doch das sah sie schon nicht mehr.

„Das wird mir alles zu hektisch", murmelte Ulbricht kopfschüttelnd und folgte seiner Freundin. „Nimmt eigentlich niemand mehr Rücksicht auf einen alten Mann?", lamentierte er, während er Maja folgte.

Carolin Mertens hatte die Polizisten bereits entdeckt. Sie blickte Ulbricht und Maja verwundert entgegen. „Ist etwas passiert?", fragte sie anstelle einer Begrüßung.

„Nein, bitte machen Sie sich keine Sorgen." Maja lächelte sie freundlich an. „Wir haben nur noch ein paar Fragen an Sie."

„Habe ich Ihnen nicht schon genug erzählt? Mein Tag war schrecklich, und ich würde jetzt gern alleine sein."

„Es wird nicht lange dauern", versprach Ulbricht, der die beiden Frauen etwas atemlos erreicht hatte. Er zeigte auf die Haustür. „Vielleicht könnten wir reingehen?"

„Von mir aus." Die Verkäuferin seufzte und zog den Schlüssel aus der Handtasche. Als sie sich daran machte, die Haustüre aufzuschließen, schwang die Tür auf. Beinahe hätte die Frau das Gleichgewicht verloren. Sie taumelte in einen schummrigen Hausflur. „Diese scheiß Tür. Nie schließt sie richtig, und hier kann jeder rein und raus. Ich habe es dem Vermieter schon tausendmal gesagt, aber es ist ihm egal, was mit der Bude wird. Ich glaube, ihm wär' es am liebsten, wenn der Bau hier heiß saniert wird."

„Na na", machte Ulbricht und hob drohend einen Zeigefinger. „Nun bezichtigen Sie Ihren Vermieter mal nicht einer Straftat, die er noch nicht begangen hat."

„Noch nicht – Sie sagen es. An dem Haus macht er schon seit Ewigkeiten nichts mehr, und es ist ihm egal, dass wir in einem Rattenloch leben." Carolin Mertens' Hand wischte über die Wand zu ihrer linken, dann flammte das Treppenhauslicht auf.

„Vorhin war die Tür zu“, bemerkte Maja.

„Mal so, mal so.“ Carolin Mertens winkte ab.

Ulbricht blickte sich im Flur des Altbaus um. Halbhohe Vertäfelung mit Nut- und Federbrettern, verbeulte Blechbriefkästen rechter Hand und eine nackte Glühbirne als Flurbeleuchtung. Der von den Wänden blätternde Putz bestätigte Carolin Mertens' Behauptung, dass der Hausherr sich einen Dreck um den Zustand seiner Immobilie scherte.

Der Fliesenboden wirkte abgenutzt, und sie führte ihre Gäste zu einer Wohnungstür mit Milchglasscheibe im Erdgeschoss.

Ulbricht sah sofort, dass die Wohnungstür nur angelehnt war. „Auch nur kaputt?“, fragte er trocken. Im gleichen Augenblick erkannte er die Einbruchspuren auf Höhe des Schlosses.

„Da hat einer eingebrochen“, murmelte Carolin Mertens fassungslos. Sie lehnte sich müde an die Hauswand. „Hat meine Pechsträhne denn überhaupt kein Ende?“

„Kennen Sie einen Mann zwischen zwanzig und dreißig, gut eins achtzig groß, schlank, sportliche Kleidung?“, fragte Maja sofort und warf Ulbricht einen vielsagenden Blick zu.

„Warum wollen Sie das wissen? Ich kenne meine Nachbarn gar nicht alle. Hier zieht man ständig ein und aus; mindestens eine Wohnung steht immer leer.“ Dann stutzte die Verkäuferin. „Moment“, rief sie. „Wollen Sie mir erzählen, dass Sie den Kerl gesehen haben?“ Als die Kommissare schwiegen, fuhr sie fort: „Sie haben das Schwein gesehen und lassen ihn laufen?“

„Wir wissen nicht, um wen es sich handelt, und hatten keinen konkreten Tatverdacht“, murmelte Ulbricht.

„Wir haben im Auto auf Sie gewartet, und er kam aus dem Haus, mehr nicht. Es hätte sich genauso gut um einen Ihrer Nachbarn handeln können." Dann zeigte er auf die Wohnungstür. „Sie warten bitte hier." Er griff unter die Jacke und zog die Dienstwaffe aus dem Schulterholster. Dann gab er Maja ein Zeichen.

„Haben Sie keine Knarre?", fragte Carolin Mertens.

„Nein", sagte Maja schnell. „Ich arbeite in der verdeckten Ermittlung."

„Ach so."

Ulbricht hielt die Waffe im Anschlag und stieß die Wohnungstür ganz auf. Vor ihm lag ein langer Flur, von dem die Türen nach rechts und links in die angrenzenden Räume abzweigten. Da auch im Korridor nur schummriges Licht herrschte und er keine Lust auf eine unliebsame Überraschung hatte, betätigte er den Lichtschalter.

„Hallo? Ist hier jemand?" Er hielt den Atem an und lauschte. Stille umfing ihn, die nur vom Ticken einer Küchenuhr durchschnitten wurde. „Hier ist die Polizei. Kommen Sie mit erhobenen Händen heraus!"

Nachdem sich erwartungsgemäß nichts tat, setzte Ulbricht einen Fuß in den Flur.

Maja folgte ihm auf den Fersen.

Rechts gab es ein enges Bad mit Duschkabine und einem kleinen Waschbecken. Einige der dunkelgrünen Fliesen fehlten. Offenbar hatte man es nach einem Rohrbruch nicht für nötig gehalten, den Fliesenspiegel wieder zu komplettieren. Ein kleines Waschbecken mit altmodischen Armaturen, auf der Ablage zwei Plastikbecher mit Zahnbürsten, neben den üblichen Schminkutensilien erblickte Ulbricht Rasierschaum und einen Nassrasierer. Über der Toilette gab es ein kleines Fenster mit Milchglas, das auf Kipp stand.

Selbst wenn es sperrangelweit offen gestanden hätte, war es zu klein, um dem Dieb eine Fluchtmöglichkeit zu bieten.

„Sauber", rief Ulbricht, nachdem er auch einen Blick hinter die Tür geworfen hatte.

Gegenüber gab es das Wohnzimmer, einen fast quadratischen Raum mit einem kleinen Erker, der dem Zimmer etwas Gemütliches verlieh. Der Inhalt der Schrankwand lag wild auf dem Boden verteilt. Aktenordner, Bücher, Dekoartikel und Scherben bildeten ein Bild der Zerstörung. Hier hatte jemand etwas gesucht. Ob er es auch gefunden hatte, das würde ihnen Carolin Mertens später sagen können. Von einem Einbrecher fehlte auch hier jede Spur.

„Sauber." Ulbricht wandte sich zu Maja um. Die zweite Tür der linken Seite zweigte in das Schlafzimmer ab. Der Raum war nichts als ein Schlauch mit Fenster. Unter dem Fenster ein Futonbett mit verwühlter Bettwäsche. Ob Carolin Mertens in morgendlicher Eile das Bettenmachen versäumt hatte, oder ob die Einbrecher auch hier etwas gesucht hatten, wusste Ulbricht noch nicht. Die gegenüberliegende, freie Wand wurde von einem Schlafzimmerschrank mit Spiegeltüren eingenommen. Auch hier hatte der Täter den Inhalt auf Bett und Boden verteilt. Nichts, so schien es, befand sich mehr an seinem Fleck. Die Nachttischlampe lag in Scherben auf dem Boden. Der oder die Einbrecher waren nicht zimperlich vorgegangen.

„Sauber", raunte Ulbricht über die Schulter. „Wenn man mal vom Chaos absieht, das hier herrscht."

„Gegenüber liegt die Küche", flüsterte Maja, die bereits in den kleinen quadratischen Raum gespäht hatte und sich dafür prompt einen missbilligenden Blick von Ulbricht einfing.

Die Einrichtung der Küche war sehr einfach, aber modern. In der Spüle ein paar Gläser vom Vorabend, ein Teller und eine Tasse. Auf der Arbeitsplatte zwei leere Weinflaschen und ein überquellender Aschenbecher. Vom Fenster aus konnte man in den Innenhof des heruntergekommenen Altbaus blicken. Ulbrichts Blick fiel auf eine Batterie von Mülltonnen und auf hüfthohes Unkraut, das zwischen den Fugen der alten Betonplatten wucherte. Irgendwo im Haus dudelte ein Radio eine orientalische Melodie.

Neben der Küchentür zwei Mülleimer, die randvoll waren. Carolin Mertens schien es mit der häuslichen Ordnung nicht ganz so genau zu nehmen.

„Sauber", murmelte Ulbricht, dann fiel sein Blick auf den Müll. „Na ja, relativ sauber." Er ließ die Waffe sinken. „Der Einbrecher ist längst über alle Berge."

„Ha", machte Maja. „Nun sprichst du auch von einem Typen."

„Ja, aber nicht von dem Typen", stimmte er zu und trat in den Flur. Die Verkäuferin blickte den Polizisten erwartungsvoll entgegen. „Frau Mertens, Sie können kommen, hier ist niemand mehr."

Zögernd betrat Carolin Mertens ihre Wohnung und wagte kaum, sich umzublicken. „Fehlt denn etwas?", fragte sie zaghaft.

Ulbricht lächelte. „Wir hatten eigentlich gehofft, dass Sie uns das sagen können. Erschrecken Sie nicht, der oder die Täter haben im Wohn- und im Schlafzimmer ein ziemliches Tohuwabohu angerichtet. Nun gehen Sie schon - aber bitte fassen Sie nichts an." Er zog das Telefon hervor und hatte nach dem zweiten Freizeichen Kegelmann an der Strippe.

„Du schon wieder", maulte der Leiter des Einbruchsdezernates gespielt entnervt. „Sei mir nicht böse, ich mag dich wirklich sehr, aber in den letzten Stunden hatten wir für meinen Geschmack zu viel miteinander zu tun."

„Quatsch keine Opern, ich brauch dich und deine Leute in der Schusterstraße. Einbruch bei Carolin Mertens. Sie ist die Verkäuferin, die heute Vormittag den Überfall bei Brabender ohne seine Unterstützung bewältigen durfte."

„Na, das nenn ich mal einen Scheißtag", erwiderte Kegelmann und legte auf. Er war noch nie ein Mann der großen Worte gewesen.

ELF

„Die größte Nummer steht uns noch bevor, und es ist dir scheißegal, dass wir alle in Teufels Küche kommen, weil du einen Alleingang unternimmst?" Er war außer sich vor Wut. Achim Fritz hasste es, wenn einer seiner Männer sich nicht an die gemeinsam getroffenen Absprachen hielt.

„Und weil ich nichts riskieren wollte, hab ich mich mal eine halbe Stunde ausgeklinkt. Mann, wo ist dein Problem, Alter? Was, wenn sie uns auf die Spur kommen, weil sie in meiner Vergangenheit herumschnüffeln?" Bernd Michels fuhr sich durch das kurz geschorene Stoppelhaar und schüttelte den kantigen Schädel. „Nein, mein Lieber, das war mir zu heiß. Und bevor ich hier stundenlang mit dir herumdiskutiere, hab ich mein Ding durchgezogen. Jetzt komm mal wieder runter, Achim."

„Du bist der Schlüssel zur Geschichte, kapierst du das? Wenn du jetzt einen falschen Furz machst, sind wir alle am Arsch!" Achim Fritz tobte. Er wanderte ruhelos durch den fensterlosen Raum, in dem sie für die nächsten Stunden ihren Unterschlupf bezogen hatten.

Herbert Grundinger hockte mit angezogenen Knien auf einer staubigen Holzkiste und stierte ins Leere, als ginge ihn das alles nichts an.

„Sag du doch auch mal was, Herbie!", brüllte Fritz ihn an.

Grundingers Kopf ruckte hoch. Er nickte. „Das war echt scheiße."

„Mehr hast du nicht zu sagen?" Achim Fritz setzte seine Wanderung durch den Raum fort. Der Schein der nackten Beleuchtung ließ sein Gesicht ausgemergelt erscheinen.

„Was soll ich sagen? Wir sind ein Team, und Michels hat Scheiße gebaut. Noch mal, und er ist weg vom Fenster."

„Du willst mich rausschmeißen?" Michels Stimme klang angriffslustig.

„Mich einfach so ausschließen?"

Fritz war mit zwei ausladenden Schritten bei ihm und baute sich in bedrohlicher Haltung vor ihm auf. Er war Michels jetzt so nahe, dass er jede Pocke, jede Narbe in seinem verschlagenen Gesicht übergroß sehen konnte. Bernd Michels hatte eine Fahne. „Und gesoffen hast du auch."

„Nur einen Kleinen, zur Beruhigung nach all dem Scheiß."

„Alkohol betäubt die Sinne, du Schwachmat. Wenn wir fertig sind, hast du so viel Kohle, dass du dir jeden Tag bis zum Ende deines beschissenen Lebens den Arsch zusaufen kannst. Aber so lange wir noch nicht durch sind, ist hier Entzug angesagt, ist das klar?"

„Sicher." Michels wirkte kleinlaut. „Mann, Achim – es tut mir leid. Ich hatte wirklich Angst, dass die Spur der Bullen zu mir führt und wir alle hochgehen. Deshalb bin ich auf eigene Faust losgezogen."

„Damit sind wir noch nicht durch, Alter. Aber jetzt sollten wir uns beruhigen und auf den nächsten Angriff vorbereiten." Achim Fritz atmete ein paar Mal tief durch und versuchte seinen Puls unter Kontrolle zu bekommen. Dann konzentrierte er sich und bereitete die Männer auf den nächsten Tag vor. Ihm war es verdammt wichtig, dass sie den nächsten Coup ausgeschlafen antraten.

Wuppertal-Elberfeld, Schusterstraße, 14.15 Uhr

„Was wollten Sie denn von mir?", fragte Carolin Mertens mit matter Stimme. „Warum haben Sie auf mich gewartet?"

Kegelmann war mit zwei Leuten der Kriminaltechnik aufgetaucht und versuchte, brauchbare Fingerprints, Fußabdrücke und DNA-Spuren zu sichern. Vom Abteilungsleiter der Spurensicherung, Hummelmann, fehlte jede Spur. Wahrscheinlich wertete er gerade die Spuren des Raubüberfalls aus.

So lange hatte Kegelmann Ulbricht, Maja und Carolin Mertens auf den Hausflur verbannt. Die Schmuckfachverkäuferin hockte zusammengesunken auf dem Treppenabsatz und hatte die Arme um die angewinkelten Knie geschlungen.

„Es ging um Ihren Freund", eröffnete Maja ihr.

„Was ist mit ihm?"

„Sie hatten Streit - das haben Sie zumindest heute Vormittag erzählt", bemerkte Ulbricht.

„Ja, das stimmt. Ich habe den Verdacht, dass er eine andere Frau hat. Gestern Abend habe ich ihn mit diesem Vorwurf konfrontiert, darüber sind wir in Streit geraten, und er hat die Wohnung verlassen."

„Ist Nils Gertz in der Zeit, in der Sie mit ihm zusammen sind, jemals handgreiflich geworden?" Maja stand vor der Verkäuferin und blickte ihr tief in die Augen, während Ulbricht sich damit beschäftigte, den Schalter des Treppenhauslichts zu betätigen, das in regelmäßigen Abständen erlosch und sie im Dunkeln stehen ließ.

„Nein", sagte Carolin Mertens mit tränengefüllten Augen. „Niemals. Er konnte so verdammt laut sein, wenn wir stritten, aber er hat mich niemals angefasst. Angst hatte ich trotzdem vor ihm."

„Wissen Sie, dass Nils Gertz wegen körperlicher Gewalt vorbestraft ist?"

„Nein, das hat er mir nicht erzählt." Carolin Mertens' Augen weiteten sich. „Wie kommen Sie darauf?"

„Routinearbeit", erklärte Ulbricht lapidar. „Wusste Ihr Freund von den Sicherheitsvorkehrungen in Brabenders Laden?"

Das Licht erlosch, sie standen wieder im Dunkeln. Ulbricht betätigte den Schalter, und mit einem lauten Klicken im Sicherungskasten auf der halben Etage flammte das Licht wieder auf.

„Moment!" Carolin Mertens sprang auf. „Wollen Sie etwa behaupten, dass Nils etwas mit dem Überfall zu tun hat?" Ihre Stimme schwankte zwischen Wut und Fassungslosigkeit.

„Wir behaupten gar nichts, Frau Mertens", beruhigte Maja die Frau. „Aber wir dürfen nichts außer Acht lassen."

„Und weil Nils vorbestraft ist, kommt er bei Ihnen sofort in die Täter-Schublade und wird zu den Verdächtigen gezählt? Das ist es doch?"

„Nein, das ist es nicht." Maja ließ sich nicht aus der Ruhe bringen. „Unsere Ermittlungen gehen in alle Richtungen, diesen schönen Satz haben Sie bestimmt schon oft nach einem Verbrechen in der Presse gehört oder gelesen. Und genauso ist es auch. Außerdem können wir Sie beruhigen: Ihr Freund hat für die Tatzeit ein Alibi." Dass das Alibi von Gertz auf sehr wackligen Füßen stand, verschwieg Maja ihr zunächst. Sie wollte nicht den zweiten Schritt vor dem ersten tun.

„Sagt Ihnen der Name Stefan Markert etwas?" Ulbricht musterte die Verkäuferin eindringlich.

„Den Namen habe ich schon mal gehört. Markert ist ein Freund von Nils, die beiden kennen sich seit Ewigkeiten. Kann auch sein, dass ich ihm schon begegnet bin, ich weiß es wirklich nicht."

Ulbricht glaubte ihr, nahm sich dennoch vor, auch Stefan Markert zu durchleuchten.

„Also, wir wären dann so weit. Von mir aus können Sie in Ihre Wohnung, Frau Mertens." Lautlos war Kegelmann in den Hausflur getreten, just in dem Moment, als das Licht mal wieder erlosch.

„Kann mal einer das verdammte Licht auf Dauerbetrieb stellen?", brummte Ulbricht, wischte mit der Hand über den Schalter und grinste Kegelmann schief an. „Schon was Verwertbares entdeckt?"

Kegelmann zog die Augenbrauen hoch und blickte an sich herunter. „Trag ich Sandalen? Kann ich übers Wasser gehen?"

„Blöde Sprüche kann ich selber klopfen, dafür brauch ich dich nicht", konterte Ulbricht und winkte ab.

Carolin Mertens war die Treppe hinaufgestiegen und machte sich am Sicherungskasten auf der halben Etage zu schaffen. Sie legte einen Schalter um. „Jetzt geht das Licht nicht immer aus", sagte sie, als sie wieder bei den Polizisten stand.

„Hätten Sie das nicht früher machen können?", grunzte Ulbricht.

„Ich habe gerade andere Sorgen", zischte Carolin Mertens. „Stress mit dem Freund, Stress mit dem Chef. Überfall im Laden, ein Toter, eine Fußgängerzone wie ein Schlachtfeld und dann der Einbruch in meine Wohnung. Das Treppenhauslicht ist mir gerade so was von scheißegal."

„Entschuldigen Sie", murmelte Ulbricht ein wenig schuldbewusst. Spätestens jetzt hatte auch er bemerkt, dass die Frau am Rande eines Nervenzusammenbruches stand.

„Norbert - bitte", hieb Maja nun auch noch in dieselbe Kerbe.

„Ich habe mich doch entschuldigt, verdammt noch mal!", brach es aus Ulbricht heraus. Dann wandte er sich an Carolin Mertens. „Und?", fragte er. „Wollen Sie jetzt sehen, ob etwas in Ihrer Wohnung fehlt?"

Sie nickte und presste die Lippen zusammen. „Ja", sagte Carolin Mertens leise und ging voran. Ulbricht, der ihr folgte, sah, wie sich Tränen in ihren blaugrauen Augen sammelten.

„Oh Scheiße, diese Arschlöcher", sagte sie, als sie das Chaos im Wohnzimmer erblickte. Kegelmanns Leute hatten zwar die Spuren soweit wie möglich gesichert, aufgeräumt hatten sie aber natürlich nicht.

Maja schob sich an Ulbricht vorbei. „Möchten Sie lieber alleine sein?", fragte sie voller Einfühlungsvermögen.

Carolin Mertens schüttelte den Kopf. „Nein, es ist schon in Ordnung, wenn ich mich in diesem Scheiß hier nicht alleine umsehen muss. Schlimm genug, dass diese Arschlöcher in meinen Privatsachen herumgeschnüffelt haben."

Ulbricht hielt es für angebracht, zu schweigen. Aus zahlreichen Seminaren und Erzählungen der Kollegen aus dem Einbruchsdezernat wusste er, dass Menschen, in deren Wohnungen eingebrochen worden war, psychisch darunter litten, dass fremde Personen in ihre intimste Privatsphäre eingedrungen waren. Sie hatten persönliche Dinge der Einbruchsopfer durchstöbert, sogar ihre Wäsche im Kleiderschrank durchwühlt und kannten Details ihrer Opfer, die niemanden etwas angingen. Immer wieder gab es Menschen, die sich nach einem Einbruch nicht nur eine neue Bleibe suchten, sondern ihr gesamtes Mobiliar und ihre Kleidung wechselten - einfach alles, mit dem die Einbrecher in Kontakt gewesen waren.

Ihnen war ein Schaden entstanden, den keine Versicherung der Welt begleichen konnte - die Verletzung der Privatsphäre.

Carolin Mertens hatte ihr Wohnzimmer betreten und blickte sich fassungslos um. Sie ging vor dem Inhalt des Wohnzimmerschrankes in die Hocke und wühlte in ihren Besitztümern.

„Wenigstens haben sie nicht die Couch aufgeschlitzt, in die Ecke gekackt und den Fernseher umgeworfen", brummte Ulbricht in einem Anflug von Mitgefühl.

„Norbert - bitte", entfuhr es Maja empört.

Carolin Mertens blickte mit starrer Miene zu ihm auf. „Sie sind echt ein Kotzbrocken."

„Ja", stimmte Ulbricht zu. „Mich muss man sich nervlich erst mal leisten können. Aber ob Sie es glauben oder nicht - ich bin auf Ihrer Seite, und wenn eigentlich nur alles in mein Metier fällt, was brennt, knallt oder tötet, wäre ich sehr froh, wenn wir die Schweine, die Ihnen das hier angetan haben, hinter Gitter bringen könnten." Er brachte ein müdes Grinsen zustande.

„Das klingt so abgedroschen wie in einem amerikanischen Krimi aus den Achtzigern", murmelte die Verkäuferin.

„Stimmt - mit diesen Filmen habe ich meine Laufbahn bei der Polizei begonnen." Ulbricht machte eine wegwischende Handbewegung. „Aber jetzt mal Butter bei die Fische, wie meine Tochter sagen würde: Fehlt etwas?"

„Ich glaube nicht." Carolin Mertens stemmte sich schwerfällig wie eine alte Frau in die Höhe.

„Dann sehen Sie bitte im Schlafzimmer nach."

„Da waren diese Typen auch?"

Ulbricht fiel auf, dass die Frau immer von mehreren Tätern sprach, sagte aber nichts dazu. Er vergrub die Hände in den Taschen seiner ausgebeulten Jeans und folgte Carolin Mertens in Majas Begleitung ins Schlafzimmer.

„Hier habe ich meine Papiere und mein Sparbuch aufgehoben", murmelte die Verkäuferin.

„Ist das Sparbuch noch da?" Maja drängte sich an Ulbricht vorbei. Sein Blick war auf eine knallgrüne Stahlkassette gefallen.

„Ich weiß nicht." Carolin Mertens ging zum Bett, bückte sich zu ihrem Kopfkissen, das neben dem Futon auf dem Boden lag, und zog den Reißverschluss des Bezuges auf. Sie langte hinein und präsentierte den Polizisten ein kleines rotes Buch. „Hier ist es", triumphierte sie. „Sie haben es nicht gefunden."

Schon wieder bemerkte Ulbricht, dass sie in der Mehrzahl sprach. „Oder sie haben es gar nicht erst gesucht."

„Was soll das denn heißen?"

„Dass es die Täter, wenn es denn mehrere waren, auf etwas ganz anderes abgesehen haben", erwiderte Ulbricht.

„Womöglich auf meine Wäsche?" Carolin Mertens schüttelte sich angewidert.

„Sie sprachen doch eben von Ihren Papieren, die Sie hier aufbewahren", erinnerte Maja sie.

„Richtig." Die Verkäuferin nickte, strich sich eine Haarsträhne aus der Stirn und ging wieder in die Hocke, um den noch vorhandenen Inhalt ihres Kleiderschrankes zu inspizieren. „Meine private Akte ist weg", stellte sie dann fest.

„Was soll das heißen – Ihre private Akte?"

„Na, meine Unterlagen eben. Lohnabrechnungen, Krankenkassenbriefe, Versicherungen und meine Scheidungspapiere."

Ulbricht tauschte einen Blick mit Maja. „Wer klaut so etwas?"

„Gab es irgendwelche Wertpapiere oder etwas von ideellem Wert?"

Carolin Mertens schüttelte den Kopf. „Nein. Absolut nicht, nein. Wer tut so etwas? Es ist ein ganzer Ordner, der komplett weg ist."

„Doof werden die Typen wohl nicht gewesen sein", brummte Ulbricht. Ihm fiel auf, dass er nun auch in der Mehrzahl sprach.

„Es muss doch einen Grund geben, warum man Ihnen Ihre Papiere stiehlt", bohrte Maja nun ein wenig energischer nach. „Was gab es in diesem Ordner noch?" Als Carolin Mertens beharrlich schwieg und den Kopf schüttelte, setzte sie nach: „Überlegen Sie ganz genau."

„Da war nichts", murmelte Carolin Mertens schließlich. „Private Korrespondenz, wenn Sie so wollen. Das, was jeder Mensch irgendwo abheftet, wenn er nicht will, dass die Bankpost und dieser ganze Mist irgendwo lose in der Wohnung herumflattert." Sie hieb sich mit der Hand vor die Stirn. „Ist doch nicht normal, so was. Wer hat es denn darauf abgesehen?"

Ulbricht seufzte und tauschte einen Blick mit Maja, die offenbar auch keine Antwort parat hatte. Wahrscheinlich lag das daran, dass die beiden im Laufe der Jahre mehr Erfahrungen auf dem Gebiet von Mord und Totschlag gemacht hatten und sich nicht mit der Motivation von Einbrechern auskannten. Es war das erste Mal an diesem Tag, dass Ulbricht keine plausible

Antwort einfallen wollte. Und er nahm sich vor, Kegelmann kein Sterbenswort davon zu sagen.

*

„Sie ist ziemlich im Arsch, was?" Kegelmann hatte geduldig auf dem Flur auf sie gewartet.

Ulbricht nickte zerknirscht.

„Ich glaube, ich würde auch durchdrehen, wenn mir jemand auf die Bude rückt und nichts an seinem Platz lässt."

Kegelmann grinste frech.

„Das sagst du nur, weil du keinen Bock auf Aufräumen hast."

„Quatsch keine Opern", grollte Ulbricht. „Erzähl mir lieber, was deine Leibeigenen inzwischen über den oder die Täter herausgefunden haben."

„Den Täter. Es war offensichtlich nur einer."

„Sie sprach immer von mehreren, warum auch immer." Maja lehnte sich an die Hauswand.

„Möglich, dass Opfer immer gleich von Einbruchbanden ausgehen", stimmte Kegelmann zu. „Einzeltäter sind tatsächlich in der Minderheit, ihre Art der Formulierung muss also nichts zu bedeuten haben."

„Schön. Komm auf den Punkt, ich bin müde." Ulbricht unterdrückte ein Gähnen.

„Es war ein Täter. Aufgebrochen wurde mit einem handelsüblichen Stemmeisen, die Lackabsplitterungen vom Werkzeug sind schon auf dem Weg ins Labor. Mich wundert, dass bei dem Lärm niemand auf diese Aktion aufmerksam wurde."

„In diesem Haus ist unsere Polizei-Aktion ‚Wachsamer Nachbar' offensichtlich ein Fremdwort", brummte Ulbricht.

„Wie dem auch sei: Der Einbrecher hat sich auf eine relativ rustikale Art den Zutritt zur Wohnung verschafft."

Maja horchte auf. „Also kein Profi?"

„Nein, die gehen in der Regel behutsamer vor", stimmte Kegelmann ihr zu. „Ein Gelegenheitsdieb, vielleicht ein Junkie, der auf der Suche nach irgendetwas war, das er umsetzen konnte, keine Ahnung."

„Aber ein Aktenordner?" Maja zog zweifelnd eine Augenbraue hoch.

„Es fehlt nur ein Ordner?" Nun war auch Kegelmann perplex.

„Exakt", nickte Ulbricht. „Und genau das ist es, was mir nicht in den Kopf will. Sie hat kein fettes Konto, das Sparbuch hatte sie im Kopfkissen aufbewahrt - es ist noch da - und Wertpapiere gibt es auch nicht."

„Versicherungen?"

„Das Übliche - Hausrat, Haftpflicht. Nichts, was mit einer Kapitalbindung in Zusammenhang gebracht werden kann", berichtete Ulbricht.

„Habt ihr sie mal gecheckt?"

„Inwiefern?" Maja warf Ulbricht einen Blick zu, den er nicht zu deuten vermochte.

„Ob sie Dreck am Stecken hat, meine ich. Vielleicht hat sie selber etwas mit dem Bruch zu tun, wollte irgendetwas verschwinden lassen oder die Versicherung bescheißen, weiß der Geier."

Ulbricht schüttelte den Kopf. Die Vorstellung, dass Carolin Mertens etwas mit dem Einbruch zu tun haben könnte, behagte ihm nicht sonderlich. „Sie ist das Opfer", brummte er. „Stress mit dem Kerl, Überfall, jetzt noch der Einbruch in die Bude." Er schüttelte den Kopf. „Nein, ich glaube nicht, dass sie etwas zu verbergen hat."

„Ich fürchte, da müsst ihr noch mal ins Detail gehen“, erwiderte Kegelmann, dann verabschiedete er sich in einen, wie er hoffte, angenehmen Feierabend.

„Nett habt ihr es im Bergischen Land“, sagte Maja und blickte durch das Seitenfenster. Ulbricht sah ihr an, dass sie die Fahrt sichtlich genoss. Für ihn wirkte die Gegend bei diesem Schmuddelwetter grau und trostlos, und der stockende Verkehr auf der Ringstraße tat sein Übriges, um seine Laune weiter in den Keller sinken zu lassen. Gerade hatten sie die große Kreuzung in Remscheid-Lennep überquert, an der es links nach Radevormwald ging.

„Geht so.“ Er zuckte die Schultern und warf ihr einen kurzen Seitenblick zu. „Man nennt Wuppertal, Remscheid und Solingen auch das Bergische Städtedreieck. Für mich ist das alles eine riesengroße Kloake. Es wird immer schlimmer hier, und ich bin mir ziemlich sicher, nach meiner Pensionierung aus Wuppertal zu verschwinden.“

„Du willst zu mir nach Hameln ziehen?“ Sie schmunzelte.

Er ging kurz vom Gaspedal und warf Maja einen verunsicherten Blick zu. Tatsächlich hatte er schon öfter mit dem Gedanken gespielt, sich ein kleines Haus oder eine Wohnung im Weserbergland zu kaufen. Dort ging es noch wesentlich beschaulicher zu, auch, wenn Hameln nicht von Mord und Totschlag verschont blieb. Aber das war wohl auch gut so, denn sonst wäre Hauptkommissarin Maja Klausen wahrscheinlich schon längst arbeitslos. Doch es gefiel ihm in der Rattenfängerstadt. Maja gegenüber hatte er diesen Gedanken allerdings noch nie ausgesprochen. Es war ihm ein wenig unangenehm, dass sie ihn jetzt so direkt darauf ansprach.

„Nun", setzte er ein wenig hilflos an. „Es ist ganz nett dort. Und wir wären beide nicht so alleine."

„Du willst dich versetzen lassen?"

Ulbricht hieb auf das Lenkrad. „Sag mal, hörst du mir nicht zu? Ich will hier weg, sobald ich die Pension durch habe. Ich habe keine Lust, deinem Lieblingspartner Grundmann täglich zu begegnen." Grund zur Eifersucht bestand für Ulbricht nicht, denn obwohl die beiden mehr Stunden am Tag gemeinsam verbrachten als er und Maja im ganzen Monat, musste er sich keine Sorgen machen: Hauptkommissar Jürgen Grundmann stand auf Männer. Das war aber nicht der Grund, weshalb Ulbricht ihn nicht sonderlich mochte: Der Hamelner Kollege war cholerisch, stur und vergaß zu oft seine gute Erziehung. Vielleicht war er ein wenig zu sehr wie Ulbricht.

„Und wann soll das sein?", riss Maja ihn aus den Gedanken.

„Am liebsten morgen", seufzte Ulbricht.

„Was würde Wiebke dazu sagen?"

Ulbricht musste sich eingestehen, dass er sich über die Meinung seiner Tochter noch gar keine Gedanken gemacht hatte. Hameln war nicht weiter weg von Husum – leider lag die Rattenfängerstadt aber auch nicht viel näher an der Nordseeküste.

„Vielleicht überlege ich es mir auch und ziehe in den Norden", brummte er ein wenig unzufrieden über seine eigene Unentschlossenheit. „Mich hält hier nichts mehr, außer der Dienst als Bulle."

„Den du gern machst."

„Unsinn. Wir sind übrigens gleich da." Er setzte den Blinker und bog von der viel befahrenen Straße nach links in die Leverkuser Straße auf ein ehemaliges Betriebsgelände ab. Nach dem Abzug der Firma war hier ein riesiger Industriepark entstanden, der kleinen und mittelständischen Unternehmen Büro- und Produktionsflächen vermietete. Im ehemaligen Pförtnerhäuschen war jetzt der Werksschutz untergebracht, wahrscheinlich war das rund 220.000 Quadratmeter große Grundstück videoüberwacht. Ulbricht stoppte den Vectra an der Einfahrt auf das Werksgelände und orientierte sich kurz auf der Informationstafel, bevor er im Schritttempo weiterfuhr.

„Was ist das hier?", fragte Maja überrascht.

„Das war früher eine große Firma, die aber dann ins Ausland abgewandert ist und zahlreiche Arbeitsplätze der Region vernichtet hat. Die Hallen und Verwaltungsgebäude hat ein cleverer Immobilienmakler stehen lassen und sie an verschiedene Handwerks- und Industriebetriebe vermietet. Oder es gehört noch einem Tochterunternehmen des Konzerns; ich weiß es nicht. Hier sind jetzt auch Rechtsanwälte, Steuerberater und Immobilienmakler neben Handwerkern und anderen kleinen Krautern untergebracht."

„Und deshalb sind wir hier", kombinierte Maja.

„Man merkt, dass du bei der Polizei arbeitest", grinste Ulbricht. „Deine Kombinationsgabe ist das Ergebnis einer jahrzehntelangen Erfahrung."

„Du spinnst." Maja tippte sich lachend an die Schläfe und beobachtete Ulbricht, wie er den alten Opel vor einem Bürogebäude zum Stehen brachte. Es schien ihn nicht im Geringsten zu stören, dass hier fast ausschließlich teure Limousinen parkten.

„Dann los", murmelte er und stemmte die Tür auf.

Sie folgte ihm wortlos in das Gebäude. Hohe, stuckverzierte Decken, eine breite Steintreppe und ein schwungvolles Geländer führten durch ein strahlend weiß getünchtes Treppenhaus nach oben.

Glaswände unterteilten das erste Stockwerk in mehrere Abteilungen. Die Namensschilder der hier untergebrachten Unternehmen waren in einem einheitlichen Look gehalten, sodass Ulbricht erst auf den zweiten Blick die Räume von Roland Müncker fand. Der Empfangstresen war verwaist, die Tür zum angrenzenden Büro stand offen.

Norbert Ulbricht tauschte einen Blick mit Maja. Sie zuckte die Schultern. Als Ulbricht zum Angriff übergehen wollte, hörte er Stimmen.

Eine tiefe Männerstimme redete auf eine junge Frau ein.

„Ich bin zu einer offiziellen Stellungnahme nicht bereit", polterte die Stimme, die Ulbricht spontan Roland Müncker zuordnete.

„Aber der Brand hat sich auf einem Ihrer Grundstücke ereignet", entgegnete die Frauenstimme, die der Hauptkommissar nur allzu gut kannte. Er rollte mit den Augen. An diesem Tag blieb ihm auch nichts erspart.

„Die Halle sollte über kurz oder lang abgerissen werden, insofern ist kein materieller Schaden entstanden."

„Was sollte auf dem Grundstück entstehen?"

„Das ist vom Käufer abhängig. Da es sich um ein ausgewiesenes Industriegebiet handelt, hat er fast alle Möglichkeiten. In einem Wohn- oder Mischgebiet müssten Investoren mit größerem Widerstand der Behörden rechnen, so aber …"

„Bedeutet das etwa, das dort etwas entsteht, das..."

„Das bedeutet gar nicht", unterbrach der männliche Sprecher. „Und nun entschuldigen Sie mich, ich habe zu tun. Danke für Ihren Besuch."

„Gern."

Es dauerte nicht lange, und im Türrahmen erschien eine zierliche Frau mit kurzen blonden Haaren. Sie war fast drei Köpfe kleiner als Ulbricht. Er hatte sie lange nicht gesehen und war nicht einmal böse darüber. Sie hatte dem alten Hauptkommissar nicht gefehlt.

„Kommissar Ulbricht", sagte sie überrascht, nachdem sie ihm fast in die Arme gelaufen war.

„Heike Göbel", grollte Ulbricht.

„Mischen Sie sich schon wieder in meine Arbeit ein?"

Sie schüttelte den Kopf und bedachte ihn mit einem entwaffnenden Lächeln. „Ich gehe hier nur meiner Arbeit nach - nicht mehr, aber auch nicht weniger."

„Sie schnüffeln hier herum", entgegnete Ulbricht. Dann erinnerte er sich, dass er sich in Begleitung von Maja befand.

„Entschuldigung", murmelte er an sie gewandt. „Das ist Heike Göbel vom Radio. Sie arbeitet bei der Wupperwelle."

Maja nickte der jungen Frau zu. „Ich glaube, ich habe Sie heute schon einmal gesehen. Sie waren nach dem Raubüberfall auch vor Ort."

„Richtig", strahlte Heike Göbel sichtlich stolz. „Wir haben sogar live vom Tatort berichtet."

„Ich störe ja nur ungern die gemütliche Runde - aber was geht hier vor?"

Unbemerkt war Roland Müncker im Türrahmen seines Büros aufgetaucht. Er war braun gebrannt, trug einen hellgrauen Anzug; die weinrote Krawatte hob sich angenehm vom weißen Hemd ab. Ulbricht schätzte ihn auf Mitte fünfzig. Die Haare, darauf würde er einen Monatssold verwetten, waren gefärbt und haselnussbraun. Er strotzte vor Selbstbewusstsein, und das, obwohl er dazu gar keinen Grund hatte, denn Ulbricht erinnerte sich daran, dass Münckers Geschäfte nicht sehr gut liefen. Der Mann schien ein perfekter Schauspieler zu sein, ein Umstand, der Ulbricht sehr wachsam werden ließ.

Mit lauerndem Blick musterte der Immobilienmakler die Neuankömmlinge. Es schien ihm unangenehm zu sein, dass seine Gäste die Radioreporterin kannten.

„Also - was wollen Sie?“, fragte er unwirsch, nachdem Maja und Ulbricht geschwiegen hatten.

Anstatt einer Antwort hielt ihm Ulbricht den Dienstausweis unter die Nase.

„Kripo, Kriminalhauptkommissar Ulbricht“, er deutete mit dem Daumen auf Maja. „Das ist meine Kollegin, Hauptkommissarin Klausen. Herr Müncker?“

Als der Angesprochene nichts entgegnete, fuhr Ulbricht fort: „Wir hätten wegen des Brandes einige Fragen an Sie.“

„Vielleicht sollte ich eine Pressekonferenz wegen der Bruchbude geben“, stöhnte Müncker.

Ulbricht ging nicht auf die spitze Bemerkung ein.

„Wir würden Sie gern allein sprechen.“

Heike Göbel verstaute ein kleines, digitales Aufnahmegerät und ein Mikrofon mit dem geschwungenen „W“, dem Logo der Wupperwelle, in ihrer Tasche.

„Ich bin auch schon weg.“

Sie grinste Ulbricht frech an. „Nach mir, Kommissar.“

„Unterstehen Sie sich, etwas zu senden, das mir gegen die Hutschnur geht“, polterte Ulbricht wütend.

„Als hätte ich das jemals getan“, erwiderte die Journalistin mit gespielter Entrüstung, dann verschwand sie von der Bildfläche.

*

„Ich kann mir schon denken, dass Sie wegen der abgebrannten Ruine hier sind“, brummte Müncker ein wenig friedfertiger, während er Maja und Ulbricht in sein Büro führte. Er wies auf die beiden Stühle vor seinem gläsernen Schreibtisch. Die Polizisten setzten sich, er selber umrundete den Tisch und nahm in seinem Ledersessel Platz.

„Inzwischen steht fest, dass es sich um Brandstiftung handelt“, nahm Maja den Faden auf, während sie sich unauffällig im Büro des Maklers umblickte. Die Möbel wirkten nicht sehr wertvoll, bei den Bildern an den Wänden handelte es sich offensichtlich um Kunstdrucke aus irgend einem Möbeldiscounter. Den Arbeitsplatz eines Immobilienmaklers hatte Maja sich anders vorgestellt. Mit einem Seitenblick zu Ulbricht stellte sie fest, dass er offenbar ähnlich empfand. Er hatte sein Notizbuch hervorgezogen und betrachtete Roland Müncker mit regungsloser Miene.

„Das mag sein“, nickte der Makler, dann zog er eine Augenbraue hoch und betrachtete die Polizisten. „Soll das bedeuten, dass ich unter Verdacht stehe?“

„Um das herauszufinden, sind wir hier“, antwortete Maja und gab sich Mühe, freundlich zu klingen.

„Welches Interesse hätte ich daran, eine seit Jahren leer stehende Fabrikhalle in Brand zu setzen?“ Müncker schüttelte energisch den Kopf. „Außerdem ist mir bekannt, dass in der Halle ein Fahrzeug abgestellt wurde, das mit dem Raubüberfall in Zusammenhang gebracht wird, der sich heute Vormittag in Elberfeld ereignet hat. Also – was kann ich für Sie tun?“ Sein Lächeln wirkte aufgesetzt, und Maja glaubte zu spüren, dass sich der Makler in einer Zwickmühle befand, warum auch immer.

„Frau Göbel hat Sie ja gut informiert", stellte Ulbricht mit einem süffisanten Grinsen fest.

Müncker nickte. „Ich weiß nicht, warum ich die Halle in Brand gesetzt haben sollte."

„Vielleicht, um sich die Kosten für den Abriss der Ruine von der Versicherung bezahlen zu lassen", konterte Ulbricht. „Ich bin zwar kein Fachmann, könnte mir aber gut vorstellen, dass sich für das Gelände ohne die baufällige Fabrikhalle schneller ein Käufer finden ließe."

„Das kann ich Ihnen nicht absprechen, Kommissar. Aber ich bin der festen Überzeugung, dass Sie bei mir an der falschen Adresse sind, wenn Sie tatsächlich einen Brandstifter suchen."

„Kennen Sie Georg Brabender persönlich?", fragte Ulbricht so unvermittelt, dass Maja sich um ein Haar verschluckt hätte. Sie war kurz abgelenkt und konnte nicht auf Münckers Reaktion achten. Als sie den Kopf zu ihm umwandte, hatte er sich jedenfalls gut unter Kontrolle. Seine Miene war regungslos, nur das Zucken im rechten Augenwinkel verriet, dass Ulbricht ins Schwarze getroffen haben musste.

„Wie kommen Sie darauf?"

„Er ist ein bekannter Geschäftsmann, Sie ebenfalls", erwiderte Ulbricht und tackerte mit seinem Kugelschreiber.

„Wir sind uns ein, zwei Mal begegnet, mehr nicht." Winzige Schweißperlen hatten sich auf Roland Münckers Stirn gebildet. Von einer Sekunde zur anderen bröckelte die Fassade. „Es gibt immer wieder offizielle Anlässe, sei es in der historischen Stadthalle, im Festsaal des Zoos oder in der Villa Media."

„Das sind gleich drei Orte, an denen Sie sich anscheinend getroffen haben", bemerkte Maja.

„Ich gebe zu, dass wir uns nicht sonderlich mögen", räumte Müncker ein, während er am Knoten seiner Krawatte herumnestelte.

„Was heißt - nicht mögen?", hakte Ulbricht sofort nach.

„Herrgott", Münckers Hand stürzte mit einem lauten Knall auf die Schreibtischplatte, und Maja wich unwillkürlich in ihrem Stuhl zurück, weil sie fürchtete, dass bei der Wucht des Aufpralls die Glasplatte splittern und Müncker schwere Schnittverletzungen zufügen konnte. „Es gibt so Menschen, die sieht man an und weiß sofort, dass man diese Person nicht mag. Vielleicht liegt es am Stil der Kleidung, vielleicht an der Frisur, vielleicht aber auch am Lachen oder an der Art, jemanden anzuschauen, ich weiß es nicht. Muss ich meine Abneigung begründen?"

„Nein", sagte Maja. „Das müssen Sie nicht."

„Gab es jemals eine geschäftliche Verbindung zwischen Ihnen?", fragte Ulbricht. Als Roland Müncker ihn sekundenlang schweigend anstarrte, fügte er hinzu: „Wir würden es im Rahmen unserer Ermittlungen sowieso herausbekommen. Also reden Sie offen mit uns."

„Georg Brabender ist schuld daran, dass meine Firma kurz vor der Pleite steht", murmelte der Makler leise. Er senkte den Blick und wischte auf der Schreibtischplatte herum. „Ich habe mich verspekuliert, als ich ihm ein großes Objekt offerierte. Um es anders auszudrücken, habe ich mich von ihm übers Ohr hauen lassen."

„Das müssen Sie uns erklären", forderte Ulbricht und schrieb mit.

„Da ist nicht viel zu erklären. Es ist etwa ein Jahr her, wenn Sie mögen, kann ich Ihnen die Unterlagen gleich heraussuchen. Brabender hatte Immobilien.

Ihm gehörte nicht nur seine Villa im Zooviertel – übrigens sein Elternhaus – und das Haus, in dem der Juwelier untergebracht ist, sondern mehrere Miethäuser. Als es mit dem Schmuckgeschäft abwärts ging, musste sich Georg Brabender von den Objekten trennen."

„Wann war das?", fragte Maja.

„Er klagt seit dem Beginn der Finanzkrise. Danach erholte sich sein Geschäft nicht mehr. Er hat Personal entlassen müssen, im zweiten Schritt hat er einen Käufer für seine Immobilien gesucht."

„Und Sie haben sich seiner Objekte angenommen", schlussfolgerte Maja.

„Richtig." Er blickte Maja nachdenklich an und ballte die Fäuste. „Es ist ihm gelungen, mir die Häuser weit über Wert anzudrehen."

„Entschuldigen Sie, aber Sie sind Immobilienkaufmann, Herr Brabender ist Juwelier. Hätten Sie die Werte nicht über ein unabhängiges Gutachten ermitteln können?"

Müncker schüttelte den Kopf.

„Ich war mir sicher, die Preise zu kennen. Und so schlug ich zu."

„Moment", rief Ulbricht dazwischen. „Sie haben Häuser gekauft, obwohl Ihnen klar war, dass der Preis viel zu hoch ist?" Er tippte sich bezeichnend gegen die Stirn.

„Das kam erst viel später raus", murmelte Müncker. „Ich habe ein völlig heruntergekommenes Haus abreißen lassen und wollte neu bauen. Ein Gutachten ergab, dass der Grund, auf dem ich bauen wollte, von Schadstoffen belastet war."

„In solchen Fällen trägt man das Erdreich ab", gab Maja zu bedenken.

„Was mit immensen Kosten verbunden ist“, erwiderte Müncker. „Es handelte sich um eine alte Fabrik in der Kohlfurt, die mit chemischen Mitteln gearbeitet hat. Man munkelt, dass man es mit der Abwasserverordnung nicht so genau gehalten hat.“

„Ich erinnere mich an den Fall“, nickte Ulbricht. „Davon habe ich durch die Medien erfahren, unter anderem auch über die ‚WupperWelle‘.“

Er warf Maja ein säuerliches Grinsen zu. Heike Göbel, die Reporterin, schien ihm tatsächlich schwer im Magen zu liegen.

„Und das Grundstück, auf dem heute die Halle abgebrannt ist, ist frei von Altbelastungen?“, fragte Maja.

„Es gibt kein Gutachten, das Gegenteiliges dokumentiert“, erwiderte Roland Müncker mit gesenktem Blick. Als er die Polizisten anblickte, wirkte sein Gesicht wieder wie eine Maske. „Nun wissen Sie, warum ich Brabender nicht leiden kann. Er hat mich, um es mal salopp auszudrücken, abgezogen, denn ich habe ihm nachweisen können, dass er von der Belastung wusste. Wir haben uns tatsächlich mehrmals gesehen – vor Gericht.“ Müncker erhob sich schwer wie ein alter Mann und machte sich an einem Aktenregal zu schaffen. Mit einem Ordner kehrte er zum Tisch zurück. Er blätterte darin herum, nickte zufrieden und schob ihn Ulbricht zu. „Darin können Sie alles nachlesen.“

Der Kommissar griff danach und legte ihn auf seinen Schoß. „Mit welchem Ergebnis haben Sie sich vor dem Richter getroffen?“ Ulbricht strich über den Rücken des Ordners.

„Es wird auf einen Vergleich hinauslaufen. Aber das Verfahren läuft noch.“

„Und wenn er Ihnen eine Entschädigung zahlen muss?"

„Kann er das nicht, weil er selber kurz vor der Insolvenz steht."

Ubricht klappte das Notizbuch zu und nickte Maja zu. Sie erhoben sich.

„Dann gibt es wenigstens etwas, das Sie beide verbindet", bemerkte Ulbricht, dann waren sie draußen.

Polizeipräsidium, 17.10 Uhr:

Die neugierigen Blicke ihrer Wuppertaler Kollegen ignorierte Maja, so gut es ging, als sie an Ulbrichts Seite dessen Büro betrat. Nach ihrem Besuch bei Roland Müncker in Remscheid hatte Ulbricht mit den Kollegen und Schaumert telefoniert, um die Lagebesprechung eine Stunde vorzuziehen. Er war nach der kurzen letzten Nacht und dem ereignisreichen Tag müde; außerdem hatte Schaumert ihm eröffnet, dass er heute den Hochzeitstag feiern wollte. Da niemand der Kollegen Einwände gehabt hatte, trafen sie sich schon um siebzehn Uhr im Präsidium.

Vielleicht ein wenig zu forsch für den alten Ulbricht, denn natürlich hatten sie sich verspätet, und natürlich saßen schon alle am langen Tisch und warteten auf die Ankunft des Abteilungsleiters vom KK 11.

Sein Büro unterschied sich nicht wesentlich von Zigtausenden anderen in deutschen Behörden – so herrschte auch in Ulbrichts Arbeitszimmer die typische altbackene Sachlichkeit. Sogar der eingetrocknete Benjaminbaum neben dem Fenster machte keine Ausnahme. Ein Lächeln legte sich auf Majas Gesicht, als sie das Foto einer jungen Frau auf seinem Schreibtisch erkannte, die freundlich in die Kamera lächelte. Die langen, dunklen Haare trug sie offen. Maja schätzte sie auf Anfang dreißig - ihre Gesichtszüge waren von einer natürlichen Schönheit gesegnet, sodass sie kaum Make-up aufgelegt hatte. Im Hintergrund war das Meer zu sehen.

Voller Stolz hatte Ulbricht Maja Bilder von seiner Tochter Wiebke gezeigt, die an der Nordsee lebte und dort als Kriminalkommissarin arbeitete.

Ulbricht rückte ihr einen Stuhl am Besprechungstisch zurecht. „Hier", sagte er. „Setz dich." Dann begab er sich zum Kopf des Tisches und räusperte sich. Er war kein Mann der großen Worte, und als typischer Einzelgänger waren ihm die täglichen Einsatzbesprechungen ein Graus; Maja wusste das.

Nachdem er die Kollegen und Mitarbeiter begrüßt hatte, setzte sich Ulbricht und lenkte die Sprache auf den Fall. Maja kannte ihn gut genug und verzieh ihm, dass er sie den Kollegen nicht vorgestellt hatte.

Das übernahm ein anderer für ihn. Der Mann, Maja schätzte ihn auf Anfang vierzig. Sein Anzug saß perfekt, die Brille war modisch und ein dezenter Duft von Aftershave umgab ihn. „Ich darf mich kurz vorstellen", sprach er Maja direkt an. „Mein Name ist Wolfgang Schaumert, ich bin der Staatsanwalt." Nun wandte er sich an Ulbricht. „Da mir die nette Dame in Ihrer Begleitung nicht bekannt ist, würde ich mich freuen, wenn Sie uns einander bekannt machen würden."

Maja gefiel seine charmante Art.

Ulbricht errötete prompt. „Natürlich. Also, Kollegen, lieber Staatsanwalt: Das ist Maja Klausen, Kriminalhauptkommissarin beim Zentralen Kriminaldienst in Hameln."

„Hameln?" Kegelmann pfiff durch die Lippen. „Das nenne ich mal Amtshilfe, Frau Kollegin." Er zwinkerte ihr zu.

„Eigentlich bin ich aus privaten Gründen in der Stadt", erwiderte Maja freundlich und sah im Augenwinkel, dass Heinrichs, der neben ihr hockte, kicherte wie ein alberner Schuljunge. Doch sie ließ sich nicht verunsichern. „Mit Hauptkommissar Ulbricht verbindet mich seit knapp drei Jahren eine Freundschaft. Vielleicht erinnern sich noch einige von Ihnen an die Kur, die er eigentlich im schönen Bad Pyrmont verbringen sollte?"

Am Tisch wurde andächtig und zustimmend genickt.

„Bei seinem Aufenthalt im Weserbergland war er in einen Mordfall verwickelt."

„Ich habe einen Toten gefunden", erklärte Ulbricht schnell. „Mehr nicht. Natürlich habe ich meine Kur direkt abgebrochen und bin in den Fall eingestiegen, um den Kollegen vor Ort zu helfen."

Maja lächelte bei der Erinnerung an ihr Kennenlernen auf der Burg Polle bei Bodenwerder an der Weser. „Und Sie kennen Ihren Abteilungsleiter gut genug, um zu wissen, dass er keine Ruhe findet, bis ein Fall geklärt ist und der Verdächtige dem Richter vorgeführt werden kann." Wieder wurde in der Runde genickt. „So war es auch damals, und ich darf an dieser Stelle erwähnen, dass ich in besagtem Fall die Ermittlungen geleitet habe und eine aufopferungsvolle Unterstützung durch Hauptkommissar Ulbricht erfahren habe. Ja, und heute wollte ich zu einem Gegenbesuch starten und war kaum eine Viertelstunde in Wuppertal, als ich zur Zeugin des Raubüberfalls auf den Juwelier wurde."

„Womit wir beim Thema wären", klinkte sich Norbert Ulbricht in Majas Monolog ein. Das Thema war ihm augenscheinlich unangenehm, und sie wusste, dass er ungern über private Dinge sprach. Er legte großen Wert auf die Trennung von Privat- und Berufsleben. Die Anwesenden hatten offensichtlich keine Probleme mit Majas Anwesenheit und blätterten in den mitgebrachten Unterlagen.

„Die Fahndung nach den Räubern führte uns über die Grenze in die Niederlande", bemerkte Klaus Peters, ein Kollege des Landeskriminalamtes. Gemeinsam mit einem Kollegen und einer Kollegin hatte er ein Büro im Wuppertaler Präsidium zur Verfügung gestellt bekommen, um die Ermittlungen von hier aus zu leiten. „Augenzeugen haben den Sprinter der Räuber angeblich kurz nach dem Überfall auf der Autobahn in Fahrtrichtung Düsseldorf gesehen."

„Wo sie dann zwischen Elberfeld und Sonnborn unterwegs waren, um die Kiste in einer alten Fabrikhalle zu entsorgen", brummte Ulbricht und wandte sich an Hummel. „Gibt es denn noch verwertbare Spuren an dem Lieferwagen?"

„Fehlanzeige." Hummelmann schüttelte den Kopf. „Aber wir wissen, dass die Täter einen Brandbeschleuniger eingesetzt haben, um den Wagen so schnell wie möglich zu entsorgen und alle Spuren zu verwischen."

„Und wie kommt ihr auf Holland?", fragte Ulbricht an Peters gewandt.

Es gibt Augenzeugen, die einen Siebener-BMW älterer Bauart kurz vor Venlo gesehen haben. Das Kennzeichen ist nicht bekannt, allerdings fiel der Wagen dadurch auf, dass er extrem schnell und rücksichtslos unterwegs war – als wäre er auf der Flucht."

„Ich kenne einige BMW-Fahrer, die alles aus ihren Kisten herausholen, nur um den nächsten Geschäftstermin zu schaffen“, gab Ulbricht zu bedenken. „So lange ihr das Kennzeichen nicht habt, sehe ich schwarz, Leute.“

„Die Fahndung der holländischen Kollegen läuft“, brummte Peters ein wenig beleidigt.

Ulbricht nickte Maja zu, dann blickte er in die Runde. „Was haben wir denn an Neuigkeiten zusammengetragen? Wie Sie vielleicht schon wissen, hat es heute einen seltsamen Einbruch in die Wohnung der Schmuckverkäuferin gegeben, die am Vormittag bei Brabender überfallen wurde. Entwendet wurde nach ihren eigenen Angaben nur ein einziger Aktenordner.“

„Hausratversicherung?“, platzte es aus Heinrichs heraus. Er setzte seine Brille mit dem markanten blauen Rahmen ab und begann, die Gläser mit dem Rand seiner unmöglich gemusterten Krawatte zu polieren. „Wollte sie einen Versicherungsbetrug begehen?“

„Wertpapiere oder Ähnliches gab es jedenfalls nicht“, erwiderte Ulbricht.

„Ein Hinweis auf etwas in ihrer Vergangenheit“, tippte Schaumert. „Was wissen wir über die Frau?“

Frank „Brille“ Heinrichs richtete sich auf und las aus seinen Aufzeichnungen vor. „Carolin Mertens, siebenunddreißig Jahre alt, geschieden, kinderlos, aber liiert, arbeitet seit mehreren Jahren als Schmuckfachverkäuferin bei Brabender. Sie hat einen Kredit laufen, mit dem sie einen Wagen abbezahlt, ansonsten ist sie schuldenfrei. Da sie nicht sonderlich viel verdient, lebt sie in einer Gegend, in der sich die Mietpreise in Grenzen halten. Ansonsten steht nichts über die Frau in den Akten – keine Vorstrafen, nicht einmal ein Ticket wegen zu schnellen Fahrens.“

„Moment“, mischte sich Maja ein. „Sie hat mir erzählt, dass sie den Weg zwischen Arbeitsplatz und Wohnung normalerweise zu Fuß zurücklegt, nur heute ist sie mit der Schwebebahn gefahren. Aber sie bezahlt ein Auto ab?“

„Steht wahrscheinlich seit Wochen; hast doch selber gesehen, wie knapp die Parkplätze am Ölberg sind“, entgegnete Ulbricht. „Wahrscheinlich nutzt sie die Kiste nur zum Einkaufen oder für weitere Strecken.“

„Sie sollten das überprüfen“, schlug Schaumert vor. Er wandte sich an Peter Hummelmann von der Kriminaltechnik. „Haben Sie die Einbruchsspuren schon überprüft?“

Hummel wiegte den massigen Schädel. „Nicht vollständig. Die Lacksplitter des Einbruchswerkzeuges lasse ich durch die Datenbank des BKA laufen; ich rechne erst frühestens morgen mit ersten Ergebnissen. Der Täter nutzte beim Einbruch Handschuhe, die ich nicht spezifizieren kann. Es könnte sein, dass eine selbst gemischte Latexmischung zum Einsatz gekommen ist.“

„Ist doch prima“, fuhr Ulbricht auf. „Das kommt mir bekannt vor: Hatten wir das Gleiche nicht bei dem Einbruch ins Alte Gericht Ronsdorf?“

„Korrekt“, nickte Hummel. „Es ist nicht auszuschließen, dass hier eine Verbindung besteht. Ich werde die Zusammensetzung versuchen, auszuwerten, kann aber nichts versprechen.“

„Gibt es denn Fußabdrücke, die Sie vergleichen können?“, fragte Maja.

„Aber sicher. Leider trug der Einbrecher nicht die gleichen Stiefel wie bei dem Diebstahl der späteren Tatwaffen.“ Er blätterte in seiner Mappe, bevor er fortfuhr. „Wir haben es mit einem leichten Stoffschuh zu tun, Chucks, wenn Ihnen das etwas sagt?" Als Maja stumm nickte, fuhr er fort: „Der Abgleich der Sohle hat ergeben, dass es sich um ein Modell der Marke Graceland handelt, die als Hausmarke einer Schuhhandelskette bekannt ist. Ein Massenprodukt also, entsprechend schwer wird es sein, hier anzusetzen. Nichtsdestotrotz habe ich einen Scan an das BKA gemailt. Mit etwas Glück können wir eine Übereinstimmung erzielen."

„Dazu muss der Einbrecher aber ein Wiederholungstäter sein und die gleichen Schuhe schon einmal bei einer Tat getragen haben", gab Kegelmann zu bedenken. „Die Wahrscheinlichkeit ist also relativ gering."

Schaumert machte sich Notizen, dann wandte er sich an Frank Heinrichs. „Sie haben sich um Brabenders finanzielle Situation gekümmert. Wie wir inzwischen wissen, steht es damit nicht zum Besten. Haben Sie herausgefunden, wie er gegen Diebstahl versichert ist?"

Brille Heinrichs nickte eifrig. „Er hat lediglich den Minimalschutz abgeschlossen, geht also nicht als Gewinner aus dem Raub heraus. Rein gefühlsmäßig würde ich sagen, dass ihm der Raub aus finanzieller Sicht nichts gebracht hat, auch, wenn wir ansatzweise diesen Verdacht hatten." Er machte eine bedeutungsvolle Pause, holte tief Luft, dann fuhr er fort: „Und wir haben langjährige Kunden, Angestellte und Geschäftspartner befragt - Brabender gilt als guter, wenngleich auch mitunter harter Geschäftsmann, der sich dem täglichen Kampf ums Überleben stellt. Ich sehe darin kein Indiz, dass er versucht, auf illegale Weise aus der finanziellen Misere, in der er steckt, herauszukommen."

„Apropos finanzielle Misere", mischte sich Ulbricht ein. „Wir waren in Remscheid, um dem Besitzer der abgebrannten Fabrikhalle in Sonnborn einen Besuch abzustatten. Und siehe da: Er steht kurz vor dem finanziellen Ruin, und Brabender scheint nicht ganz unschuldig daran zu sein." Er tippte auf den Ordner, den sie von Roland Müncker mitbekommen hatten, und berichtete den Kollegen, was sie von dem Immobilienkaufmann erfahren hatten. Abschließend schob er den Aktenordner zu Heinrichs hinüber und bat ihn, die Geschichte zu überprüfen.

„Er hätte zumindest ein Motiv, Brabender eins auszuwischen", murmelte Kegelmann. „Aber ob ein Immobilienkaufmann dafür einen Raubmord begeht?" Er schüttelte den Kopf. „Ich wage das zu bezweifeln."

„Er müsste zumindest zuverlässige Partner haben. Dann wäre es möglich, sich mit dem Verkauf des Diebesgutes die Existenz zu sichern", gab Maja zu bedenken.

„Wir sollten das nicht aus den Augen verlieren", stimmte ihr der Staatsanwalt zu.

„Dann wäre da noch der Freund unserer Verkäuferin Carolin Mertens, Nils Gertz", sagte Ulbricht und berichtete den Kollegen, was er gemeinsam mit Maja über ihn herausgefunden hatte. „Ein Fall für die Kollegen vom Drogendezernat, aber nichts für uns", schloss er seine Ausführungen. „Und für den Einbruch kommt er wohl auch nicht in Betracht, da wir bei ihm waren."

„Wer sagt denn, dass er den Einbruch nicht begangen hat, bevor wir ihm einen Besuch abgestattet haben?", gab Maja zu bedenken. „Immerhin sind wir nicht mehr dazu gekommen, seinen Freund zu befragen. Insofern wäre sein Alibi zu überprüfen, Norbert. Und vielleicht finden wir sogar ein Montageeisen in seiner Wohnung?"

„Vielleicht hat er aber auch einen eigenen Schlüssel, der den Einsatz von Werkzeug überflüssig macht", entgegnete Ulbricht. „Sie leben in einer eheähnlichen Gemeinschaft, auch wenn jeder seine eigene Wohnung hat. Im Bad habe ich zwei Zahnbürsten und Rasierzeug gesehen."

Maja nickte mit zerknirschter Miene. „Wir sollten das klären."

„Sie stand sichtlich unter Schock, als sie den Einbruch in unserer Anwesenheit bemerkte. Das war nicht gespielt."

„Ich würde sagen, das ist deine Baustelle", brummte Ulbricht an Kegelmann gewandt. „Es steht fest, dass die Gute das Glück nicht gerade auf ihrer Seite hat. Ein Raubüberfall im Laden und ein Wohnungseinbruch am gleichen Tag - ich glaube nicht, dass das zwangsläufig in Zusammenhang steht."

„Aber an Zufall glaube ich auch nicht so recht", erwiderte Kegelmann.

„Wir haben also Grund zur Annahme, dass ein Zusammenhang besteht", sagte Schaumert und blickte auf die Armbanduhr. Wahrscheinlich wollte er die Sitzung schnell beenden, da er den Hochzeitstag mit seiner Frau feiern wollte. Als niemand am Tisch Einwände hatte, fuhr der Staatsanwalt fort: „Dann sollten wir sehen, wo wir eine Brücke zwischen Raubüberfall und Einbruch finden." Schaumert blickte alle eindringlich an. „Wo ist eine Verbindung? Möglicherweise bei Müncker?"

„Das werden wir heute nicht mehr herausfinden", fürchtete Ulbricht, dem nicht entgangen war, dass Schaumert unruhig auf seinem Stuhl herumrutschte.

Ulbricht blickte in die Runde. „Deshalb kann sich jeder zu Hause Gedanken machen, wo möglicherweise ein Zusammenhang besteht." Dann wandte er sich an Peters. „Und Sie sollten zusehen, dass Sie die Räuber festnehmen können. Vielleicht liefern Sie dem Kollegen Kegelmann gleichzeitig den Einbrecher." Ohne die Antwort des LKA-Mannes abzuwarten, hob Ulbricht die Runde auf. Als er den dankbaren Blick des Staatsanwaltes sah, lächelte Ulbricht, obwohl seine Laune auf dem Tiefpunkt angekommen war. Ein Tag war vergangen, es hatte zwei Tote und einen Einbruch gegeben, den sie nicht einordnen konnten. Kein Grund, sich auf den Feierabend zu freuen.

Wuppertal-Barmen, Wasserstraße, 18.05 Uhr

Das Büro der Zeitarbeitsfirma lag auf dem Heimweg. Maja hatte keine Einwände gehabt, noch kurz bei „Timeless" anzuhalten, um sich nach Nils Gertz zu erkundigen. Und Ulbricht konnte noch ein wenig Zeit schinden. So sehr er sich auch über Majas Besuch freute – es graute ihm vor dem Moment, wo sie seine Wohnung zum ersten Mal betreten würde. Die Bude an der Bergbahn war so etwas wie sein Refugium. Seit rund dreißig Jahren wohnte er dort, und in diesen Wänden hatte er so viel Freude, aber auch Trauer, Wut und Schmerz empfunden, dass es ihm fast ein wenig peinlich war, seiner Freundin diese Zuflucht zu zeigen.

Hinzu kam, dass er die Wohnung in den frühen Morgenstunden fluchtartig nach einer viel zu kurzen Nacht verlassen hatte, um pünktlich zur Morgenrunde im Präsidium zu sein. In der Küche stapelte sich der Abwasch, und auch das Bett hatte er nicht gemacht. Wahrscheinlich lagen sogar noch die alten Socken vom Vortag irgendwo herum, und im Wohnzimmer wurde der Rest seines Feierabend-Bieres schal, das er in der letzten Nacht zum Runterkommen geöffnet, aber nicht mehr geleert hatte, weil ihn die Müdigkeit überkommen hatte.

„Ist etwas?“, riss ihn Maja aus den Gedanken. Sie lächelte ihm zu.

„Nein, alles in Butter“, erwiderte er mit einem matten Grinsen.

Das Büro der Zeitarbeitsfirma lag in einem Eckgebäude zwischen der Wasserstraße und der Friedrich-Engels-Allee. Sie kamen gerade rechtzeitig, um zu sehen, wie drinnen die Lichter erloschen. Das hielt Ulbricht nicht davon ab, die Tür aufzustoßen. An einem Empfangstresen saß eine junge Frau mit schulterlangen blonden Haaren und einem atemberaubenden Ausschnitt. Ihre üppigen Brüste drohten die Knöpfe der Bluse zu sprengen. Sie war hübsch, musste sich Ulbricht eingestehen. Doch das änderte nichts daran, dass sie ihnen einen entnervten Blick zuwarf.

„Wir haben geschlossen“, sagte die Vorzeigeblondine mit abweisendem Unterton in der Stimme. „Um achtzehn Uhr machen wir zu.“ Demonstrativ blickte sie auf die große Wanduhr in ihrem Rücken.

„Das ist vielleicht sogar gut so“, nickte Ulbricht und trat an den Tresen. Er hielt der jungen Frau wortlos seinen Dienstausweis hin. Er kam nicht umhin, einen Blick in ihren Ausschnitt zu werfen. „Es geht um einen Ihrer Mitarbeiter“, fügte er hinzu.

Im letzten Moment besann er sich an Majas Begleitung und suchte den direkten Blickkontakt zu der jungen Frau.

„Ist Ihr Chef im Haus?“

„Nein, er ist…“

Im gleichen Moment trat ein Mann Anfang dreißig aus einem der angrenzenden Büros. Er nickte den Besuchern freundlich zu. Ein Schönling, braun gebrannt und in guter Kleidung. Die feine Wolke von Aftershave umgab ihn. Solche Typen hasste der alte Kommissar.

Staubsaugerverkäufer, durchzuckte es Ulbricht. Oder er macht in Versicherungen. Spontan legte er die Vermittler von Zeitarbeit in die gleiche schmierige Schublade.

„Was kann ich für Sie tun?", fragte der Mann, der offenbar der Vorgesetzte der Blondine war.

„Sagen Sie der Dame, dass man nicht lügen darf", erwiderte Ulbricht und zeigte dem Managertyp seinen Ausweis. Der Anblick von Ulbrichts Dienstausweis ließ sein Grinsen nur einen Augenblick gefrieren, dann hatte er sich wieder unter Kontrolle.

„Gibt es Probleme?", setzte er nach und warf einen verunsicherten Blick in Richtung der Blondine, die hilflos mit den Schultern zuckte und schwieg.

„Wie man es nimmt", mischte sich Maja nun ein. „Wir würden uns gern mit Ihnen über einen Ihrer Mitarbeiter unterhalten."

„Bitte folgen Sie mir in mein Büro." Er nickte der Frau am Empfangstresen zu. „Du kannst dann Schluss machen für heute, Janine."

Janine nickte, packte ihre Sachen zusammen und verschwand von der Bildfläche. Ulbricht kam nicht umhin, auf ihren Hintern zu blicken. Erst, als er sich einen Seitenhieb von Maja einfing, zuckte er entschuldigend die Schultern. Nachdem der Schönling hinter ihr abgeschlossen hatte, führte er die Kommissare in sein Büro. Den Schlüssel hatte er von innen in der Eingangstüre stecken lassen. Sein Arbeitsplatz war modern eingerichtet, auf dem Schreibtisch erblickte Ulbricht das Bild einer glücklich in die Kamera lachenden Familie. Der Schönling trug ein legeres T-Shirt und Bermuda-Shorts. Immerhin scheint er privat ein ganz Netter zu sein, dachte sich Ulbricht.

„Nehmen Sie bitte Platz."

Maja und Ulbricht sanken in die mit cremefarbenem Leder bezogenen Schwingsessel vor dem Schreibtisch.

„Bitte entschuldigen Sie, ich habe mich noch gar nicht vorgestellt: Mein Name ist Jens Langer, ich leite diese Timeless-Niederlassung. Wir sind mit sechzig Standorten in fast jeder großen deutschen Stadt vertreten."

Das Portfolio der Zeitarbeitsfirma interessierte Ulbricht nicht im Geringsten, dennoch hielt er es für richtig, nun auch seinen und Majas Namen und Dienstgrad zu nennen. So viel Zeit musste sein.

„Es geht um einen Mann in Ihrer Kartei: Nils Gertz."

„Hat er etwas angestellt?" Langer beugte sich vor und griff nach der Computermaus. Nachdem er die entsprechende Maske auf dem Monitor hatte, tippte er den Namen der gewünschten Person ein und nickte. „Krank", sagte er lapidar und lehnte sich zurück. „Also: Hat er was verbrochen?"

„Das wissen wir nicht, deshalb sind wir hier", bemerkte Maja nun.

„Nils Gertz ist im Zuge unserer Ermittlungen in den Fokus gerückt, was aber noch lange nicht bedeutet, dass wir ihn eines Verbrechens beschuldigen." Ulbricht formulierte ihr Anliegen bewusst diplomatisch. Dann stutzte er. „Krank?", fragte er. „Sagten Sie eben, dass Gertz krank ist?"

Jens Langer nickte und blickte die Kommissare über den Rand seines Monitors hinweg an. „Seit einer Woche schon, ja. Angeblich eine Magen-Darm-Geschichte. Dabei hätten wir ihn Anfang der Woche gut vermitteln können."

„Und uns hat er gesagt, dass Sie keinen Bedarf haben." Ulbricht legte den Kopf schräg und grinste Langer süffisant an. „Es ist eben immer gut, wenn man sich eine zweite Meinung einholt."

„Natürlich - ich kann Ihnen den Bedarf sogar dokumentieren", bekräftigte der Niederlassungsleiter.

„Nein danke, das wird nicht nötig sein." Ulbricht winkte ab. „In welchem Bereich wird Nils Gertz denn üblicherweise eingesetzt?"

„Er ist bei uns im Bereich Sicherheitspersonal eingetragen." Langer lächelte wieder sein Vertreterlächeln. „Sie wissen schon: Werksschutz, Türsteher in der Gastronomie, Security und so weiter."

„Meines Wissens braucht man für einzelne Bereiche eine spezielle Ausbildung", warf Maja ein.

„Die hat Gertz auch abgelegt. Er ist ausgebildete Fachkraft für Schutz und Sicherheit, ein Beruf, den es in dieser Form seit 2002 gibt."

„Er ist ausgebildeter Bodyguard?" Ulbricht staunte nicht schlecht, aber Gertz brachte alle körperlichen Voraussetzungen mit. Er war groß und muskulös. Nun wusste er auch, warum er einen Freund hatte, der ihm den Zutritt zu einer Ü30-Party ermöglicht hatte. Unter Kollegen kannte man sich. Ihnen gegenüber hatte er nicht erwähnt, dass er im Bereich Sicherheitspersonal tätig war. Andererseits hatten sie ihn auch nicht danach gefragt.

„Nicht Bodyguard. Bei uns heißt das Personenschutz. Aber er wurde in der Vergangenheit auch im Werksschutz eingesetzt."

„Meines Wissens benötigt man für die Ausübung dieses Berufes ein polizeiliches Führungszeugnis", stellte Maja fest. „Das hat er aber wohl kaum vorgelegt – Nils Gertz ist nämlich vorbestraft."

Die Gesichtszüge von Jens Langer entglitten. „Bei uns macht er einen guten Job – ich höre nur Gutes über ihn. Und er setzt sich für die öffentliche Sicherheit und Ordnung ein, sowohl im präventiven Bereich als auch in der Gefahrenabwehr."

„Öffentliche Sicherheit – das klingt wie Hohn", brummte Ulbricht. „Er ist wegen körperlicher Gewaltanwendung vorbestraft." Er beugte sich weit zu Langer herüber und blickte ihm tief in die Augen. „Das passt irgendwie nicht zu dem, was Sie uns hier erzählen."

„Die Sache mit dem Führungszeugnis kann ich klären", schlug Langer kleinlaut vor. „Allerdings heute nicht mehr – meine Mitarbeiter sind längst im Feierabend, und ich habe ihn nicht eingestellt."

Er rudert zurück, bemerkte Ulbricht zufrieden. „Zurück zum Anlass unseres Besuches: Er war also heute Vormittag nicht hier bei Ihnen?"

Langer schüttelte den Kopf und fuhr sich durch das gegelte Haar. „Nein, das heißt, er war nicht bei mir persönlich. Es ist aber auch gar nicht meine Aufgabe als Niederlassungsleiter, mich um die Zeitarbeiter in unserem Hause zu kümmern."

„Sicherlich hat er eine Sachbearbeiterin oder einen Sachbearbeiter, den Sie anrufen können, um das zu klären?", fragte Maja.

„Natürlich. Ich werde das sofort erledigen." Hektisch griff Langer zum Hörer und tippte eine Nummer ein. Das Gespräch war denkbar kurz. Er erkundigte sich bei der Person am anderen Ende der Leitung, ob es einen Termin mit Gertz gegeben hatte. Danach legte er auf, blickte die Polizisten an und schüttelte den Kopf. „Leider nicht, nein. Ich werde noch unsere Empfangsdame anrufen – bei ihr werden alle Mitarbeiter zentral vorstellig, bevor sie zum Gespräch mit einem der Sachbearbeiter vorgelassen werden.“ Ohne eine Antwort abzuwarten, wählte Langer noch einmal.

„Ich bin es, Jens. Sag mal Janine, es geht um einen Nils Gertz, in unserem Datensatz ist er als Personen- und Werksschützer erfasst. War er heute Vormittag bei uns?“ Langer lauschte kurz, dann: „Und du bist ganz sicher? Nein, Janine, ich bezweifle das doch nicht. Nichts für ungut. Danke und tschüss.“ Er legte auf, lehnte sich in seinem Bürostuhl zurück und legte nachdenklich die Fingerspitzen beider Hände aneinander.

„Er war tatsächlich nicht hier, und die Sachbearbeiterin, mit der ich zuerst telefoniert habe, konnte mir sagen, dass sich Herr Gertz tatsächlich krankgemeldet hat, und zwar telefonisch. Ich fürchte, wir kommen hier nicht weiter.“ Langer verschränkte die Arme vor der Brust. „Bedeutet das nun, dass Herr Gertz in Schwierigkeiten ist?“

Ulbricht hatte sich erhoben. Er hatte keine Lust mehr auf dieses Geplänkel. Zeitarbeitsfirmen waren ihm zuwider, und dieser Langer wirkte immer noch nicht sehr sympathisch auf ihn. Hinzu kam, dass er einen vorbestraften Mann als Sicherheitskraft an ahnungslose Unternehmen vermittelte. Der Kommissar zuckte die Schultern.

„Das werden wir jetzt herausfinden.“ Ulbricht nickte Maja zu. „Apropos heraus, bleiben Sie sitzen, wir finden alleine heraus.“

*

„Sie hat dir gefallen."

Maja lächelte ihn vielsagend an. Mit dieser Art zu lächeln kam Ulbricht nicht zurecht; er konnte ihre Gedanken nicht einordnen.

„Was, wer?", murmelte er, während sie zum Wagen gingen.

„Die Blondine, diese Janine."

„Sie ist eine arrogante Kuh."

„Das ändert nichts an ihrem Aussehen", stellte Maja fest und blieb stehen.

Ulbricht, der ein paar Schritte weitergegangen war, drehte sich zu ihr um. „Was soll das werden? Ein Verhör?"

„Du hast ihr erst auf die Brüste, dann auf den Hintern geguckt."

Ulbricht winkte ab. „Ich bin ein Mann, und rein genetisch..."

Maja lachte und schloss zu ihm auf. „Komm mir nicht mit der alten Leier."

„Als wenn ich was mit ihr anfangen würde. Ich bin ein alter Sack, Maja."

„Für mich nicht." Das Lächeln erlosch, und sie stellte sich auf die Zehenspitzen, um ihn zu küssen. Ulbricht spürte, wie ihm das Blut bis unter die Haarspitzen schoss. Er fühlte sich ertappt. Dennoch genoss er Majas Nähe und den Geschmack ihrer Lippen. Doch der schöne Moment war schneller vorbei, als es ihm lieb war.

„Und jetzt?", fragte er ein wenig enttäuscht.

„Holen wir uns diesen Gertz. Und wenn es nach mir ginge, stecken wir ihn beim kleinsten falschen Wort sofort in U-Haft."

Ulbricht hatte keine Einwände, und so erreichten sie schweigend den Wagen, der in der Wasserstraße im eingeschränkten Halteverbot parkte. Ein Knöllchen zierte den rechten Scheibenwischer.

„Hier", sagte Maja und zog den Strafzettel unter dem Wischer hervor, um ihn an Ulbricht weiterzureichen. „Mit einem freundlichen Gruß von deinen Kollegen."

DREIZEHN

Das malträtierende Geräusch eines Presslufthammers dröhnte in seinen Ohren, als Portier Hans Hermanns seinen Arbeitsplatz im Erdgeschoss des Sparkassenturms verließ und sich an der Stechuhr ausloggte. Er nickte dem Mann vom Sicherheitsdienst, der nun die Nachtwache übernahm, zu und verließ das Gebäude.

Die grauen Regenwolken, die den Tag trist und grau hatten erscheinen lassen, waren weitergezogen. Es duftete nach Frühling, und Hans Hermanns verharrte trotz des Lärms einen Moment und atmete tief durch. Nun würde es nicht mehr lange dauern, bis es länger hell blieb und die Tage wärmer wurden.

Eigentlich war es eine ruhige Schicht ohne besondere Vorkommnisse gewesen, und nun freute er sich auf den wohlverdienten Feierabend. Tagsüber empfing er die Besucher im Verwaltungstrakt der Sparkasse, meldete sie bei ihren Gesprächspartnern an und steuerte den modernen Aufzug, der die Mitarbeiter und ihre Geschäftsfreunde in Windeseile in eine der insgesamt neunzehn Etagen brachte.

Vom kleinen Sachbearbeiter bis hinauf zum Sparkassendirektor kannte er jeden der Kollegen mit Namen, das gehörte zu seinem Job.

Noch drei Monate, dann konnte er in den Vorruhestand gehen und endlich mit dem Wohnmobil die Welt erkunden. Er freute sich auf die gemeinsame Zeit, die er mit seiner Frau Heidi an den Flecken der Welt verbringen konnte, von denen sie im Berufsleben nur geträumt hatten. Die Hermanns hatten noch viel vor im Leben.

Doch nun, wo seine Tage im Berufsleben gezählt waren, überkam Hans Hermanns ein wenig Wehmut, als er auf die Straße am Islandufer trat und sich zu dem gläsernen Vorbau am Fuße des Sparkassenturmes umblickte. Auf der gegenüberliegenden Straßenseite senkte sich das steile Ufer herab zur Wupper. Eine Schwebebahn zog in der zweiten Ebene vorüber.

Der Baulärm riss Hermanns aus seiner Melancholie. Er wandte den Kopf und erkannte zwischen dem Sockel des Turmes und der Einfahrt des Parkhauses eine Baustelle.

Seltsam, dachte er, die war doch heute Mittag, in seiner Pause, noch nicht da gewesen. Drei Männer waren es, die mit Presslufthämmern arbeiteten und einen ohrenbetäubenden Lärm verursachten. Sie trugen Ohrenschützer und schienen unter Zeitdruck zu arbeiten. Dem Lastwagen nach zu urteilen, der am Rand der Baustelle parkte, handelte es sich um ein auswärtiges Bauunternehmen.

Hermanns stutzte. Er überlegte, zurückzugehen und sich bei einem der Vorgesetzten zu erkundigen, ob die Bauarbeiten am Sparkassengebäude mit rechten Dingen zugingen. Doch dann warf er einen Blick auf die Uhr und war sich ziemlich sicher, niemanden mehr in der Chefetage anzutreffen. Vermutlich handelte es sich um einen Notfall, der die Bauarbeiten um diese Zeit nötig machte.

Mit einem Schulterzucken betrat Hans Hermanns den Bismarcksteg. Die kleine Fußgängerbrücke überspannte die Wupper bogenförmig und verband das Islandufer mit der Schlossbleiche am gegenüberliegenden Flussufer. Einmal mehr erfreute sich Hermanns an den verspielten schmiedeeisernen Torbögen im Jugendstil. Erst vor einiger Zeit hatte man die historische Brücke saniert und mit einem frischen dunkelgrünen Anstrich versehen. Er fragte sich, ob das

Bauwerk inzwischen als Baudenkmal eingestuft worden war. Hermanns erinnerte sich daran, vor einiger Zeit einen Artikel in der WZ darüber gelesen zu haben.

Auf dem höchsten Punkt der Brücke blieb er noch einmal stehen und blickte sich zu der seltsamen Baustelle am Sparkassenturm um. Dabei fiel ihm auf, dass einer der Arbeiter seine Tätigkeit unterbrochen hatte und ihm neugierig nachblickte. Der Bauarbeiter schaute genau in seine Richtung. Obwohl der Mann einen Helm, Ohrenschützer und eine Sicherheitsbrille trug, kam er Hermanns irgendwie vertraut vor. Der pflichtbewusste Portier überlegte, woher er den Mann kannte, kam aber nicht darauf. Wahrscheinlich, so resümierte er, lag das daran, dass er einfach zu viele Gesichter am Tag sah und ihm sein Gedächtnis ab und an einen Streich spielte.

Eigentlich hatte Hermanns ein gutes Gedächtnis, was Gesichter und die dazugehörigen Namen anging – das setzte allein schon der Beruf voraus. Doch es wollte ihm nicht einfallen, wo er den Mann schon einmal gesehen hatte. Bevor sich Hans Hermanns weiter Gedanken darüber machen konnte, nahm der Fremde seine Arbeit wieder auf. Das schreckliche Geräusch des Presslufthammers malträtierte trotz der Distanz Hermanns' Ohren, und er machte, dass er weiterkam. Sicherlich würde er morgen erfahren, warum man in den Abendstunden die Straße aufriss.

Paradeberg, 18.50 Uhr

Ulbrichts Laune war auf dem Tiefpunkt angelangt, als er endlich einen freien Parkplatz gefunden hatte, der fußläufig von dem Haus entfernt lag, in dem sich die

Wohnung von Nils Gertz befand. Maja betrachtete ihn schweigend von der Seite.

Still marschierten sie den steilen Berg hinunter und standen zum zweiten Mal an diesem Tag vor dem heruntergekommenen Hauseingang.

„Auf ein Neues", brummte Ulbricht und legte den Finger auf den Klingelknopf. Vergeblich, denn das erwartete Summen des Türöffners blieb aus. Ulbricht klingelte noch dreimal. Plötzlich öffnete sich die Haustür von innen und eine alte rundliche Frau mit Kopftuch und dunkler Hautfarbe trat ins Freie. Sie blickte den Beamten feindselig entgegen, hielt aber dennoch die Haustüre auf, sodass Ulbricht und Maja eintreten konnten.

„Du nix Einbrecher", stellte die Alte mit zusammengekniffenen Augenbrauen fest.

„Natürlich nicht." Maja lächelte höflich. „Ganz im Gegenteil. Wir sind von der Polizei."

„Polizei?" Die Augen der Frau weiteten sich. „Ach du Scheiße, was hab ich da reingelassen?"

„Es ist alles in Ordnung", beruhigte Maja sie schnell. „Nichts passiert."

„Sie lügen."

„Natürlich nicht." Kopfschütteln, dann drängte sich Maja an Ulbricht und der alten Frau vorbei und erklomm die Stufen. Ulbricht folgte ihr mit einem schweren Schnaufen. Hinter ihnen fiel unter einem türkisch klingenden Schimpfen die Haustür ins Schloss, dann kehrte Ruhe im Flur ein.

Treppensteigen gehörte offensichtlich nicht zu seinen Lieblingsbeschäftigungen. Maja musste daran denken, wie es wäre, wenn er tatsächlich zu ihr ins Weserbergland zog. Ob sie ihn dann dazu überreden konnte, mit ihr einige Runden um den Klütberg zu joggen?

Etwas Bewegung würde ihm sicher guttun.

Sie kam als Erste an der Tür der Dachgeschosswohnung an und trommelte gegen die Tür.

„Herr Gertz? Bitte öffnen Sie die Tür, Polizei!", rief sie, nachdem sie in die Wohnung gelauscht und nichts gehört hatte. Entweder war Gertz zu Hause und verhielt sich mucksmäuschenstill, oder er war tatsächlich nicht da.

„Der hat Erfahrung mit Abwesenheitsvortäuschung", brummte Ulbricht und polterte gegen die Tür. „Aufmachen, sonst trete ich die Türe ein!"

Maja konnte sich ein Grinsen kaum verkneifen. Ulbricht war völlig außer Atem und keuchte wie eine alte Dampflok. „Ich wage das zu bezweifeln", flüsterte sie leise.

„Der ist da", brummte Ulbricht, ohne auf ihre Bemerkung einzugehen. „Hat wohl Ahnung vom Verpissen. Macht er wahrscheinlich täglich, wenn der Gerichtsvollzieher auf der Matte steht."

„Aja." Maja nickte. „Aber diesmal ist es ernst." Sie legte ein Ohr an das Türblatt und versuchte, in das Innere der Wohnung zu lauschen. Drinnen herrschte tatsächlich absolute Stille. Kein verräterisches Dielenknarren von Schritten, kein schabendes Geräusch, kein Atmen, nichts.

„Der ist weg", flüsterte sie über die Schulter.

„Du musst ja verdammt gute Ohren haben", murmelte Ulbricht.

„Und ob." Maja grinste. „Er ist nicht da." Sie sprach lauter. „Was machen wir denn jetzt bloß?"

„Ich werd eine Fahndung rausgeben", rief Ulbricht so laut, dass es Gertz, wenn er sich entgegen Majas Vermutung in seiner Wohnung verschanzte, auch hören konnte. „Oder wir kommen mit einem Sondereinsatzkommando zurück und norden ihm die Bude ein."

Maja schmunzelte. Im Bangemachen war Norbert einfach Weltklasse. Erneut presste sie das Ohr gegen die Tür. Doch auch diesmal vernahm sie kein Geräusch.

„Er bekommt keine Panik da drinnen, weil er einfach nicht da ist", sagte sie an Ulbricht gewandt.

„Verdammt, und jetzt?"

„Vielleicht fahren wir zu Carolin Mertens und schauen nach, ob die beiden inzwischen Versöhnung gefeiert haben."

Ulbricht blickte bezeichnend auf die Armbanduhr und seufzte theatralisch. „Jetzt fahren wir solchen Typen schon hinterher."

„Welche Wahl haben wir denn?", konterte Maja.

Ulbricht, der schon wieder am Treppenabsatz angekommen war, wandte sich zu ihr um. „Musst du eigentlich immer das letzte Wort haben?"

Wuppertal-Elberfeld, Schusterstraße, 19.15 Uhr

„Sie schon wieder?"

Ulbricht und Maja bemerkten auf den ersten Blick, dass Carolin Mertens betrunken war. Die Zunge war schwer, ihre Augen wirkten glasig.

Eigentlich kein Wunder, nach so einem Tag, dachte Ulbricht und fackelte nicht lange. Er drängte sich an der Verkäuferin vorbei und stand im dunklen Flur. „Ist er da?", rief er über die Schulter und war mit weit ausladenden Schritten im Wohnzimmer. Carolin Mertens hatte das Chaos, das der Einbruch hinterlassen hatte, notdürftig beseitigt. Aus den Lautsprechern der Hi-Fi-

Anlage ertönte leise Musik, eine dunkelrote Stumpenkerze sorgte für einen anheimelnden Lichtschein. Die Weinflasche auf dem niedrigen Tisch war fast leer, das Glas daneben ebenfalls. Immerhin handelte es sich nur um ein einziges Glas, also war die Frau anscheinend tatsächlich alleine.

„Was soll das?", fragte Carolin Mertens, die ihm schwankend ins Wohnzimmer gefolgt war.

Ulbricht blickte sich zu ihr um und sah, wie sie mit gespielter Lässigkeit im Türrahmen lehnte. „Haben Sie überhaup' einen Durchsuchungsbefehl?"

„Beschluss heißt das", sagte Maja nun, die Ulbricht betont gelassen gefolgt war.

Carolin Mertens blickte sie unverwandt an. „Ist scheißegal. Also – was wollen Sie?"

„Ich will wissen, ob Ihr Freund sich bei Ihnen aufhält", brummte Ulbricht.

„Der doch nicht." Carolin Mertens winkte ab und kicherte. „Ich glaube, er wird nie wieder hier sein. Wahrscheinlich hatte meine Freundin doch recht, und er hat längst eine andere am Start."

„Können Sie sich vorstellen, wo er sich aufhält?" Maja schob sich an Carolin Mertens vorbei ins Wohnzimmer und blickte sich um.

„Fragen Sie doch mal bei seiner Neuen nach", spottete Carolin Mertens.

„Eine Adresse und einen Namen haben Sie nicht zufällig?" Maja blickte ihr tief in die Augen.

„Sie haben echt Nerven", erwiderte Carolin Mertens leise. Sie ging zum Tisch, kippte den restlichen Inhalt der Weinflasche in ihr Glas, schüttete den Inhalt herunter und kicherte verbittert. „Nein", sagte sie. „Ich habe keine Ahnung, wo Nils gerade herumvögelt."

„Sie haben uns etwas von seinem besten Kumpel erzählt." Ulbricht nahm ihr das leere Glas aus der Hand und blickte ihr tief in die Augen.

„Versuchen Sie es dort." Carolin Mertens zuckte die Schultern. „Den Namen und die Adresse haben Sie ja vorhin schon mitgeschrieben - als gute Bullen." Wieder kicherte sie, und Ulbricht warf Maja einen hilfesuchenden Blick zu.

„Wir werden uns darum kümmern", versprach Maja. „Und Sie haben heute kein Lebenszeichen von ihm erhalten?"

„Nichts, nein." Sie nahm Ulbricht das Glas ab und stellte es mit einem harten Knall auf den Tisch. „Es ist, als hätte es ihn nie gegeben in meinem Leben. Als wäre er tot. Pervers, oder?"

„Sie haben Streit", erinnerte Maja sie voller Geduld.

„Der Überfall ging durch die Medien heute, Radio, Fernsehen. Und er weiß, dass ich bei Brabender arbeite. Ich habe Nils schon ein paar Mal auf die Mailbox gequatscht, doch das interessiert ihn nicht im Geringsten."

„Das heißt, dass sein Handy aus ist?" Maja runzelte die Stirn. Wirkte die Verkäuferin im Laufe des Tages noch sehr verletzt, so schien sie nun verbittert, doch über den Dingen zu stehen. Wahrscheinlich lag es auch am Alkohol, dass sie ein wenig gleichgültiger wirkte.

„Ich denke schon." Carolin Mertens nickte.

Ulbricht wurde hellhörig. „Ich weiß, dass wir heute schon einmal danach gefragt haben - aber könnten Sie sich vorstellen, dass Nils Gertz in Zusammenhang mit dem Überfall steht, weil er sich von Ihnen entsprechende Informationen zum Sicherheitssystem beim Juwelier Brabender erschlichen haben könnte?"

Carolin Mertens sank auf das Sofa und stützte das Kinn in die Hände. Der zuckende Lichtschein der Kerze zauberte Schatten auf ihr Gesicht, und sie wirkte plötzlich um Jahre gealtert. „Möglich ist alles. Natürlich habe ich ihm das eine oder andere Geschäftliche erzählt, das ihn eigentlich nichts angeht." Nun lächelte sie matt. „Aber so macht man das in einer Partnerschaft. Man sieht sich in der Freizeit und bespricht auch berufliche Dinge. Eigentlich nicht verwerflich, weil man dem anderen vertraut."

„Wenn Sie nicht gerade bei einem Juwelier arbeiten würden und gewissen Sicherheitsstandards unterlägen", nickte Ulbricht und stellte fest, dass die Wirkung des Alkohols bei der jungen Frau recht schnell nachzulassen schien, denn sie sprach wieder relativ deutlich.

„Denken Sie..." Sie stockte, bevor sie fortfuhr. „Denken Sie, dass Nils etwas mit dem Überfall zu tun haben könnte?"

Maja setzte sich auf die Sessellehne und blickte ihr tief in die Augen. „Mal ehrlich: Sie haben einen vorbestraften Freund, mit dem es gestern Abend, einen Tag vor dem Raubüberfall, heftigen Streit gab. Seitdem erreichen Sie ihn nicht telefonisch. Wir besuchen ihn und fragen ihn nach seinem Alibi für die Zeit des Überfalls, das sehr, sehr dünn ist. Als wir ihn erneut aufsuchen wollen, ist er, so scheint es, untergetaucht."

„Er hat sein Handy nach dem Streit abgeschaltet", erwiderte Carolin Mertens schwach.

„Damit wir ihn nicht orten können, denn das geht nur, wenn er sein Handy eingeschaltet hat", brummte Ulbricht. „Es sieht nicht gut aus für Ihren Freund."

Die Verkäuferin nickte mit gesenktem Blick.

„Frau Mertens, könnten Sie sich vorstellen, dass Nils Gertz irgendwie in der Sache drinhängt?"

„Ich weiß es nicht." Sie blickte erst Maja, dann Ulbricht an. Ihre Miene war regungslos, und wären da nicht die tränenunterlaufenen Augen, würde Ulbricht davon ausgehen, dass sie sich plötzlich wieder vollständig unter Kontrolle hatte. „Er war so unbeherrscht manchmal. Aber ich konnte mir nie vorstellen, dass Nils gewalttätig sein könnte. Auch die Sache mit der Vorstrafe wegen Körperverletzung..." Sie schüttelte den Kopf. „Hätten Sie es nicht angesprochen, wäre ich von mir aus nie darauf gekommen."

„Manchmal ist es hart, mit der Wirklichkeit konfrontiert zu werden", bemerkte Maja mitfühlend, und Ulbricht war froh, sie in dieser Situation dabei zu haben.

„Es waren fast zwei Jahre", murmelte Carolin Mertens mit tränenerstickter Stimme. „Zwei verdammte Jahre, und mir ist nichts aufgefallen."

„Manchmal täuscht man sich in Menschen, die man glaubt, sehr gut zu kennen", stellte Maja fest.

„Frau Mertens, in den zwei Jahren haben Sie doch bestimmt eine Menge seiner Freunde und Verwandten kennengelernt", kam Ulbricht zum Punkt. „Wir benötigen sämtliche Namen, Adressen und Telefonnummern."

Carolin Mertens blickte ihn unverwandt an. „Warum schreiben Sie Nils nicht zur Fahndung aus, wenn Sie so sicher sind, dass er etwas damit zu tun hat?"

„Weil er nicht dringend tatverdächtig ist", entgegnete Ulbricht, dem eine Fahndung auch lieber gewesen wäre, als das gesellschaftliche Umfeld des spurlos verschwundenen Nils Gertz in mühevoller Kleinarbeit abklappern zu müssen. „Ich kann nur nach ihm fahnden lassen, wenn er sich bereits einer Festnahme entzogen hätte. Bislang wollen wir nur ein paar Antworten auf unsere Fragen von ihm - nicht mehr, und nicht weniger. Für eine Fahndung reicht das leider nicht aus."

„Dann muss es also so gehen", nickte Carolin Mertens. Sie erhob sich schwerfällig. „Haben Sie etwas dagegen, wenn ich mir noch etwas zu trinken aus der Küche hole?"

„Natürlich nicht", lächelte Maja. „Sie hatten einen schweren Tag."

„Danke." Carolin Mertens schob sich an ihnen vorbei in die Küche. „Möchten Sie auch etwas trinken?"

Ulbricht und Maja verneinten. Sie hatten nicht vor, sich hier häuslich niederzulassen. Nachdem die junge Frau mit einer neuen Flasche Rotwein ins Wohnzimmer zurückgekehrt war, diktierte sie den Kommissaren fast zehn Namen von Leuten, die in irgendeiner Form mit Nils Gertz in Zusammenhang standen.

Als Ulbricht und Maja eine knappe halbe Stunde später wieder an der frischen Luft standen, hatte der Nieselregen wieder eingesetzt.

„Ich möchte nicht in ihrer Haut stecken", murmelte Maja, als sie Seite an Seite zum Wagen gingen.

„Und ich möchte nicht in unserer Haut stecken", erwiderte Ulbricht schlecht gelaunt, während er seinen Notizblock in der Tasche seiner gefütterten Winterjacke verschwinden ließ. „Nun haben wir eine riesige Lithanei von Namen, die wir überprüfen müssen. Dieser Gertz kann ja nicht vom Erdboden verschwunden sein."

„Fahren wir noch mal bei ihm zu Hause vorbei?" Maja war stehen geblieben.

„Wenn es hilft." Ulbricht hatte keine Lust mehr. Er war müde, durchgefroren und grantig. Majas ersten

Besuch in seiner Heimatstadt hatte er sich wahrlich anders vorgestellt.

Wuppertal-Sonnborn, Zooviertel, 19.45 Uhr

Mit Brodie wagte sie sich aus dem Haus. Der Hund bot Gisela Brabender Schutz, denn sie war sicher, dass er jeden verscheuchen würde, der ihr zu nahe kam. Außerdem war das Zooviertel eine recht sichere Gegend. Hier wohnte die solventere Bevölkerung Wuppertals. Gila Brabender genoss die stillen Abendstunden mit dem Hund, den Georg ihr im letzten Jahr gekauft hatte. Das kräftige Tier würde sie im Notfall bis auf den Tod verteidigen, da war sie ziemlich sicher.

Der Nieselregen hatte vor wenigen Minuten wieder eingesetzt, und sie blieb kurz stehen, um den Kragen ihres Mantels hochzuschlagen. Der Hund schnupperte an einem fein säuberlich gestutzten Busch in der Freyastraße, dann hob er das Bein und markierte das Gebüsch ebenfalls, bevor er seinen Weg fortsetzte.

Gisela Brabenders Blick glitt über die Fassaden der umliegenden Häuser. In den hohen Fenstern und Erkern brannte bereits Licht; die Menschen bereiteten sich auf einen erholsamen Feierabend im Kreise ihrer Familie vor.

Familie, das gab es in Gisela Brabenders Leben nicht mehr. Ihre Eltern hatten den Kontakt zu ihr abgebrochen, als sie in das Haus eines Mannes gezogen war, der ihr Vater hätte sein können und zudem über mehr Reichtum verfügte, als es ihre Familie sich jemals erträumt hatte. Nun war sie die Frau an der Seite von Georg Brabender - begonnen hatte sie als Studentin, die stundenweise in seinem Laden ausgeholfen hatte.

Dann war alles ganz schnell gegangen – offenbar hatte sich Brabender damals in die jüngere Frau verliebt, und sie hatte sich zu ihm hingezogen gefühlt, was aber nichts mit seinem gesellschaftlichen Status zu tun gehabt hatte: Georg war reifer gewesen als die Männer in ihrem Alter. Er hatte die Souveränität und Gelassenheit ausgestrahlt, die sie sich schon als junges Mädchen von ihrem Mann gewünscht hatte. In seiner glitzernden Welt hatte es keine Probleme gegeben, er war angesehen und wohlhabend. Die oberen Zehntausend der Stadt gehörten zu seinen Kunden, und nichts und niemand zweifelte an Georg Brabenders ausgezeichnetem Ruf.

Nur ihre Eltern, die hatten von der ersten Minute an ein Problem mit einem Schwiegersohn in ihrem Alter gehabt. Doch darauf hatte Gila damals keine Rücksicht genommen, und als ihr der Arzt eine Schwangerschaft attestierte, ließ sich Georg nicht mehr davon abhalten, das Aufgebot zu bestellen.

Es hatte eine Märchenhochzeit im Rittersaal von Schloss Burg gegeben – zahlreiche berühmte Menschen hatten auf der Gästeliste gestanden, und nach dem rauschenden Fest waren sie in traumhafte Flitterwochen auf den Malediven gestartet.

Die Fehlgeburt hingegen war ein herber Rückschlag gewesen: Sie war kurz nach ihrer Heimkehr von der Hochzeitsreise im Haus gestürzt.

Damals war eine Welt für sie untergegangen, und seitdem war sie nicht mehr schwanger geworden. Als Georg bemerkte, dass all ihre Bemühungen um Nachwuchs nicht fruchteten, wendete er sich von seiner Frau ab. Er degradierte Gisela als Vorzeigeobjekt an seiner Seite. Anfangs hatte sie um seine Gunst gebuhlt, sie hatte ihn verführt, für ihn gekocht und mit zahlreichen kleineren und größeren Aufmerksamkeiten um ihre Liebe gekämpft. Leider vergeblich, Georg besann sich auf seine Tätigkeit als namhafter Juwelier, der neben dem Geschäft eine Menge gesellschaftlicher Interessen verfolgte. Für eine gut funktionierende Ehe und Nachwuchs gab es keinen Platz mehr in seinem Leben.

Dann kam der Tag des Überfalls, der Gila nachhaltig traumatisierte. Anfangs hatte sie die Hoffnung gehabt, seine Zuneigung ein Stück weit zurückzu gewinnen – vergeblich: Er drückte sein Mitgefühl aus, indem er sie zu einem Psychologen schickte, mit dem ihm seit Jahren eine innige Männerfreundschaft verband.

Dass Georg sie betrog, lag auf der Hand für Gila. Seit fast zwei Jahren hatte er sie nicht angefasst. Sie schliefen nicht mehr miteinander, und mittlerweile hatte sie sich ihrem Schicksal gefügt und das Kämpfen aufgegeben. Inzwischen bereitete ihr der Gedanke, den dick gewordenen und schwitzenden Georg auf ihrem zierlichen Körper zu spüren, sogar Ekel. Allein die Erinnerung an sein lüsternes Keuchen an ihrem Ohr ließ sie erschaudern.

Vielleicht war es gut, wie es gekommen war. Sie zog den Nutzen aus ihrer Ehe, die nur noch auf dem Papier bestand, genoss den materiellen Reichtum und das Leben in einem im Grunde genommenen viel zu großen Haus. Irgendwann würde sie ausziehen. Dass sie Brodie mitnehmen würde, war selbstverständlich. Der Hund war ihr Freund, und sie war für den stattlichen Berner Sennenhund zur Bezugsperson geworden.

Ein Auto näherte sich von hinten. Wahrscheinlich wieder ein Mensch aus der Gegend, der gerade nach einem langen Arbeitstag zu seinen Lieben kam.

Gisela Brabender seufzte, blickte zu Brodie und zupfte kurz an der Leine. Brav trottete er neben ihr her. An der Einfahrt zu einem Grundstück blieb er erneut stehen und schnüffelte.

Der Wagen näherte sich langsam. Die Lichtlanzen der Scheinwerfer strichen über den Bürgersteig. Brodie war stehen geblieben und blickte sich um. Auch der Wagen schien nun zu stehen. Der Motor brummelte im Leerlauf wie eine zum Sprung bereite Raubkatze.

„Komm schon", sagte Gila und zupfte erneut an der Leine. „Du blockierst den Weg, da will jemand nach Hause, also mach die Einfahrt frei, wenn du nicht über den Haufen gefahren werden willst!"

Doch Brodie bewegte sich keinen Zentimeter. Er war in der Bewegung erstarrt.

Gila betrachtete den Hund sorgenvoll. Sein Nackenfell war aufgestellt und ein tiefes Knurren ertönte. Kein gutes Zeichen für ein friedfertiges Tier.

Im gleichen Moment ertönte ein eigenartiges Geräusch, das sie nicht zuordnen konnte. Der Hund sank mit einem Jaulen zu Boden und krümmte sich unter Schmerzen zusammen. Hilflos blickte er zu seiner Herrin auf.

Gilas Herzschlag setzte eine Sekunde aus. „Brodie", rief sie heiser und ging neben dem Tier in die Knie. Dann spürte sie zwei starke Hände, die sie brutal in die Höhe zogen. Im gleichen Augenblick sah sie den schwarzen Schatten, der sich blitzschnell ihrem Gesicht näherte. Bevor sie ausweichen konnte, spürte sie das Tuch vor Mund und Nase und den süßlichen Geruch. Dann merkte sie, wie die Kraft aus ihrem Körper strömte und sie bewusstlos zu Boden ging.

Polizeipräsidium, 20.30 Uhr

Ulbrichts Schreibtischlampe war die einzige Lichtquelle im Raum - ein Umstand, der nicht gerade dazu beitrug, ihn länger als nötig wach zu halten. Er gähnte ungeniert und verschränkte die Hände hinter dem Kopf.

„Lass uns Schluss machen für heute", schlug Maja vor, die auch schon seit den frühen Morgenstunden auf den Beinen war und sich nach ein paar ruhigen Stunden sehnte. Außerdem wollte sie endlich sehen, wie Ulbricht wohnte. Sie war neugierig auf den Mann neben sich, doch er hatte keine Ruhe gegeben und darauf bestanden, sich noch schnell das Video aus der Überwachungsanlage anzusehen, das den Raubüberfall in Brabenders Juweliergeschäft zeigte.

Ein weiterer Besuch bei Nils Gertz war erfolglos geblieben. Auf dem Weg zum Präsidium hatte Ulbricht einen kleinen Umweg gefahren. Da er keinen Parkplatz fand, war Maja allein ausgestiegen, während er vor einem Garagentor gewartet hatte. Doch Nils Gertz schien tatsächlich untergetaucht zu sein.

So war ihnen nichts geblieben, als mit geröteten Augen immer wieder auf Ulbrichts Monitor zu starren, stets in der Hoffnung, doch noch ein wichtiges Detail zu entdecken, das sie übersehen hatten. Doch ihnen war nichts aufgefallen, das in irgendeiner Weise dienlich war oder sie bei den Ermittlungen weiterbringen konnte.

Einer der Räuber konnte von Größe und Statur Nils Gertz sein - doch genauso gut konnten sie sich täuschen.

Der Automatenkaffee in ihren Tassen war längst kalt geworden, und der Schein der Straßenlaternen warf jetzt ein eckiges Muster auf Zimmerdecke und Wände. Maja streckte den schmerzenden Rücken durch. Sie hatte die letzte halbe Stunde in einer verkrampften Haltung auf dem klapprigen Besucherstuhl an Ulbrichts Seite verbracht.

„Die Jungs vom LKA sind am Zug, und wir haben uns jetzt unseren Feierabend mehr als verdient", stimmte Ulbricht zu. „Was geht mich dieser Scheiß überhaupt noch an?"

„Dieser Scheiß lässt dir keine Ruhe", lächelte Maja sanft. „Es ist dein Jagd-Instinkt, der dich nicht aufgeben lässt."

Er nickte stumm. Sie hatten die letzte Stunde eng nebeneinandersitzend verbracht, irgendwann hatte sie wie selbstverständlich eine Hand auf seine Schulter gelegt. Maja betrachtete ihn von der Seite. Dunkle Ringe lagen unter seinen Augen, was aber auch am schummrigen Licht im Büro liegen konnte. Sie streckte eine Hand aus und strich ihm zärtlich durch das Gesicht. Die Bartstoppeln am Kinn kitzelten ihre Hand-Innenflächen.

Er wandte ihr den Kopf zu und nickte. „Wahrscheinlich hast du recht. Wir sind total am Ende und versuchen das Wunder zu sehen, aber denkste. Totmüde habe ich noch nie einen Fall gelöst." Wieder gähnte er. Eine Träne stahl sich aus dem Winkel seines rechten Auges.

„Höchste Zeit, dass wir uns ein paar nette Stunden machen und den Fall ausblenden, so gut es geht."

Nobert Ulbricht ergriff ihre Hand, und ihr war, als würde sie von winzigen Stromschlägen berührt werden. Er führte ihre Hand zu den Lippen und hauchte einen Kuss darauf. „Vielleicht hast du recht und wir sollten..."

Weiter kam er nicht, denn plötzlich flog die Bürotür auf. Das Licht auf dem Korridor verdrängte die Dunkelheit in einem Sekundenbruchteil. Ein Schatten stürzte ins Büro, die Tür schlug an die dahinter liegende Wand und pendelte sanft zurück.

„Oh, da sind Sie ja noch, Chef“, rief Heinrichs gleichermaßen zufrieden und überrascht. „Was machen Sie denn…?“

Dann schien er zu registrieren, dass Maja eng neben Ulbricht saß und er wie selbstverständlich ihre Hand hielt.

Maja war die Situation unangenehm. Sicherlich war Heinrichs nicht blöd, und er dachte sich wahrscheinlich seinen Teil dazu, dass sie hier nach Feierabend mit Ulbricht in dessen fast dunklem Büro saß und sich die Hand von ihm halten ließ.

„Mann, Heinrichs“, grollte der Hauptkommissar. „Wir sehen uns das Video vom Raub an. Wann lernen Sie eigentlich, anzuklopfen?“

Er sprang von seinem Sessel auf, durchschritt den Raum und wischte mit der Hand über den Lichtschalter. „Spät geworden“, sagte er dann und betrachtete seinen verwirrten Assistenten. „Was wollen Sie also?“

„Herr Brabender hat eben angerufen.“

„Wie schön.“ Ulbricht nahm beide Kaffeetassen und entleerte sie in dem kleinen Waschbecken in der Ecke seines Büros. „Und?“, fragte er und betrachtete Heinrichs über den kleinen Spiegel über dem Waschbecken. „Was hat er gesagt?“

„Das hat er nicht gesagt.“

Maja, der die Situation anfangs unangenehm gewesen war, musste nun doch lachen. „Er sagte, dass er nichts sagt?“

„Hatten Sie wenigstens eine schöne Zeit, so in trauter Zweisamkeit?", konterte Heinrichs mit einer Gegenfrage und grinste blöd.

Ulbricht stellte die Tassen in das Waschbecken und wandte sich zu seinem Mitarbeiter um. „Entwickeln Sie mal Hemmungen, sonst sorge ich dafür, dass Sie ab morgen Streife in der Ronsdorfer Innenstadt laufen können."

„Schon gut, nichts für ungut, Chef."

Frank „Brille" Heinrichs errötete auf der Stelle und zupfte an seiner Krawatte herum. Er nahm offensichtlich an, dass er Maja und seinen Vorgesetzten in flagranti im Büro erwischt hatte.

Maja war es egal, sollte dieser Jungspund doch denken, was er wollte.

„Also", nahm Ulbricht den Faden mit vor der Brust verschränkten Armen wieder auf. „Was wollte Brabender?"

„Er wollte Sie sprechen."

„Und dabei nicht sagen, worum es geht?" Ulbricht zog die Augenbrauen zusammen.

„Leider nicht."

Heinrichs hatte sich wieder unter Kontrolle und trat näher. „Vielleicht rufen Sie ihn einfach mal an?" Er hielt seinem Vorgesetzten einen Zettel hin, auf dem sich offenbar die Rufnummer des Juweliers befand. Ulbricht nahm das Stück Papier an sich, ohne einen Blick darauf zu werfen. Dann kehrte er zum Schreibtisch zurück und zog den Notizblock aus der Tasche seiner Jacke, die über der Lehne seines Sessels hing.

Er blätterte darin herum, riss drei Seiten heraus und drückte sie Heinrichs in die Hand. „Hier", sagte er. „Das sind die gesellschaftlichen Kontakte von Nils

Gertz, dem Freund der Schmuckverkäuferin. Er ist wie vom Erdboden verschwunden und hat ein sehr löchriges Alibi. Ich will, dass Sie mir den Kerl auftreiben und herbringen. Ich dachte, dass Sie schon längst zu Hause bei Muttern sind. Aber jetzt, da Sie noch im Dienst sind, sollten Sie das mal checken."

„Ich wollte eigentlich gerade... egal." Heinrichs blickte auf die Zettel. „Was ist das?"

„Freunde und Verwandte von Nils Gertz, er kann sich ja nicht in Luft aufgelöst haben. Wir konnten ihn nicht antreffen, und da ich mir vorstellen könnte, dass er über die Sicherheitsmaßnahmen im Geschäft von Brabender mehr weiß als es ihm lieb sein kann, will ich, dass Sie den Kerl aus seinem Versteck scheuchen."

„Bis wann?"

„Bis gestern. Und nun lassen Sie uns allein, Heinrichs. Wir sind alte Menschen, die ihren Schlaf dringend benötigen."

„Also kein Handy?"

„Für Sie nicht." Ulbricht nickte Maja zu. Gemeinsam betrachteten sie, wie sich Heinrichs zurückzog. Als die Tür mit einem lauten Knall geschlossen wurde, prustete Maja los.

„Was hast du dem denn ins Essen gekippt?", fragte sie amüsiert.

„Der braucht nichts im Essen - der ist immer so", behauptete Ulbricht und schlüpfte in die Jacke.

Maja streckte sich, dann griff auch sie nach ihrem Parka. „Ab nach Hause", murmelte sie und wunderte sich darüber, wie selbstverständlich ihr der Begriff „nach Hause" über die Lippen gekommen war.

Ulbricht nickte. „Nur noch schnell unseren besten Freund Brabender anrufen." Er machte sich am Telefon zu schaffen. „Ich will wissen, wo ihm der Schuh drückt."

*

Brabender meldete sich schon nach dem ersten Freizeichen.

„Kommissar Ulbricht?", fragte er gehetzt.

„Hauptkommissar Ulbricht, ja." Ulbricht stutzte und warf Maja einen fragenden Blick zu. Er hatte den Lautsprecher des Telefons eingeschaltet. Das ersparte oft, ganze Telefonate wiederzugeben. „Woher wissen Sie, dass ich es bin? Ich habe Sie mit unterdrückter Rufnummer angerufen."

„Ich dachte es mir." Nun lachte der Juwelier humorlos auf.

„Ihnen ist also noch etwas eingefallen?", nahm Ulbricht an und hockte sich auf seine Schreibtischkante.

„Was?" Brabender schnaufte. „Nein, nichts ist mir eingefallen. Viel schlimmer: Gila ist verschwunden."

Ulbricht stutzte. „Was soll das heißen?"

„Sie ist mit dem Hund raus. Sonst geht sie ja nicht vor die Tür, wie Sie wissen: Und heute ist sie mit Brodie gegangen, eine Runde um den Block, so hatte sie es vor. Und sie ist noch nicht zurück."

„Wann war das?" Ulbrichts Müdigkeit war auf der Stelle verflogen.

„Vor knapp zwei Stunden."

„Ist es möglich, dass sie unterwegs jemanden getroffen hat, oder dass sie von einer Nachbarin spontan zu einem Kaffee eingeladen wurde?"

„Das würde sie nie tun, ohne mir Bescheid zu sagen", erwiderte Brabender aufgebracht. „Ich bin sicher, dass man Gila entführt hat."

„Sie scheinen sich auszukennen", brummte Ulbricht.

„Wovon reden Sie?", polterte Brabender am anderen Ende der Leitung.

„Ganz einfach: Ihr Laden wurde heute überfallen. Ihre Frau ist offensichtlich krank, und Sie sprechen von einer Scheidung. Wenige Stunden später rufen Sie hier an und behaupten, dass man Ihre Frau entführt hat."

„Dass man sie möglicherweise entführt hat", berichtigte Brabender ihn aufgebracht. „Sie müssen eine Vermisstenanzeige aufnehmen."

„Die hätten Sie bei den Kollegen vom Streifendienst aufgeben können", stellte Ulbricht fest. „Also: Warum rufen Sie im KK 11 an und verlangen, nur mit mir über die Sache zu sprechen?"

„Ich wollte keine Zeit verlieren." Nun klang der Geschäftsmann kleinlaut. „Und die Kollegen vom Streifendienst hätten mich sicherlich vertröstet. Es heißt doch immer, dass man vierundzwanzig Stunden warten muss, bevor man eine Vermisstenanzeige aufgeben kann."

„Wer in Gottes Namen erzählt Ihnen so einen Scheiß?", brüllte Ulbricht und warf den Hörer auf die Gabel. Den Feierabend konnte er einmal mehr vergessen, und als er zu Maja aufblickte, sah er, dass sie sich darüber durchaus im Klaren zu sein schien.

VIERZEHN

Sie wusste nicht, wie lange sie bewusstlos gewesen war. Ein gleichmäßiges Brummen, unter das sich Vibrationen mischten, riss sie aus der Scheinwelt, in der sie sich befunden hatte. Jeder Knochen schmerzte ihr, als sie langsam erwachte. Gisela Brabender spannte die Muskeln an und erfasste, dass man sie gefesselt hatte. Die Fasern eines Strickes scheuerten auf der Haut ihrer Hand- und Fußgelenke. Es dauerte einen Moment, bis sie registrierte, dass sie sich im Kofferraum eines fahrenden Autos befand. Egal, in welche Richtung sie sich reckte - stets eckte sie irgendwo an. Immerhin hatte ihr Entführer auf einen Knebel verzichtet. Entweder war er leichtsinnig oder er war sich seiner Sache sehr sicher. Das Blut rauschte in ihren Ohren, und Gila Brabender versuchte, in den Innenraum des Fahrzeuges zu lauschen. Doch dort wurde kein Wort gewechselt. Vermutlich war der Mann, der ihr das Tuch mit dem Äther auf das Gesicht gepresst hatte, alleine unterwegs. Was bezweckte er mit dieser Aktion?

Wollte er Georg erpressen?

Die Gedanken bahnten sich zäh wie Sirup den Weg durch ihr Gehirn. Wenn es sich bei ihrer Entführung um eine Lösegelderpressung handelte, dann würden die Täter Schwierigkeiten haben, an ihr Geld zu kommen. Obwohl sie sich schon seit Langem nicht mehr für Georgs Geschicke interessierte, so hatte er nie einen Hehl daraus gemacht, dass die Geschäfte schlecht liefen.

Plötzlich kam Gila ein anderer Gedanke: Wo war Brodie, ihr geliebter Hund? Sie erinnerte sich daran, dass er plötzlich zu Boden gegangen war. Was hatte man ihm angetan? Lebte Brodie noch, und wenn, wo befand sich der Hund jetzt? Gila fragte sich, ob man das große Tier einfach achtlos liegen lassen, oder ob man ihn mitgenommen hatte. Möglicherweise befand er sich vorn im Auto. Ein Hund stellte keine Gefahr dar; er konnte nichts verraten.

Gisela Brabender hatte Angst um Brodie und hoffte, dass auch er nur betäubt worden war, um sein Frauchen nicht mit lautem Gebell und mit Bissen zu verteidigen. Sie würde sich schwerste Vorwürfe machen, wenn ihm etwas zugestoßen war.

Das Auto hatte angehalten, doch das fiel ihr erst auf, als es still wurde. Der Fahrer hatte den Motor abgeschaltet, nun klappte eine Autotür. Gila hielt den Atem an und versuchte zu lauschen. Sie glaubte Schritte zu hören, die den Wagen umrundeten. Mit einem Ruck wurde der Kofferraum geöffnet. Der Schein einer Taschenlampe blendete sie, und so erkannte sie ihren Peiniger nur in einem mächtigen, schwarzen Schemen.

„Bitte lassen Sie mich gehen", kam es tonlos über ihre spröden Lippen. „Ich habe Ihnen nichts getan. Was ist mit meinem Hund - wo ist er?" Sie versuchte sich aufzurichten, um etwas von ihrer Umgebung zu erkennen. „Und wo sind wir? Was haben Sie mit mir vor?"

Ihr Gegenüber lachte rau. Ein Mann von muskulöser Statur.

„Viele Fragen auf einmal", erwiderte er. „Zu viele Fragen. Dein Hund hat leider Pech gehabt. Ich durfte nichts riskieren - aber sei beruhigt: Er hat sich nicht quälen müssen. Zur zweiten Frage: Du musstest einfach mal raus aus deinem goldenen Käfig." Er legte eine bedeutungsvolle Pause ein, in der sie Gelegenheit hatte, zu überlegen, woher sie die Stimme ihres Entführers kannte. Dann fuhr er fort: „Die dritte Frage kann ich dir leider nicht beantworten – es ist gut für uns alle, wenn du so wenig wie möglich weißt." Nun ließ er die Lampe ein wenig sinken.

„Brodie ist tot?", fragte sie fassungslos.

„Es ist besser so", nickte er im Brustton der Überzeugung.

Sie hoffte, bald aus diesem schrecklichen Albtraum zu erwachen. Als sie in das Gesicht ihres Gegenübers blickte, glaubte sie tatsächlich zu träumen. Dieser Mann war kein Unbekannter für sie. Doch was er hier tat, konnte sie nicht fassen. „Du?", fragte sie fassungslos. „Du bist es? Warum hast du mich entführt?"

Wuppertal-Barmen, Bundesallee, 20.45 Uhr

„Ich werde aus Brabender nicht schlau", zischte Ulbricht, ohne den Blick von der Fahrbahn zu nehmen. Er fuhr viel zu schnell, doch das war in diesem Fall zu vertreten, auch wenn er nicht mit Blaulicht unterwegs war. „Er ist steinreich, steckt aber in Schwierigkeiten. Sein Laden wird überfallen, als seine Verkäuferin alleine ist. Wir haben einen Immobilienmakler in Remscheid, der nicht gut auf ihn zu sprechen ist. Und nun wird Brabenders Frau entführt, von der er sich scheiden lassen will."

„Du meinst, das Verschwinden von Gisela Brabender passt ihm gut in den Kram?", fragte Maja und betrachtete die Gebäude, die an dem alten Vectra vorbeizurauschen schienen.

Ulbricht zuckte die Schultern. Seine Hände ruhten schwer auf dem Lenkradkranz. „Das weiß ich eben nicht. Man müsste in Erfahrung bringen, wie die Lebensversicherung seiner ungeliebten Frau aussieht."

„Du denkst mir einen Schritt zu weit", murmelte Maja.

„Ich weiß." Nun warf er ihr ein flüchtiges Lächeln zu. „Aber das verlangt dieser Fall auch von uns, fürchte ich. Wir rödeln wie blöde herum, und diese Typen sind uns immer eine Nasenlänge voraus."

„Also glaubst du an einen Zusammenhang?"

„Denk nach Maja: Die zeitliche Abfolge der schlimmen Dinge kommt für Brabender etwas sehr geballt daher, findest du nicht? Vormittags wird sein Laden ausgeraubt, nachmittags stellt die Polizei ihm unbequeme Fragen; er plaudert über seine Ehe und die Frau, von der er sich scheiden lassen will, und abends wird genau diese Frau entführt, während sie mit dem Hund Gassi geht." Er tippte sich gegen die Schläfe. „Da drängt sich ein Zusammenhang doch förmlich auf, oder?"

„Wir werden es herausfinden", war Maja sicher. Ulbricht bog nach links von der Straße ab, die die Stadtteile Elberfeld und Barmen miteinander verband. Immer wieder sah Maja das lindgrüne Gerüst der Schwebebahn zwischen den Gebäuden aufblitzen. Wuppertal verfügte über eine eigenartige Architektur, die sie aus verschiedensten Stilen zusammensetzte. Sicherlich eine interessante Stadt, doch augenblicklich wagte sie zu bezweifeln, ob Norbert Ulbricht die Zeit fand, ihr sein Wuppertal zu zeigen.

„Gehen wir mal davon aus, dass diese Verbrechen heute nicht Zufall sind", nahm Maja den Faden wieder auf, während sie sich die Schläfen massierte. „Wie willst du vorgehen? Wirst du Brabender direkt mit deinen Vorwürfen und Verdächtigungen konfrontieren, damit er weiß, woran er ist?"

Ulbricht blickte sie an wie eine Geistesgestörte und verursachte beim Abbiegen um ein Haar einen Unfall. Im letzten Moment riss er das Steuer herum und zerdrückte einen Fluch auf den Lippen. „Verdammt – nein, das wäre fatal."

„Also, gibt es einen Plan?"

Zum zweiten Mal an diesem Tag erreichten sie das Zooviertel. Eine vornehme und ruhige Gegend; wer hier jemanden entführte, der tat das mit einem ausgeklügelten Plan und suchte sich kein Zufallsopfer.

„Ich werde das spontan angehen", knurrte Ulbricht und suchte nach einem freien Parkplatz. Diesmal hatte er mehr Glück und fand eine freie Lücke unweit von Brabenders Villa.

Maja hatte Mühe, ihm zu folgen. Norbert schien es eilig zu haben, und so langsam hätte sie auch nichts gegen ein paar erholsame Stunden einzuwenden gehabt. Dass ihr Magen seit einer Stunde knurrte, verdrängte sie. Sicherlich schadete es nicht, wenn die eine oder andere Mahlzeit ersatzlos gestrichen wurde.

Am Tor, das zu Brabenders Grundstück führte, parkte bereits ein blausilberner Streifenwagen. Die Kollegen warteten im Auto und stiegen aus, als sie den Hauptkommissar erkannten. Maja bedachten sie mit einem knappen Kopfnicken.

„Dann auf in den Kampf", brummte Ulbricht und deutete mit dem kantigen Kinn auf die Villa. In einem Fenster brannte Licht, der Rest des Hauses war unbeleuchtet. Kleine Lampen neben den Waschbetonplatten flankierten den Weg zum Eingang.

Brabender schien ihre Ankunft bereits bemerkt zu haben, denn kaum dass Maja und er auf der oberen Stufe angelangt waren, wurde die Tür geöffnet.

Georg Brabender blickte sie verdutzt an, als er sah, dass Maja und Ulbricht in Begleitung von zwei Streifenbeamten gekommen waren.

Maja fand, dass er angeschlagen war – er wirkte nervös; seine Handbewegungen waren fahrig.

„Bitte“, sagte er leise und gab den Eingang frei. „Kommen Sie herein.“

Die vier Besucher betraten das Haus, und eilig drückte Brabender die Tür hinter ihnen ins Schloss. „Brodie ist aufgetaucht“, sagte er dann und rang mit den Händen.

„Der Hund, nehme ich an?“ Ulbricht warf Maja einen Blick zu, den sie nicht recht deuten konnte.

„Richtig, Brodie ist unser Hund – das heißt, er war der Hund meiner Frau.“

Maja fiel sofort auf, dass Brabender in der Vergangenheit sprach. „Er war?“, fragte sie.

„Ja.“ Ein Nicken, dann führte der Juwelier die Polizisten in eine fast quadratische Küche. „Er ist gefunden worden, von einer Nachbarin. Leider war nichts mehr zu machen.“

Maja blickte an Ulbricht vorbei, der mitten in der Bewegung erstarrt war. „Er ist tot?“

„Erschossen, jedenfalls sieht es so aus. Als Margit Berger ihn fand, lebte er schon nicht mehr, sein Körper war aber wohl noch warm. Sie hat mich sofort angerufen, ich bin zu ihr gegangen und gemeinsam haben wir Brodies… den toten Hund hierher gebracht. Ich nehme an, Sie werden ihn kriminaltechnisch untersuchen wollen?“

Maja starrte auf den leblosen Hundekörper, den Brabender auf einer Decke am Küchenboden abgelegt hatte. In Höhe der Schulter war das Fell des Berner Sennenhundes blutverschmiert. Sie ging neben dem Tier in die Knie und war kurz versucht, Brodie durch das dichte Fell zu streichen. Doch Maja hielt sich zurück und widerstand dem Impuls. Sie betrachtete die Wunde des Tiers und blickte dann zu Ulbricht auf.

„Sieht tatsächlich nach einem Einschuss aus." Sie richtete sich wieder auf und wandte sich an den Geschäftsmann. „Wer tut so etwas, gab es Feinde oder gar einen Hundehasser in der Nachbarschaft?"

„Nicht dass ich wüsste. Zwar hört man immer mal wieder von geistig kranken Menschen, die vergiftete Hundeköder auslegen, aber der letzte Fall liegt in dieser Gegend mehrere Jahre zurück." Brabender verschränkte die Arme vor der Brust, und Maja registrierte seine unbewusste Abneigung.

„Das hat nichts damit zu tun, dass jemand unseren Hund aus dem Weg räumen wollte – hier geht es um das Verschwinden meiner Frau. Ich könnte mir gut vorstellen, dass Brodie sie verteidigen wollte. Er war den Entführern zu einer Gefahr geworden, deshalb haben sie kurzen Prozess mit ihm gemacht."

Ulbricht massierte sich das massige Kinn. Die Bartstoppeln seines Dreitagebartes knisterten. Er nickte zustimmend. „Das klingt tatsächlich so, als hätte die Entführung Ihrer Frau im Vordergrund gestanden."

„Sehen Sie!", nickte Brabender eifrig. „Nun glauben Sie mir endlich. Ich habe schon in der Nachbarschaft herumtelefoniert, ob man Gila irgendwo gesehen hat, doch es ist wie verhext: Sie scheint vom Erdboden verschwunden zu sein." Er machte eine gehaltvolle Pause, bevor er fortfuhr: „Haben Sie eine Idee, wie so etwas möglich ist?"

„Es ist eine ruhige Wohngegend, und viele Häuser liegen abseits der Straße, sind durch Bäume und Buschwerk vor neugierigen Blicken gesichert. Wenn Ihre Frau also mit dem Hund unterwegs war, kann es durchaus sein, dass sie von niemandem beobachtet wurde." Ulbricht nickte den Streifenbeamten zu. „Wir werden das überprüfen und die Nachbarn noch einmal befragen."

„Ist das wirklich nötig?", fragte Brabender etwas zu schnell.

„Warum hinterfragen Sie unser Handeln?", mischte sich Maja ein. „Sie vermissen Ihre Frau und schließen eine Entführung nicht aus. Da sollten wir doch nichts unversucht lassen, mögliche Zeugen zu finden, oder?"

„Nein, natürlich nicht." Er wich ihrem Blick aus und rang wieder mit seinen Händen.

„Hören Sie, ich liebe meine Frau. Sie müssen sie unbedingt finden!"

Ulbricht betrachtete ihn mit schräggelegtem Kopf. „Erzählen Sie das Ihrem Frisör, das klang bei unserem ersten Gespräch noch etwas anders. Sie wollen sich von ihr trennen, das habe ich doch richtig in Erinnerung?"

„Ja…" Brabender druckste herum. „Aber ich will sie doch nicht in der Gewalt von Entführern wissen."

„Es könnte um eine hohe Lösegeldsumme gehen", erwiderte der Kommissar und verließ die Küche, um Peter Hummelmann zu informieren. Möglicherweise würde der Hund sogar in der Rechtsmedizin untersucht werden. Danach rief er Schaumert an, um ihn über die aktuellen Entwicklungen zu informieren. Der Staatsanwalt war offenbar nicht sehr erbaut über die Entführung von Gisela Brabender, das hörte Maja nach der Hälfte des Telefonats. Ulbricht seufzte, als er das Handy wieder in die Jackentasche zog. „Er feiert Hochzeitstag", sagte er leise und zuckte die Schultern. „Wir werden ohne den Staatsanwalt auskommen müssen."

FÜNFZEHN

„Ich habe ihn umgebracht", jammerte Achim Fritz. „Ich habe ihn echt umgebracht."

„Was redest du da für eine Scheiße?" Bernd Michels erhob sich von seinem Schlafplatz und baute sich bedrohlich vor seinem Partner auf. Der Raum war fast quadratisch und nicht größer als acht Quadratmeter. Es gab keinen elektrischen Strom; ihre Informationen bezogen sie über einen Tablet-Computer, den Grundinger mitgebracht hatte. Aus den Nachrichten wussten sie auch, dass Polizei, Staatsanwaltschaft und das Landeskriminalamt vergeblich nach ihnen fahndeten.

Michels hatte ihr aktuelles Versteck aufgetan - es befand sich in den Kellerräumen eines seit Jahren leer stehenden Krankenhauses mitten in Wuppertal. Der verfallene Gebäudetrakt lag am Fuße der Hardt, einer Parkanlage, die eine natürliche Grenze zwischen Elberfeld und Barmen bildete. Michels hatte irgendwo gelesen, dass die Hardt-Anlagen einer der ältesten Stadtparks von Deutschland waren. Von dort oben aus hatte man einen fantastischen Blick auf die Stadt, doch nach Einbruch der Dunkelheit herrschte hier kein Betrieb mehr.

Niemand kümmerte sich um die Ruine. Anfangs hatten Jugendliche das leer stehende Marienheim als Versteck für ihre seltsamen Spiele aus Alkoholkonsum, Mutproben, Sex und Drogen genutzt. Doch inzwischen scherten sich die Kids nicht mehr um das Gebäude, das längst dem Verfall gewidmet war. Der Besitzer hatte, um die halbwüchsigen Besucher auf Distanz zu halten, einen Stacheldraht um das Gelände gezogen.

Die Ruine war ideal für ihre Zwecke; und Michels war sicher, dass man sie hier nicht finden würde. Es gab unterirdische Kellerräume, die sich weit verzweigten. Einen Raum hatte er für seine eigenen Zwecke eingerichtet, doch das mussten die anderen nicht wissen.

Im Grunde genommen lief es gut für Michels und seine Partner: Der Probelauf hatte funktioniert, die Beute aus dem Raub am Vormittag war nebensächlich. Sie hatten sich als Team bewährt, jeder Handgriff hatte gesessen. Nun waren sie fit für den großen Angriff.

Wenn das gelang, dann waren sie in Kürze bereit für den Start in ein neues Leben.

Und er würde das Leben mit seiner Traumfrau beginnen. Nur ahnte sie noch nichts davon.

Ausgerechnet jetzt hatte sich Achim Fritz einen Schnitzer erlaubt und einen alten Mann umgebracht, der ihm zufällig begegnet war.

„Sag das noch mal, du verdammtes Arschloch!" Michels' Augen schleuderten Blitze in die Richtung von Achim Fritz.

„Hast du Ohrenkrebs, Alter? Ich habe den alten Sack kaltgemacht."

„Bist du völlig bescheuert?" Bei Michels wurde es verdammt gefährlich, wenn er leise sprach.

Und er sprach sehr, sehr leise.

Achim Fritz barg das verschwitzte Gesicht in den Händen. „Ich hatte keinen Plan, wie ich aus der Nummer rauskommen sollte. Mann - der Typ hat mich doch erkannt, vorhin auf der Baustelle."

„Was willst du uns damit sagen?", mischte sich jetzt auch Herbert Grundinger in die eigenartige Konversation ein. Er lungerte mit vor der Brust verschränkten Armen auf einer harten Pritsche herum und hatte versucht, Kraft zu tanken, als Fritz ihnen sein seltsames Geständnis abgelegt hatte. „Was willst du uns sagen, du Arsch?", wiederholte er, nachdem sich Achim Fritz in Schweigen hüllte.

„Dass ich diesen alten Sack umgebracht habe – hörst du mir nicht zu, Herbie?" Fritz sprang von der Holzkiste, auf der er gekauert hatte, auf und wanderte durch den fensterlosen Raum. Nur eine einzige Kerze sorgte für einen flackernden Lichtschein.

„Es war ganz leicht, ein einziger Schuss mit dem Schalldämpfer, hat keiner gehört, echt nicht. Und die Gefahr war gebannt." Fritz grinste seine Freunde an. Seine Unsicherheit war verflogen. „Jetzt muss er nur noch verschwinden."

„Wann kapierst du endlich, dass ich keine Alleingänge will?", brüllte Michels. „Wir hatten das so abgemacht, und jetzt fährst du hier schon zum zweiten Mal deinen eigenen Film."

„Er hat mich erkannt", wiederholte Achim Fritz. „Von damals. Und das wäre nicht gut gewesen. Er stand auf dieser Fußgängerbrücke über der Wupper, hat sich noch mal umgedreht, und da hab ich ihm genau in seine dumme Fresse geguckt."

„Wo ist der Leichnam?" Michels versuchte sich zu beruhigen. Ihm ging es nicht um einen Toten mehr oder weniger – er hasste es, wenn die anderen Dinge taten, die nicht im Vorfeld geplant und abgesprochen waren. Das alles konnte seine Mission gefährden.

„Im Kofferraum. Er muss weg."

„Du fährst mit einer Leiche im Kofferraum spazieren?" Michels konnte es nicht glauben und fürchtete, auf die falschen Idioten gesetzt zu haben. Aber alleine hätte er den Plan niemals umsetzen können. „Der Typ muss verschwinden, sonst können wir uns auch gleich bei den Bullen stellen."

„Ich weiß." Achim Fritz nickte zerknirscht und fuhr sich durch das fettige Haar. Wenn alles vorbei war, würde er drei Tage in einer Wanne voller Schaum verbringen, hübsche Mädchen auf dem Wannenrand sitzen haben, sich vergnügen und seinem Körper die so überfällige Pflege gönnen. Doch noch war es nicht so weit. Der größte Bruch stand noch bevor, und so lange sie nicht miteinander zum Ziel gekommen waren, galt es, den Ball flach zu halten. In den wenigen Stunden Freizeit tankten sie Energiereserven in ihrem Versteck und schliefen. Lange dauerte es nicht mehr, und in den nächsten achtundvierzig Stunden mussten sie fit sein.

„Wir legen ihn vor den Zoo, damit jeder weiß, dass der Kerl ein Wärter war." Achim Fritz grinste breit. „Lass uns doch mal ein Zeichen setzen. Die müssen Angst haben vor uns."

„Sag mal, bist du jetzt auch völlig durchgedreht?", schimpfte Michels und schlug sich mit der flachen Hand vor die Stirn, bis es klatschte. „Du geilst dich daran auf, eine Leiche an einem Ort abzulegen, wo richtig viele Leute darüber stolpern?"

Grundinger nickte. „Wär doch mal was. Stell dir das vor: Der Zoo macht morgen früh auf, und die ersten Besucher finden einen Leichnam."

„Du bist bescheuert", behauptete Michels. „Die werden erst recht alles daransetzen, uns zu kriegen."

„Vielleicht ist seine Idee gar nicht so bekloppt", brummte Grundinger nun. „Sie werden jedenfalls in eine ganz andere Richtung ermitteln und einen kranken Mörder hinter der Sache vermuten." Er nickte. „Das wär doch unser Ding, Leute. Die jagen einen irren Mörder, der seine Opfer da ablegt, wo er Aufsehen erregt, und wir können ganz relaxt unsere Kiste durchziehen. Find ich gut, die Bullen aufs Glatteis zu führen."

„Wie stellst du dir das vor?“ Michels trat zu Grundinger, der rücklings auf seinem provisorischen Bett lag und zur Decke hinauf starrte. Er drehte sich auf die Seite, furzte und kicherte blöde, als seine Mitstreiter sich über den bestialischen Gestank beschwerten.

„Stellt euch das mal vor: Die Zeitungen sind voll mit Schlagzeilen. Alle suchen einen geistig gestörten Mörder. Und wir haben unsere Ruhe und können den großen Bruch machen, ohne dass uns einer auf den Piss geht. Schöne Vorstellung.“ Grundinger furzte noch einmal und lachte, als seine Mitstreiter laut fluchten.

„Je länger ich darüber nachdenke... vielleicht hat der blöde Scheißer auf der Pritsche sogar recht“, murmelte Fritz, nachdem er einen Blick mit Michels getauscht hatte. „Worauf warten wir? Der alte Sack muss aus dem Kofferraum verschwinden, bevor er anfängt zu stinken.“

„Wenn hier einer stinkt, dann bin ich das“, gluckste Grundinger und richtete sich auf. Er schnappte nach dem fleckigen T-Shirt, das er sich unter das Kopfkissen gestopft hatte, um ein paar Zentimeter höher zu liegen. Das Letzte, das er jetzt gebrauchen konnte, war ein steifer Nacken. Eilig schlüpfte er in das Shirt und erhob sich. „Na los, ihr Säcke – worauf wartet ihr? Soll ich noch einen stehen lassen, bevor wir abhauen?“ Bevor die anderen widersprechen konnten, blähte Grundmann noch einmal und grinste stolz.

„Was hast du gefressen, du Blödmann?“, rief Michels und wedelte sich mit der Hand vor dem Gesicht herum. „Du bist asozial. Wir können die Bude nicht lüften, und du verpestest uns.“

„Leck mich.“ Grundinger war vorangegangen. Er stemmte sein Körpergewicht gegen die feuerfeste Türe und stand im nächsten Augenblick in einem Kellergang. Eine nackte Birne schleuderte den Männern ihr grelles Licht entgegen. „Wollen wir diskutieren, wer am besten furzt, oder wollen wir den toten Sack entsorgen?“ Ohne sich zu Michels und Fritz umzublicken, marschierte er voran. Insgeheim war Grundinger froh, noch mal an die frische Luft zu kommen.

Michels schickte die anderen schon zum Wagen und widmete sich noch einer anderen Angelegenheit, bevor er ihnen folgte.

Wuppertal-Barmen, An der Bergbahn, 22.10 Uhr

Es war ihm ein wenig peinlich, Maja seine Wohnung zu zeigen. Dennoch war Ulbricht froh, endlich zu Hause zu sein. Und dass Maja ihn begleitete, empfand er im Grunde sogar als angenehm: Endlich einmal musste er die wenigen freien Stunden, die ihm geblieben waren, nicht alleine verbringen. Und dennoch schämte er sich, sie in sein Reich zu führen. Seit mehr als dreißig Jahren wohnte er in dem unscheinbaren Mietshaus an der steilen Straße, die ihren Namen von der elektrisch betriebenen Bergbahn hatte, die hier früher verkehrt war und die Barmer Bevölkerung hauptsächlich an den Wochenenden hinauf in die parkähnlichen Barmer Anlagen transportiert hatte. Im Jahr 1959 hatte man den Bahnbetrieb zwischen dem Clef und dem Toelleturm aus wirtschaftlichen Gründen eingestellt; seitdem erinnerte nur noch der Name der Straße, in der Ulbricht lebte, an die elektrische Zahnradbahn.

Gegen einen Aufzug im Haus hätte der alte Kommissar in diesem Moment nichts einzuwenden gehabt, denn so quälte er sich – ganz Gentleman – mit Majas schwerem Hartschalenkoffer durch das Treppenhaus bis zur Wohnungstür im zweiten Stock. Oben angekommen, standen sie plötzlich im Dunkeln. Mit einem Seufzen auf den Lippen glitt Ulbrichts Hand über die Wand unterhalb des Sicherungskastens. In all den Jahren, die er hier lebte, kannte er die Stelle des Lichtschalters blind. Das Treppenhauslicht sprang mit einem lauten Knacken wieder an. Ulbricht blickte in Majas erwartungsvolles Gesicht, und ein wenig unbeholfen stellte er ihren Koffer ab und suchte umständlich in der Tasche seines Trenchcoats nach dem Wohnungsschlüssel. Er ertappte sich dabei, Zeit schinden zu wollen.

„Sesam öffne dich!", murmelte Maja voller Neugier.

„Ich hoffe, du bist nicht enttäuscht von meiner bescheidenen Bude", erwiderte er. „So schön wie du habe ich es nämlich nicht."

„Ach was." Maja winkte ab. „Das Haus an der Pyrmonter Straße ist auch nichts Besonderes. Ständig dieser Verkehrslärm, immer stehst du im Stau, besonders, als man die Münsterbrücke erneuert hat."

„Die Wohnung hast du dir aber sehr geschmackvoll eingerichtet – abgesehen davon, dass ich den Blick auf die Weser liebe", konterte Ulbricht lächelnd.

„Nun spann mich doch nicht auf die Folter, Norbert!"

„Schon gut, hetz einen armen alten Mann doch nicht immer so." Ulbricht fummelte den Schlüssel ins Schloss und öffnete die Tür. Vielleicht täuschte er sich, aber der muffige Geruch, der ihm entgegenschlug, kam ihm heute schlimmer als sonst vor. Er rümpfte die Nase, schaltete das Flurlicht an und erschrak: Seine alten Tapeten kamen ihm heute noch schäbiger als sonst vor.

„Ich sollte vielleicht mal lüften“, murmelte er und ging mit dem Rollkoffer voran. „Sieh dich bloß nicht um, ich hab nicht aufgeräumt.“

„Schon gut, schon gut.“ Sie packte ihn an der Schulter und zog ihn zu sich herum. „Du musst dich nicht schämen, Norbert.“

Er schnaufte. „Das sagst du. Dann komm mal rein in meine gute Stube.“

Sie drückte die Tür ins Schloss und folgte ihm durch den schlauchförmigen Korridor. Plötzlich blieb sie stehen und pfiff durch die Zähne.

„Hey“, rief sie. „Das ist ja eine scharfe Braut!“

Ulbricht folgte ihrem Blick, der auf der großen Schwarz-Weiß-Fotografie an der Wand haftete. Auf dem Bild eine spärlich bekleidete Dame, die sich lasziv im Spiel zwischen Licht und Schatten räkelte. Der Fotograf war ein Künstler - er hatte es geschafft, die Frau ansprechend in Szene zu setzen, ohne ihr zu viel von ihrer nackten Schönheit zu entlocken.

„Ach die“, brummte Ulbricht und errötete. Mit dem großen Foto im Rahmen verband er Erinnerungen an seinen ersten Besuch im Weserbergland. Das Bild zeigte - Maja.

Als sie ihren ersten gemeinsamen Fall gelöst hatten, war er bei einem Fotografen über den geschmackvollen Akt gestolpert und hatte die unbekleidete Kommissarin sofort erkannt. Sie hatte ihm das Bild schließlich an ihrem letzten gemeinsamen Abend in Hameln geschenkt, und er hatte es nach seiner Rückkehr gleich im Flur seiner Wohnung aufgehängt. An einer günstigen Stelle, wie Ulbricht fand, denn hinter dem Bild war die Tapete besonders fleckig. Nun verdeckte das Bild der nackten Maja die unansehnliche Wand.

„Du hast es im Eingangsbereich deiner Wohnung aufgehängt?", fragte Maja.

„Ich... es... also, es stört doch nicht. Ist nichts Unanständiges zu sehen, und ich war der Meinung, dass nun..." Ulbricht brach ab. „Ich meine, mich besucht doch niemand."

„So etwas gehört ins Schlafzimmer", rügte sie ihn dennoch. „In einen Raum, den nicht jeder Besucher gleich betritt, so wie den Flur deiner Wohnung."

„Hier war seitdem niemand zu Besuch – und das Bild hängt schon fast drei Jahre an seinem Platz."

„Und der Heizungsableser?"

„Schätzt schon seit Jahren und setzt keinen Fuß über meine Schwelle."

„Das beruhigt mich."

Sie lächelte, trat zu ihm und stellte sich auf die Zehenspitzen, um ihn zu küssen. Ulbricht erstarrte zur Salzsäule, dann begann er, ihre Liebkosungen zu genießen. Erst das lautstarke Knurren seines Magens ließ sie auseinanderfahren.

Maja lächelte sanft zu ihm auf. „Ich hab auch Hunger."

„Dann werde ich dich jetzt verwöhnen." Er grinste schief. „Mir nach." Ohne sich umzusehen, ging er in die Küche. Den Müll herunterzubringen, hatte er natürlich vergessen. Auch der Abwasch türmte sich in der Spüle. Die Spülmaschine der alten Einbauküche, die er damals angeschafft hatte, funktionierte schon seit Jahren nicht mehr. Eine Reparatur machte aufgrund des Alters keinen Sinn mehr, und eine neue Spülmaschine anzuschaffen, lohnte sich nicht für den alleinstehenden Kommissar. Doch in diesem Moment bewertete er die Wichtigkeit einer Spülmaschine ganz anders.

Maja sank wie automatisch auf einen Stuhl am kleinen Küchentisch und stützte das Kinn mit einem Lächeln in die Hände, um ihn zu beobachten.

Ulbricht warf einen Blick in den dumpf brummenden Kühlschrank, zuckte unbeholfen die Schultern und beugte sich in das Gefrierfach.

„Nichts drin - außer Licht", murmelte er ein wenig hilflos. Als er sich zu ihr umwandte, sah er, wie sie aufmerksam die alte Kork-Pinnwand betrachtete. Neben dem städtischen Abfallkalender und einigen uralten Ansichtskarten hingen dort auch die Flyer der Imbiss-Lieferdienste.

„Du lässt kochen", stellte sie lächelnd fest. „Dann vielleicht auch heute?"

„Es wird uns wohl nichts anderes übrig bleiben." Er nahm die Prospekte von der Korkwand und fächerte sie durch. „Meine Köche sind in der internationalen Küche etabliert. Wonach ist dir denn heute? Ich habe griechisch, türkisch, italienisch, chinesisch und deutsche Küche im Angebot."

„Wie wäre es mit dem Chinamann deines Vertrauens?"

„Gern." Er zog sich einen Stuhl heran und setzte sich im Mantel zu Maja. Erst jetzt bemerkte er, dass sie auch noch ihre Jacke trug.

„Möchtest du dich nicht ausziehen?"

„Wie bitte?" Sie erhob sich und streifte die Jacke ab, dann setzte sie sich wieder zu ihm. „Das muss erst mal genügen." Er grinste nur und blätterte ein wenig hilflos im Prospekt eines China-Imbisses.

„Ente", sagte Maja, die ihn lächelnd betrachtete. „Nichts Besonderes. Einfach eine knusprige Ente und irgendeine süßsaure Soße. Und vielleicht eine Flasche Weißwein."

Ulbricht war erleichtert, dass Maja ihm die Entscheidung abgenommen hatte. „Okay", sagte er und erhob sich, um das Telefon aus der Ladestation im Flur zu holen. „Zweimal die Knusperente und zwei Flaschen Wein."

Als er an die Kommode mit dem Telefon trat, sah er das hektische Blinken seines Anrufbeantworters. Ulbricht zögerte. Er war totmüde, frustriert über die mäßigen Ermittlungserfolge und hatte Damenbesuch – den ersten seit fast drei Jahrzehnten.

Eigentlich hatte er sich ein wenig Freizeit verdient, zumal er die Zeit, die er mit Maja hatte, nutzen wollte.

Andererseits besaß er ein großes Pflichtbewusstsein.

War es sinnvoll, jetzt die Nachricht abzuhören?

Wenn es wirklich wichtig gewesen wäre, hätte man ihn sicherlich auch über Handy angerufen. Heinrichs schreckte schließlich sonst auch nicht davor zurück, ihn mitten in der Nacht aus dem Bett zu klingeln, wenn etwas geschehen war.

Nachdem er die Vor- und Nachteile gegeneinander abgewägt hatte, entschied er sich, das Signal des AB zu übersehen, und nahm das Mobilteil aus der Ladestation, um damit in die Küche zurückzukehren. Nachdem er die Bestellung aufgegeben hatte, stand er wieder vom Küchentisch auf. „So", brummte er. „Und jetzt bin ich mutig und zeige dir meine Hütte. Noch ist es früh genug, falls du dir lieber ein Hotelzimmer nehmen möchtest."

Ulbricht kannte genug Menschen, denen er mit dieser Bemerkung auf den Schlips getreten wäre, doch Maja kannte ihn offenbar gut genug, um zu wissen, wovon er sprach.

„Du musst dich nicht entschuldigen, Norbert. Ich bin gespannt, den Rest deiner Wohnung zu sehen."

„Viel gibt es da gar nicht zu sehen. Dann komm." Ulbricht wollte die Peinlichkeit beenden, um wenigstens den Rest des späten Abends noch genießen zu können.

Mit gemischten Gefühlen führte er sie durch seine Dreizimmerwohnung. Hier hatte er die Zeit mit seiner Familie verbracht, hier war seine Tochter Wiebke aufgewachsen, bis sie an der Seite ihrer Mutter nach Nordfriesland verschwunden war. Viele Jahre hatte es gedauert, bis er sich seinem Schicksal, fortan als Einzelkämpfer durchs Leben zu gehen, gefügt hatte. Eine neue Freundin hatte er nach der Trennung von seiner Frau nicht mehr gehabt, wohl aus Angst vor einer weiteren bitteren Enttäuschung, die seinem Beruf als Polizist und der damit verbundenen knappen Freizeit geschuldet war.

„Du hast wenigstens einen Balkon", bemerkte Maja im Wohnzimmer. Ulbrichts Blick glitt über die staubige Tischplatte, auf der die Ränder seiner hier getrunkenen Bierflaschen für ein unansehnliches Muster sorgten. Auch auf dem Fernseher eine dicke Staubschicht. Selbst jetzt, bei Licht, wirkten die altmodischen Gardinen vergilbt und der Fernsehsessel verschlissen. Das schreckliche Muster des Teppichs war in seinen Augen noch das kleinere Übel.

Doch Maja nickte zufrieden. „Ist doch nett."

„Wie man es nimmt." Er durchschritt den Raum und öffnete die Balkontür, mehr, um durchzulüften, als ihr den Ausblick zu präsentieren.

Doch Maja folgte ihm an die frische Abendluft und ließ den Blick auf die Straße gleiten. „Großstadt", murmelte sie und betrachtete die umliegenden Häuser, die sich sanft an den Hügel schmiegten. „Jetzt weiß ich, warum es das Bergische Land genannt wird. Bei euch geht es ja ständig auf und ab."

„Das hat nichts mit der Topografie zu tun“, lächelte Ulbricht. Er trat neben sie und lehnte sich auf die Brüstung, dabei fiel sein Blick auf den vollen Aschenbecher. Das Regenwasser hatte eine Pfütze gebildet, die Asche und Zigarettenstummel zu einer hässlichen Masse aufgeweicht hatten. „Es heißt so nach den Grafen von Berg.“

„Rauchst du wieder?“ Maja hatte den Aschenbecher auch entdeckt.

„Selten.“

„Das sieht nicht so aus.“ Sie lächelte und war offensichtlich versucht, nicht allzu vorwurfsvoll zu klingen.

„Das ist alte Plörre“, erwiderte er schnell.

„Zeigst du mir den Rest?“ Sie stieß sich von der Balkonbrüstung ab und betrat wieder das Wohnzimmer.

„Du bist echt hart im Nehmen“, stellte Ulbricht fest und zeigte ihr Wiebkes ehemaliges Kinderzimmer. Die Möbel aus den Achtzigern standen noch an Ort und Stelle. Er hatte nichts verändert; wahrscheinlich, weil er insgeheim immer auf die Rückkehr seiner Familie gehofft hatte. Dennoch hatte er es in den letzten Jahren vermieden, das Kinderzimmer zu betreten. Entsprechend muffig roch es.

„Weiß deine Tochter, dass es ihr Kinderzimmer noch gibt?“ Maja wirkte erstaunt, als sie die vergilbten Bravo-Poster an der Wand über dem Bett sah. Relikte einer längst vergessenen Zeit. In einem Regal Barbiepuppen und ein großes, pinkfarbenes Plastikauto.

„Nein.“ Ulbricht schüttelte den Kopf. „Als ich sie besucht habe, war ich versucht darüber zu sprechen, habe es aber nicht auf die Reihe bekommen.“ Nun lächelte er ein wenig wehmütig. „Wahrscheinlich würde mich Wiebke für total bescheuert halten.“

„Sie würde sich bestimmt freuen“, behauptete Maja und streichelte ihm zärtlich durch das Gesicht.

Ulbricht zuckte die Schultern, dann zeigte er ihr noch das enge Badezimmer und sein Schlafzimmer. Hier stand immer noch das alte Ehebett, das er damals mit Birgit gekauft hatte, als sie die Wohnung bezogen hatten. Seit vielen Jahren gab es nur noch eine einzige Bettwäschegarnitur.

„Hübsch", sagte Maja.

„Potthässlich, total veraltet und eigentlich ein Fall für den Sperrmüll", relativierte Ulbricht. Maja wollte ihm widersprechen, als es an der Tür klingelte. „Mahlzeit", rief sie und erlöste Norbert Ulbricht so aus seiner unangenehmen Situation, die ihm die letzten einsamen Jahre vor Augen geführt hatte. Nun freute er sich auf das gemeinsame Abendessen mit Maja.

Wuppertal-Sonnborn, Hubertusallee, 23.05 Uhr

Es ging schneller, als Michels erwartet hatte: Sie fuhren bis zur Bushaltestelle vor dem Eingang des Zoos. Sinnigerweise hieß die Haltestelle „Zoo Haupteingang". Einige flache Stufen führten hinauf zum Eingangsbereich, der von einem L-förmigen Kubus aus Stein und Glas beherrscht wurde. Das historische Gebäude der Zoogastronomie im Hintergrund war zu dieser Stunde stimmungsvoll angeleuchtet, nur den Springbrunnen hatte man um diese Uhrzeit abgeschaltet, vielleicht fürchtete man sich vor dem letzten Nachtfrost. Die beiden Türme, die das Gebäude rechts und links flankierten, ragten majestätisch in den Nachhimmel.

In dem modernen Flachdachgebäude rechts des strahlend weißen Gebäudes waren die Kassen und der Souvenirshop untergebracht.

Fast gleichzeitig stiegen die drei dunkel gekleideten Männer aus. Auf eine Maskierung hatten sie verzichtet.

Michels, der gefahren war, blickte sich aufmerksam um. In den Villen auf der anderen Straßenseite brannte kein Licht - wahrscheinlich schliefen die vornehmen Herrschaften längst. Im Hotel „Zum Zoo" auf der gegenüberliegenden Straße war auch schon alles dunkel, nur die rotweiße Leuchtreklame schleuderte ihr Licht in die Dunkelheit hinaus. Der Pinguinale-Pinguin in den Hausfarben stand regungslos im Eingangsbereich. Ein stummer Zeuge aus Glasfaserkunststoff und sicher keine Gefahr für die Mission der drei Männer.

Bernd Michels wandte sich wieder um und sondierte die Lage. Auch das Gebäude am Eingang des Zoos wirkte verlassen.

„Und du bist sicher, dass der Eingangsbereich nicht videoüberwacht ist?", fragte er.

Achim Fritz winkte ab. „Die Kameras laufen nur tagsüber."

„Warum haben die dich eigentlich damals rausgeschmissen?", mischte sich Grundinger ein. Die Männer wussten im Grunde nicht viel voneinander, doch Grundinger erinnerte sich daran, dass Achim Fritz einmal als Tierpfleger im Wuppertaler Zoo gearbeitet hatte.

„Eine blöde Sache." Fritz winkte ab. „Damals gab es einen Skandal in der Presse: Irgendeine Auszubildende hat behauptet, dass ich sie angetatscht haben soll. Dienstaufsichtsbeschwerde, Gespräche mit dem Chef, Anklage."

Michels pfiff durch die Zähne. „Das sieht dir ähnlich, du geiler Bock. Hast den Lehrmädchen an die Titten gelangt?"

„Nein, aber es gab ein Verfahren wegen sexueller Belästigung am Arbeitsplatz. Beweisen konnte mir niemand etwas, aber ich hab kurz danach die Papiere gekriegt. Ende im Gelände." Fritz machte eine wegwerfende Handbewegung.

„Deshalb find ich es gut, wenn der Zoo mal wieder in der Presse auftaucht."

„Hast du das Huhn denn wenigstens belästigt?"

Achim Fritz grinste dreckig.

„Ich habe sie nur gebeten, mir einen mündlichen Gefallen zu tun, wenn du kapierst?" Er machte eine eindeutige Geste. „Der Rest geht dich nichts an."

„Soll ich euch noch eine Tasse Kaffee und ein Stück Kuchen bringen, oder können wir dann mal zu Potte kommen?", drängte Michels.

„Mann, mach mal keinen Stress, den haben wir morgen noch genug." Grundinger winkte ab und machte sich am Kofferraum der dunklen Limousine zu schaffen. Dieser Mercedes war der letzte Wagen für ihre Mission, und Grundinger hatte keine Ahnung, wo Michels die gepanzerte S-Klasse besorgt hatte.

Den Leichnam hatte Fritz in eine Art Wachstuchdecke eingehüllt. Eine bleiche Hand lugte in verkrampfter Haltung aus der Rolle heraus, und Grundinger schätzte, dass die Leichenstarre bereits eingesetzt hatte. „Und du hast ihn echt verfolgt, bis er zu Hause war, bevor du ihn umgepustet hast?"

„Na klar. Im Treppenhaus hatte ich wenigstens keine Zeugen. Der Benz stand gleich vor der Haustür, und die olle Decke hab ich vom Sperrmüll vor der Tür geholt. Es ging alles sehr schnell. Ich hab ihn eingewickelt und in den Kofferraum verfrachtet. Ja, und da ist er nun."

„Es gibt keinen Grund, stolz zu sein", beschwerte sich Michels. „Wir hatten gesagt, dass wir keine Alleingänge mehr machen wollten."

„Und wir hatten gesagt, dass es keinen einzigen Zeugen geben soll. Wer was sieht, ist dran." Fritz strich sich mit der Handkante über die Kehle.

„Das ist seit heute Vormittag hinfällig. Es gibt schätzungsweise ein paar Hundert Menschen, die uns in Aktion gesehen haben."

„Da waren wir verkleidet", verteidigte Fritz.

„Komm aus dem Quark und quatsch keine Opern", drängte Michels. Zu zweit zogen sie den Leichnam des Portiers aus dem Kofferraum und trugen ihn bis vor das große Tor des zoologischen Gartens. Hier wickelten sie den Mann aus dem Tuch und drapierten ihn rücklings auf dem Boden - gleich vor dem verschlossenen Tor.

Es war ein skurriler Anblick, doch die Männer waren begeistert von ihrem Werk. Fritz faltete die alte Wachstuchdecke sorgfältig zusammen und klemmte sie sich unter den Arm.

„Sieht doch gut aus", grinste Grundinger.

Michels drängte. „Willst du noch ein Foto machen, oder können wir dann verschwinden?"

„Bleib locker, wir kommen schon." Fritz und Grundinger folgten Michels zu dem Mercedes. Sie fragten sich, warum es ihr Partner so eilig hatte, sagten aber nichts dazu. Bernd Michels wirkte ungewöhnlich nervös an diesem Abend, und das lag sicher nicht am folgenden Tag, denn der war bereits bis ins letzte Detail durchgeplant. Eigentlich konnte mal wieder nichts schiefgehen. Sie stiegen ein und waren schon bald unerkannt in der Nacht entkommen.

Wuppertal-Barmen, An der Bergbahn, 1.10 Uhr

Ulbricht erwachte, weil irgendetwas in seiner Wohnung nicht zu stimmen schien. Langsam kehrte er in die Realität zurück und spürte im gleichen Moment alle seiner zweihundert lahmen Knochen. Nach dem Essen hatte er sich mit Maja noch das eine oder andere Glas Weißwein gegönnt. Irgendwann waren sie dann schlafen gegangen - er hatte ihr sein Bett überlassen und hatte es sich auf der Couch im Wohnzimmer gemütlich gemacht. Kaum, dass er sich die alte karierte Wolldecke bis zum Kinn gezogen hatte, war er in einen komatösen Tiefschlaf gefallen. Sicherlich eine Folge der Anstrengungen am Tag und des Weines. Bier war er gewöhnt, aber der Rebensaft machte ihn immer sehr schläfrig.

Regungslos lag er jetzt sekundenlang mit geschlossenen Augen da und überlegte, was ihn geweckt hatte.

Stille umfing ihn, eine eigenartige Stille, die jedes Geräusch zu schlucken schien. Es war eine ungewöhnliche Stille für die Stadt, in der er lebte, überlegte er noch und fragte sich, wo die permanente Geräuschkulisse war, die das Fernsehen absonderte, bei dem er eingeschlafen war. Nun blinzelte er und stellte verwundert fest, dass es nicht nur still, sondern auch dunkel war. Wie war das möglich - er schlief zwar in seinem kleinen Schlafzimmer nur in absoluter Dunkelheit, doch hier im Wohnzimmer brannte immer die kleine Stehlampe - auch dann, wenn er einschlief.

Es war dunkel in seiner Wohnung, und erst jetzt fiel Ulbricht auf, dass auch der alte Kühlschrank in der benachbarten Küche nicht summte. Das Ding hatte mehr als zwei Jahrzehnte auf dem Buckel und wurde von umweltbewussten Menschen wahrscheinlich in die Energieeffizienzklasse dreihundertsiebenundvierzig eingeordnet, und normalerweise nervte ihn das Brummen auch.

Doch es herrschte Stille.

Ulbricht wandte den Kopf und versuchte die Ziffern auf dem digitalen Receiver, den er sich notwendigerweise nach der Umstellung von analogem auf digitales Fernsehen zugelegt hatte, zu erkennen. Noch lange hatte er nicht die Raffinessen der kleinen flachen Kiste ergründet, doch mit der modernen Technik stand er ständig auf Kriegsfuß, daher genügte es ihm, wenn er seine Lieblingsprogramme damit sehen konnte. Wiebke hatte ihm irgendwann am Telefon erklärt, dass er auch das laufende Fernsehprogramm zurückspulen konnte, beispielsweise, wenn man eine spannende Szene in einem Film oder das Tor im Fußballspiel noch einmal ansehen wollte.

Die Ziffern waren dunkel.

War die Kiste etwa schon kaputt? Na, denen von der Telekom würde er etwas erzählen!

Wahrscheinlich war der Receiver auch dafür verantwortlich, dass die Hauptsicherung in seiner Wohnung durchgeknallt war.

Neumodischer Scheiß, fluchte er in Gedanken und erhob sich ächzend. Immer, wenn er einige Stunden in gekrümmter Haltung auf dem Sofa verbracht hatte, wurde er schmerzhaft an sein Alter erinnert.

Wo war bloß diese verdammte Taschenlampe?

Ulbricht kämpfte sich barfuß durch das finstere Wohnzimmer und jaulte auf, als er sich den großen Zeh an der Kante des Sessels stieß. Wütend hüpfte er durch den dunklen Raum und war froh, dass Maja von dem Lärm, den er veranstaltete, nicht aufgewacht war. Ulbricht registrierte eher unbewusst, dass der

Lichtschein, der normalerweise durch das Fenster in seine Wohnung fiel, nicht vorhanden war.

Der alte Kommissar trat verwundert ans Fenster und blickte auf die Straße hinab. Auch in den Häusern auf der gegenüberliegenden Straßenseite herrschte absolute Dunkelheit. Da er nicht wusste, wie spät es war, konnte die Finsternis nur zwei Gründe haben: Entweder war es sehr, sehr spät und alle in der Nachbarschaft lagen längst in den Betten – oder es hatte einen flächendeckenden Stromausfall gegeben.

Als Ulbricht den Rest der Müdigkeit abschüttelte, entschied er sich für letztere Möglichkeit: Auch die Straßenlaternen waren erloschen. Dann war er machtlos. Er warf einen Blick in das Schlafzimmer und vermutete Maja unter dem Berg aus Federbettwäsche. Gut, sie schlief weiter. Beruhigt zog er sich wieder auf die Couch zurück. Er war sicher, dass ihm jede Stunde Schlaf helfen würde, den kommenden Tag zu überstehen.

SECHZEHN

Als sie den Hardtberg hinauffuhren, wurden sie von Blaulicht und einer Straßensperre angehalten.

„Was ist das für eine Scheiße?", zischte Achim Fritz, der auf dem Beifahrersitz hockte und jetzt wütend auf das Armaturenbrett hieb. „Die haben unser Nest hochgenommen. Woher wissen die Bullen, dass ..."

„Halt endlich deine blöde Fresse", unterbrach Michels ihn. „Da vorn stehen Feuerwehrwagen. Die Bullen sichern nur. Da muss etwas anderes passiert sein." Er spürte, wie sich seine Kopfhaut zusammenzog. Sein Gefühl sagte ihm, dass etwas Schlimmes geschehen war. Doch davon durfte er den beiden Vollidioten nichts sagen, also zwang er sich zur Ruhe. Michels legte den Rückwärtsgang ein und zirkelte den schweren Mercedes die Einbahnstraße herab. Nachdem er eine freie Lücke gefunden hatte, stieg er aus. „Ihr bleibt hier!" Ohne eine Antwort abzuwarten, marschierte er den Berg hinauf. Das Dröhnen von Dieselaggregaten schallte durch die Nacht; es roch schwer nach Rauch und verbrannten Materialien. Panik ergriff Michels. Er beschleunigte seine Schritte und sah schon bald, dass die alte Klinik in Flammen stand.

„Nein, nein, nein - verdammte Scheiße!" Sein Puls raste, und ihm war, als würde ihm jemand das Herz aus der Brust herausreißen. Ihm ging es um noch viel mehr als um ihr Versteck und die restliche Munition, die nun beim Teufel war.

Er hatte sie in einen der unzähligen Kellerräume eingesperrt. Sie konnte sich nicht aus eigener Kraft befreien. Wenn ihr etwas zugestoßen war, dann war seine Mission sinnlos geworden. Dann würde er sich der Polizei stellen und die nächsten Jahre im Knast verbringen.

Doch er wollte die Hoffnung nicht aufgeben und schnappte sich einen der herumstehenden Gaffer, einen alten Mann mit schlohweißem Haar.

„Was ist da los?", fragte er und packte ihn unsanft am Ärmel.

Der Alte beschwerte sich, war aber dennoch froh, sein Wissen kundtun zu können. „Feuer im Marienheim – sehen Sie ja. Wahrscheinlich wieder diese Jugendlichen, die da immer reinklettern und Mist machen. Die haben bestimmt rumgekokelt. Wird höchste Zeit, dass man das Krankenhaus abreißt, bevor noch etwas geschieht."

„War noch… ich meine, gab es Menschen, die da drin sind?"

„Jetzt nicht mehr. Als die Feuerwehr kam, waren die Halbstarken schon über alle Berge. Aber die Bullen werden sie finden, da bin ich ziemlich sicher."

„Eine Frau", rief Michels heiser. „Wissen Sie zufällig, ob man eine Frau in der Ruine gefunden hat?"

„Nein." Der Alte blickte Michels mitleidig an. „Sagen Sie mal, haben Sie etwas getrunken?"

Ohne ihm zu antworten, ließ Bernd Michels den Mann stehen. Er musste irgendwie in die Klinik gelangen. Er musste wissen, ob sie noch im Keller gefangen war oder ob man sie schon gefunden hatte. Ob man sie lebendig gefunden hatte.

Die Ungewissheit trieb Michels an den Rand des Wahnsinns. Doch es war unmöglich, jetzt unbemerkt in die Ruine zu kommen. Er fürchtete, dass die nächsten Stunden eine Qual für ihn werden würden. Doch es galt, Ruhe zu bewahren. Niemand, auch nicht die anderen, durften etwas von dem wissen, was er getan hatte.

Auf dem Rückweg zum Auto reifte ein Plan in ihm. Er würde Fritz und Grundinger nach Hause schicken und dann ebenfalls in seine Wohnung fahren, um bei den Nachbarn den Eindruck der Normalität zu erwecken.

Wuppertal-Barmen, An der Bergbahn, 6.10 Uhr

Das Telefon weckte ihn aus seinem komatösen Schlaf. Ulbricht reckte sich auf seinem Sofa und versuchte, die Müdigkeit abzuschütteln. Das Klingeln des Telefons begann ihn zu nerven, und er fragte sich, warum der Anrufbeantworter nicht ansprang.

Vielleicht lag das an dem seltsamen Stromausfall in der Nacht.

Weil er verhindern wollte, dass Maja durch das Klingeln geweckt wurde, sprang er auf und humpelte steif, aber so schnell wie möglich, in den Flur.

Seine Hand fuhr über die Wand, doch als er den Lichtschalter betätigte, geschah nichts. Es blieb dunkel - also schien der Strom immer noch ausgefallen zu sein.

Ohne einen Blick auf das Display zu werfen, griff er zum Handy, dass neben der stromlosen Station des Festnetzanschlusses lag.

„Ich höre?"

„Guten Morgen Kommissar Ulbricht."

Eine Frauenstimme. Sie klang jung und frisch und für Ulbrichts Geschmack viel zu ausgeschlafen.

„Woher haben Sie meine Nummer und wer sind Sie?", fragte er unwirsch und marschierte mit dem Telefon am Ohr zurück ins Wohnzimmer. Leise drückte er die Tür ins Schloss.

„Sie haben sie mir vor langer Zeit gegeben, schon vergessen?“ Sie kicherte gut gelaunt, und er überlegte fieberhaft, wer die Anruferin war, die sich nicht mit Namen gemeldet hatte.

„Ich bin nicht mehr der Jüngste, also helfen Sie mir auf die Sprünge“, brummte er und sank auf den Fernsehsessel.

„Heike Göbel hier - Wupperwelle. Es gibt Neuigkeiten.“

„Über Neuigkeiten zu berichten, ist schließlich Ihr Job.“

„Aber meine Nachrichten fallen in Ihr Metier. Hat man Sie noch nicht angerufen?“

„Nein, verdammt. Und jetzt spannen Sie einen alten Mann nicht so auf die Folter, sonst lege ich auf, Frau Göbel!“ Vor dem ersten Kaffee war er unausstehlich, und jeder, der ihn kannte, wusste das und respektierte das. Von Heinrichs vielleicht abgesehen. Aber der Bursche kannte sowieso keinen Anstand, wenn es darum ging, die Nachtruhe seines Vorgesetzten zu beenden.

„Gestern Abend hat es mal wieder einen Brand gegeben, Sie sind doch dafür zuständig, deshalb dachte ich einfach, ich rufe Sie an. Aber Sie wissen gar nichts davon?“ Heike Göbel stutzte. „Die leer stehende Klinik an der Hardt hat mal wieder gebrannt.“ Sie verkündete das, als hätte sie einen Sechser im Lotto.

„Das Marienheim?“ Ulbricht grunzte etwas Unverständliches in den Hörer und fuhr sich durch die Haare. Sein Denkapparat lief langsam an, und dennoch erinnerte er sich, dass es in einem seit Jahren leer stehenden Krankenhaus schon mehrfach gebrannt hatte. Bislang handelte es sich bei den Brandstiftern immer um Jugendliche, die sich verbotenerweise in den Räumen aufhielten, um zu trinken und zu kiffen. Unter dem Einfluss der Drogen wurden sie meistens mutig und zündelten herum. Beim letzten Brand an der Hardt hatte es einen Großeinsatz für die Feuerwehr gegeben, da der gesamte Dachstuhl des Krankenhauses abgebrannt war, weil die Kids mit Feuer gespielt hatten.

„Schon wieder diese verdammten Blagen?", stöhnte er. Leider fielen Brandermittlungen auch in den Zuständigkeitsbereich des KK 11.

„Das fragen Sie am besten mal Ihre Kollegen, ich dachte, Sie könnten mir schon etwas Näheres dazu sagen?" Heike Göbel lachte. „Aber als Chef kann man diese Dinge ja delegieren und sich aufs Ohr hauen."

„Werden Sie mal nicht frech!" Ulbricht sprang vom Sessel auf und wanderte durch den Raum. „Wenn ich Sie nicht schon so lange kennen würde, hätte ich Sie jetzt an unsere Pressestelle verwiesen. Steht denn noch nichts im Internet?"

„Fehlanzeige, Ihre Presseleute sind auch nicht die Schnellsten."

Sie wurde unverschämt, und das lag nicht an Ulbrichts persönlichem Empfinden. Doch er wusste, dass sie nicht lockerlassen würde, bis sie an ihre Informationen gekommen war, die sie dann über den Äther verbreiten konnte.

„Offenbar wissen Sie mehr als ich", vermutete Ulbricht und war um einen versöhnlichen Tonfall bemüht.

„Ja, es waren vier Jugendliche zwischen vierzehn und siebzehn Jahren, die Ihre Kollegen schnell fassen konnten. Aber das ist nicht die Meldung, an der ich arbeite."

„Sie machen es verdammt spannend."

„In dem Krankenhaus wurden Waffen und kugelsichere Westen gefunden. Und ein Kellerraum, der drei Männern offenbar als Quartier diente."

Ulbricht war auf der Stelle hellwach. „Wie bitte?"

„Nachdem die Feuerwehr den Brand gelöscht hatte, wurde das Gebäude auf Glutnester durchsucht. Und auf Personen, die sich möglicherweise noch in dem ehemaligen Krankenhaus befanden. Keine Glutnester, keine Personen, nur ein kleines Waffenarsenal und dieses Versteck, leider verlassen."

„Ich fasse es nicht", keuchte Ulbricht. Warum hatte ihn niemand angerufen? Plötzlich erinnerte er sich daran, dass das Lämpchen des Anrufbeantworters geleuchtet hatte, als sie gestern Abend spät nach Hause gekommen waren.

„Das kann ich Ihnen nicht beantworten. Also - Sie können mir nichts dazu sagen?"

„Nein."

„Besteht die Möglichkeit, dass es sich bei den Waffen um die handelt, die bei dem Einbruch ins alte Gericht in Ronsdorf entwendet wurden? Sie wissen schon, die Maschinenpistolen aus Polizeibeständen? Und drängt sich nicht der Verdacht auf, dass es sich bei dem Versteck um den Unterschlupf der drei Räuber handelt? Sie sind doch der Polizist, Herr Ulbricht."

„Frau Göbel - ich verhänge hiermit eine Nachrichtensperre. Höre ich ein einziges Wort über die Waffen und das komische Versteck im Radio, werde ich Eckhardt anrufen. Er wird dafür sorgen, dass Sie morgen einen Termin bei der Agentur für Arbeit haben, um sich einen neuen Job zu suchen."

Michael Eckhardt war der etwas chaotische Chefredakteur der Wupperwelle. Ulbricht hatte einen recht guten Draht zu ihm, und er war sicher, dass ein Anruf bei ihm genügen würde, um dessen Mitarbeiter zurückzupfeifen.

Heike Göbel gab sich unbeeindruckt. „Aber der Begriff Pressefreiheit ist Ihnen geläufig?"

„Ich bin das Gesetz, und ich glaube, dass ich mich klar genug ausgedrückt habe."

„Machen wir einen Deal?"

„Für eine Erpressung ist es zu früh am Tag. Was wollen Sie?"

„Ich sende nichts in den Nachrichten um halb sieben, und Sie versorgen mich zuerst mit Infos, wenn Sie etwas für mich haben."

„Ich lasse die Konkurrenz da raus", stimmte Ulbricht zu. „Wenn aber schon jemand anders Wind von der Sache bekommen hat, kann ich es nicht ändern. Also – versprechen kann ich nichts."

„Aber…", setzte die Radioreporterin an.

„Kein aber, ich habe gesprochen. Sie hören von mir. Ach, eins noch: Sie wissen doch immer alles. Ist Ihnen etwas über einen Stromausfall in Barmen bekannt?"

„Ja, darüber haben wir eben berichtet. Es hat einen Brand in einer Trafostation gegeben, die Stadtwerke arbeiten auf Hochdruck. Wahrscheinlich ist der Strom gleich wieder da."

„Es war ziemlich dunkel, als ich heute Nacht aufgewacht bin", klagte Ulbricht und kratzte sich am Hinterkopf.

„Ach was." Heike Göbel lachte. „Das wäre doch mal einen Beitrag wert."

Ulbricht grunzte, als ihm klar wurde, was er eben gesagt hatte. „Over and out." Er drückte die rote Taste und stierte auf das Handy in seiner Hand. Seine Gedanken kreisten wieder um den seltsamen Brand im

Marienheim. Immer wieder hatte es dort gebrannt, seitdem das Gebäude leer stand. Dass eine Brandstiftung aber dazu dienen würde, das Versteck einer Bande ans Tageslicht zu bringen, trug dazu bei, dass sich Ulbrichts Laune einen Deut besserte.

Höchste Zeit, Heinrichs aufs Gleis zu stellen, dachte er und rief die Handynummer seines Assistenten auf.

„Warum weiß ich nichts davon?“, kam er ohne Begrüßung auf den Punkt, nachdem sich „Brille“ Heinrichs schon nach dem ersten Freizeichen gewohnt zackig gemeldet hatte.

„Sie wollten nicht gestört werden, schon vergessen, Chef?“

„Ich wollte nicht auf dem Handy angerufen werden, Sie Pappnase!“

„Deshalb habe ich auf Festnetz angerufen und Ihnen eine Nachricht auf dem Anrufbeantworter hinterlassen. Wenn Sie den aber nicht abrufen, ist es nicht meine Schuld.“

„Schon gut, vergessen Sie es. Also, ich will Fakten hören!“

„Gestern gegen 22.40 Uhr ging bei der Feuerwehr der Notruf ein. Der Elberfelder Löschzug war rasch zur Stelle und hatte den Brand in der alten Klinik schnell unter Kontrolle. Die Brandstifter waren flüchtig, konnten aber durch die Zeugenberichte wachsamer Nachbarn aufgetrieben und befragt werden. Tja, und in einem Kellergewölbe fanden die Kollegen der Feuerwehr ein kleines Waffenarsenal. Maschinenpistolen aus Behördenbeständen, wie die interne Ermittlung schon in der Nacht feststellen konnte.“

„Was ist mit dem Versteck?“

„Sie wissen also schon davon. Gut. Also, es gibt einen Kellerraum, der als Unterschlupf für drei Personen dient. Drei Schlafplätze haben wir sicherstellen können, und drei Paar Stiefel. Das Profil wird gerade abgeglichen, sieht aber nach erstem Augenschein danach aus, dass wir das Nest unserer Räuber gefunden haben. Leider sind die Vögel ausgeflogen."

„Na wunderbar", keuchte Ulbricht. „Dann warten wir einfach, bis sie zurückkommen. Sorgen Sie dafür, dass die Feuerwehr verschwindet. Die werden sich ihre Waffen zurückholen wollen. Und wir werden den alten Kasten auf die Beute vom Raubüberfall auf Brabender durchsuchen, vielleicht werden wir fündig."

„Gute Idee, Chef."

„Dann können sie mit den Knarren wenigstens keinen Blödsinn mehr machen." Ein schadenfrohes Grinsen kam über Ulbrichts Lippen. „Heinrichs, das könnte ein schöner Tag werden."

„Das sehe ich anders. Es fehlen MPs, und die Täter dürften nicht unbewaffnet unterwegs sein, da auch einige Kisten mit Munition aus dem Einbruch nicht mehr aufgetaucht sind."

„Scheiße."

„Sie sagen es. Ich bin übrigens noch an der Hardt, hier ist das große Aufgebot vor Ort. Wenn Sie mir einen Kaffee vorbeibringen, zeig ich Ihnen den alten Kasten."

„Schon unterwegs." Ulbricht beendete das Gespräch. Das Handy warf er achtlos auf den niedrigen Wohnzimmertisch und machte, dass er ins Bad kam. Auf dem Weg machte er einen Halt am Schlafzimmer und warf einen Blick hinein. Maja schlief tief und fest. Offenbar zollte der vorangegangene Tag seinen Tribut. In embryonaler Haltung lag sie in den Federn, und Ulbricht stellte erfreut fest, dass sie im Schlaf lächelte. Sie trug eines seiner viel zu großen T-Shirts, da sie ein Nachthemd oder einen Pyjama vergessen hatte.

Er ließ sie schlafen, immerhin hatte sie frei. Dass sie ihn gestern unterstützt hatte, war gut gewesen, doch heute würde er den Tag alleine meistern und ihr am Nachmittag etwas von der Stadt zeigen. Während er sich ins Bad begab, hoffte er, dass es nicht bei der frommen Hoffnung auf einen geregelten und zeitigen Feierabend blieb.

Obwohl er mit dem Licht auskommen musste, das durch das kleine Fenster ins Bad einfiel, sah er im Spiegel, dass seine Ringe unter den Augen dunkler wurden, und für eine Rasur würde auch heute keine Zeit sein. So beschränkte er sich darauf, die Zähne zu putzen und sich das Gesicht mit kaltem Wasser zu erfrischen. Zehn Minuten später schlich er so leise wie möglich aus der Wohnung.

Wuppertal-Elberfeld, Hardtstraße, 7.10 Uhr

Das Brummen der Generatoren und laufender Motoren verdrängte das Vogelgezwitscher des noch jungen Morgens. Obwohl die eigentlichen Löscharbeiten abgeschlossen waren, hatte man die Hardtstraße noch für den Verkehr gesperrt. Feuerwehrfahrzeuge und Rettungswagen standen kreuz und quer vor dem alten Marienheim.

Längst schon hatte die aufgehende Sonne die Dunkelheit verdrängt. Den Vectra hatte er an dem Abzweig geparkt, der als Fußweg zur Waldbühne der Hardt ausgeschildert war. Die Wagentür trat er mit dem Fuß zu, da er in jeder Hand einen Pappbecher mit Kaffee hielt, den er auf dem Weg an der Tankstelle besorgt hatte.

Die restlichen Meter legte Ulbricht zu Fuß zurück. Auf das Abschließen des Wagens konnte er in Anbetracht der Einsatzkräfte verzichten. Außerdem würde niemand einen zwanzig Jahre alten Opel klauen, da war er sehr sicher. Als er tief durchatmete, kroch der Gestank von Rauch in seine Atemwege. Seine Kopfhaut zog sich zusammen, als er an der Absperrlinie stehen blieb und den Blick auf die Reste des Marienheims richtete. Ulbricht fragte sich, warum der neue Besitzer den alten Kasten nicht schon längst dem Erdboden gleichgemacht hatte.

Anzügliche Graffiti und der Schriftzug „Fuck Cops" zierten die blassgrüne Fassade, von der seit Jahren der Putz blätterte.

„Da sind Sie ja, Chef", wurde er von Heinrichs begrüßt.

„Hier – Ihr Kaffee." Ulbricht hielt ihm einen der beiden mitgebrachten Pappbecher hin.

„Vielen Dank!" Heinrichs trank einen Zug, bevor er berichtete, was geschehen war. „Gegen dreiundzwanzig Uhr war die Feuerwehr vor Ort und hatte den Brand schnell unter Kontrolle."

„Das interessiert mich nicht", knurrte Ulbricht. „Was ist mit dem Diebesgut?"

„Noch nicht aufgetaucht. Aber die Waffen, ein Teil der Munition und einige kugelsichere Westen haben die Kollegen schon in die Waffenkammer des Präsidiums geschafft. Die Interne ist nun am Zug."

„Hier die Interne, da das LKA. Und ich rödel rum wie ein Blöder und habe den Eindruck, ständig zu langsam zu sein."

Ulbricht nippte nun auch von seinem Kaffee und verbrannte sich prompt den Mund. Er fluchte ungestüm. „Ich werde zu alt für so einen Scheiß", murmelte er dann und hoffte vergeblich auf den Widerspruch seines Assistenten.

Peter Hummelmann kam gerade aus dem leer stehenden Krankenhaus. Als er Ulbricht erblickte, streifte er sich den weißen Einmalanzug ab und näherte sich dem Hauptkommissar. „Mann, geht mir das auf den Zeiger“, rief er schon von Weitem. „Gestern die Sache mit dem toten Hund, jetzt das hier.“

„Was ist mit der Töle?“ Ulbricht nippte vorsichtig an seinem Kaffee.

„Erschossen mit einem Kleinkaliber, so eine typische Frauenwaffe. Da musste ich nicht die Düsseldorfer Rechtsmedizin bemühen, das konnte ich auch so klären.“

„Was ist mit der Tatwaffe?“, mischte sich Heinrichs ein.

„Wird gerade geprüft. Die Daten sind schon in Wiesbaden beim BKA. Mit etwas Glück können wir die Herkunft der Waffe zurückverfolgen.“

„Wie schön.“ Ulbricht wandte sich an seinen Assistenten. „Wo wir gerade von der Entführung von Brabenders Frau sprechen: Was hat die Befragung der Nachbarschaft ergeben?“

„Nichts. Eine Frau aus der Nachbarschaft hat einen dunklen Mercedes der S-Klasse gesehen, sich aber das Kennzeichen nicht gemerkt. Diese Fahrzeugkategorie ist nichts Besonderes im Zooviertel, fürchte ich.“

„Verdammt.“ Ulbricht ballte die Fäuste.

Heinrichs wurde unruhig. „Wenn Sie den Kaffee aufhaben, müssen wir auch schon weiter.“

„Wie bitte?“ Ulbricht verstand nicht, worauf der Jungspund hinauswollte.

„Es hat einen Toten gegeben. Am Zoo.“

„Ja, leck mich doch am Arsch.“ Ulbricht schleuderte den Pappbecher wütend von sich. Einer der Feuerwehrmänner wich dem fliegenden Kaffee in letzter Sekunde aus und schüttelte den Kopf. „Pass doch auf!"

Heinrichs entschuldigte sich anstellte von Ulbricht und zuckte vielsagend die Schultern.

„Also: Heute Morgen hat eine Mitarbeiterin der Zookasse einen toten Mann gefunden, der vor dem Haupteingang lag. Offenbar starb er nicht dort - man hat ihn erst erschossen und dann dahin geschafft."

„Was soll denn der Mist schon wieder?", fragte Ulbricht. „Haben wir es hier nur noch mit Irren zu tun?"

„Wir sollten Personal anfordern", riet Heinrichs.

„Woher nehmen, wenn nicht stehlen?"

„Soll ich gleich mitkommen?", bot sich „Hummel" an.

„Ist vielleicht nicht schlecht", überlegte Ulbricht und deutete mit dem Kinn auf das verwüstete Marienheim. „Bist du denn schon durch hier?"

„Meine Leute wissen, was zu tun ist."

„Dann ab dafür."

Heinrichs blickte sich demonstrativ suchend um. „Sagen Sie mal, wo ist denn heute Ihre… Freundin?"

„Da wo sie hingehört - nach einem langen Tag gestern noch im Bett. Ich wünschte, ich könnte da auch liegen. Egal, also, worauf warten Sie? Ab zum Zoo, oder muss ich mir hier noch was ansehen?"

„Sie sehen doch immer alles gern selber", erwiderte Heinrichs und folgte dem Abteilungsleiter zu seinem Wagen.

Hummelmann schwieg mit einem breiten Grinsen. Er amüsierte sich anscheinend köstlich über Heinrichs' große Klappe.

„Sind Sie zu Fuß hergekommen?", fragte Ulbricht.

„Ich durfte bei Hauptkommissar Hummelmann mitfahren."

„Wie nett."

„Nicht wahr?" Wie selbstverständlich fiel Heinrichs in den Beifahrersitz des Opels.

„Warten Sie!", rief plötzlich einer der Feuerwehrleute. Er kam, so schnell es mit seiner schweren Ausrüstung möglich war, auf den Wagen zugelaufen.

Ulbricht, der noch nicht eingestiegen war, lehnte sich über das Dach.

„Sind Sie vom KK 11?"

„Wer will das wissen?"

Der Feuerwehrmann ging nicht darauf ein. „Wir haben noch eine lebende Person in dem Gebäude gefunden."

„Jetzt erst?" Ulbricht blickte bezeichnend auf die Armbanduhr. „Acht Stunden, nachdem ihr hergekommen seid, um das Feuer zu löschen? Ich denke, ihr wart in dem alten Kasten, nachdem der Brand gelöscht war?"

„Das waren wir auch." Der Wehrmann ließ sich von Ulbricht nicht aus der Ruhe bringen. „Die Frau war in einem verschlossenen Kellerraum versteckt, den man nicht gleich entdecken kann, weil der Zugang hinter einer Art Geheimtür liegt. Man hat sie gegen ihren Willen dort hingeschafft; sie war gefesselt und ziemlich am Ende ihrer Kräfte, als wir sie fanden."

„Aber sie lebt?", vergewisserte sich Ulbricht. Plötzlich ahnte er, um wen es sich bei der Gefangenen handelte.

„Ja, und es geht ihr den Umständen entsprechend gut, der Notarzt checkt sie gerade durch. Sie hat nach Ihnen gefragt."

„Nach mir?" Ulbricht runzelte die Stirn.

„Bei der Frau handelt es sich um eine gewisse Gisela Brabender. Sie sagt, dass Sie sie kennen."

„Ich will mit ihr sprechen." Ulbricht trommelte auf das Blechdach, und jetzt stieg auch Heinrichs wieder aus.

„Aber der Leichenfund am Zoo", wagte er einen Einspruch.

„Einer nach dem anderen", erwiderte Ulbricht. „Jetzt holen wir uns erst mal einen ganz entscheidenden Tipp von Brabenders Frau ab. Und mit etwas Glück klicken schon bald die Handschellen. Mir reicht's, ich bin müde und habe Besuch zu Hause." Er wandte sich an Hummelmann. „Fahr du doch schon mal zum Zoo. Ein Toter wurde denen vor das Tor gelegt."

„Also kein Feierabend?", maulte Hummel.

„Dieses Wort solltest du aus deinem Bullen-Wortschatz streichen, und zwar ersatzlos", grollte Ulbricht und folgte dem Feuerwehrmann zum Rettungswagen, in dem Gisela Brabender ärztlich versorgt wurde.

*

„Frau Brabender?" Der Feuerwehrmann klopfte gegen die Inneneinrichtung des Krankenwagens. Heinrichs hatte sich mit Hummelmann verabschiedet, um sich um den rätselhaften Leichenfund am Zoo zu kümmern, und Ulbricht war wieder ein Einzelkämpfer.

Die zierliche Frau, die auf der Bahre hockte, blickte auf. Als sie Ulbricht erkannte, erhellte ein zaghaftes Lächeln ihr fein geschnittenes Gesicht.

Der Krankenpfleger machte Platz und drückte sich in eine Ecke des Wagens.

„Wie geht es Ihnen?"

„Aus medizinischer Sicht gut, das hat man gerade bei der Untersuchung festgestellt."

„Sie steht unter Schock“, erklärte der Arzt, ein junger Mann, der offensichtlich gerade erst das Medizinstudium abgeschlossen hatte.

„Was war denn los?“, fragte Ulbricht so einfühlsam wie möglich.

Stockend berichtete Gisela Brabender, was ihr am Abend zugestoßen war.

„Er hat mich in dieses Gewölbe geschafft und mich eingesperrt. Bernd sagte, es wäre nur zu meinem Besten, und er habe viel vor mit mir. Ich glaube, er ist völlig durchgedreht. Er hat mich dabei so irre angeschaut, es war einfach nur unheimlich.“

„Nun sind Sie frei.“ Mehr fiel Ulbricht nicht ein.

„Was ist mit meinem Hund?“, fragte sie stockend, obwohl sie bereits zu wissen schien, was dem Tier zugestoßen war.

„Er ist leider tot“, sagte Ulbricht. „Erschossen.“

„So ein sinnloser Tod“, murmelte Gisela Brabender, während Tränen in ihre Augen traten.

„Jeder Mord ist sinnlos, egal ob an Mensch oder Tier.“ Etwas anderes wollte Ulbricht nicht einfallen. Zu Hunden hatte er kein sonderlich gutes Verhältnis, und normalerweise kümmerte er sich darum, Morde an Menschen aufzuklären.

Ulbricht stutzte. „Haben Sie gerade einen Namen genannt, den Namen Ihres Entführers, meine ich?“

Gisela Brabender wich seinem Blick aus, kaute auf der Unterlippe und nickte zögernd.

„Wer war es?“ Ulbricht musste sich bemühen, ruhig zu bleiben.

„Ich weiß nicht, wie ich es nennen soll… ich kenne den Mann seit ein paar Jahren.“ Sie blickte den Arzt, der mit sorgenvoller Miene neben ihr stand, an. „Könnten Sie uns bitte kurz alleine lassen?“

Der junge Mann zögerte, den Krankenwagen zu verlassen.

„Es ist in Ordnung, und es geht mir gut“, setzte Gisela Brabender nach.

„Wie Sie meinen.“ Der junge Arzt stieß die Tür im Heck auf und kletterte ins Freie.

„Also?“, fragte Ulbricht, als sie unter vier Augen sprechen konnten.

„Ich hatte eine Affäre mit ihm. Es war… nicht ganz leicht für uns.“

„Das müssen Sie mir erklären, fürchte ich.“

„Er war zum Zeitpunkt unseres Verhältnisses verheiratet. Inzwischen müsste er geschieden sein. Sie werden seine Frau kennen. Carolin Mertens, die Mitarbeiterin meines Mannes.“

Ulbricht war komplizierte zwischenmenschliche Geschichten gewohnt. Oft genug war Eifersucht ein Mordmotiv. Diesmal war es jedoch bei einer Entführung geblieben, warum auch immer, vielleicht, weil das Opfer rechtzeitig in Sicherheit gebracht werden konnte. Er erinnerte sich daran, dass Carolin Mertens gestern, nach dem Einbruch in ihre Wohnung, etwas davon erzählt hatte, dass sie verheiratet gewesen war. Dann überschlugen sich seine Gedanken: Wenn der Exmann auch hinter dem Einbruch steckte, offenbar eine Liaison mit der Frau des Chefs seiner Gattin hatte, jetzt hinter der Entführung steckte, dann war er wahrscheinlich auch einer der Räuber. Ulbricht kämpfte gegen die Reizüberflutung an. Er war nicht imstande, die richtigen Verbindungen zu knüpfen, und beschloss, dies später in der Teambesprechung nachzuholen.

„Ihr Verhältnis hat zum jetzigen Zeitpunkt aber nicht mehr bestanden?“, fragte er vorsichtig. „Nein, ich habe die Sache damals beendet. Bernd hat mich angehimmelt, mir stundenlang zugehört und er war ein guter Liebhaber." Bei den letzten Worten errötete sie ein wenig und senkte den Blick. „Georg beachtet mich seit der Fehlgeburt unseres Kindes nicht mehr, er bevormundet mich und geht mir garantiert auch fremd."

„Denken Sie über eine Scheidung nach?"

„Natürlich. Georg würde es teuer bezahlen müssen, wenn ich mich von ihm trenne, vielleicht ist das der Grund, weshalb ich bisher davon Abstand genommen habe. Außerdem ist mir die Ehe im Grunde genommen sehr heilig. Ich hatte ein schrecklich schlechtes Gewissen damals und habe unsere Affäre beendet. Bernd kam nicht damit zurecht, glaube ich. Kurze Zeit später hat er die Scheidung von Carolin Mertens eingereicht. Und gestern Abend habe ich ihn zum ersten Mal seit einer langen Zeit wiedergesehen. Warum er mich aber gekidnappt hat, kann ich Ihnen beim besten Willen nicht sagen. Er schaffte mich hierher und sperrte mich in das Gewölbe. Danach habe ich ihn nicht mehr gesehen."

„Hatten Sie den Eindruck, dass er geistig verwirrt war?"

„Das kann ich Ihnen nicht beantworten, Kommissar."

Ulbricht nickte und zog seinen Block aus der Tasche. „Ich benötige den vollständigen Namen und nach Möglichkeit seine Anschrift. Und alles, was Sie mir von ihm erzählen können. Wir werden ihn kriegen, das verspreche ich Ihnen." Kaum, dass Ulbricht den letzten Satz ausgesprochen hatte, bereute er ihn. Normalerweise versprach er den Opfern einer Straftat nichts, weil er nichts versprechen konnte. Die Wahrscheinlichkeit, einen Entführer festzunehmen, war recht groß. Sollte der Mann aber in die Vorfälle der letzten beiden Tage involviert sein, verhielt sich die Lage wahrscheinlich anders.

Es würde wohl auch heute ein ereignisreicher Tag werden.

Gisela Brabender schwieg beharrlich.

„Sind Sie okay?“, fragte er sie und legte eine Hand auf ihren rechten Unterarm.

Gisela Brabender nickte. „Ich will nicht ins Krankenhaus, sondern einfach nur nach Hause, will mich ausruhen.“

„Aber dort ist Ihr Mann; sie werden ihm etwas erzählen müssen“, wandte Ulbricht ein und ließ den Notizblock wieder verschwinden.

Sie holte tief Luft. „Da muss ich durch. Vielleicht ist das ein Anlass, endlich Nägel mit Köpfen zu machen und die Scheidung einzureichen.“

Ulbricht nickte. Sie musste nicht wissen, dass Brabender ihnen erzählt hatte, ähnlich über seine Ehe mit Gisela zu denken. Erstens wäre das nicht der richtige Augenblick, zweitens ging es ihn nichts an, und üblicherweise hielt er sich aus privaten Belangen raus, insofern sie nicht direkt etwas mit laufenden Ermittlungen zu tun hatten. Vielleicht gab es dennoch eine Gelegenheit, Georg Brabender unter vier Augen zu sprechen. Ulbricht blickte auf die Armbanduhr. Wenn für den Juwelier heute, einen Tag nach dem Raubüberfall, wieder der Alltag einkehrte, blieb nicht mehr viel Zeit, bis er ins Geschäft fuhr.

Aber wahrscheinlich, so konstatierte Ulbricht, blieb der Laden in der Poststraße heute noch geschlossen.

„Ich fahre Sie nach Hause“, sagte er und lächelte Gisela Brabender an.

„Das würden Sie tun?“ Die junge Frau klang erleichtert, als sie von der Pritsche aufstand.

„Natürlich." Ulbricht stieß die Heckflügeltüren des Krankenwagens auf. Sofort drang die herrschende Geräuschkulisse wieder ungefiltert an ihre Ohren. „Ich habe sowieso noch im Zooviertel zu tun."

Wuppertal-Barmen, An der Bergbahn, 7.35 Uhr

Als Maja erwachte, kitzelte sie die Sonne, die durch den Spalt der altmodisch gemusterten Gardinen in den Raum fiel. Staubpartikel tanzten im gleißenden Licht, und zum ersten Mal, seitdem sie in Wuppertal war, erahnte sie einen Hauch von Frühling. Im hellen Licht erkannte sie, wie alt das Mobiliar tatsächlich war, und sie verspürte den Wunsch, Norbert bei der Einrichtung seiner Wohnung behilflich zu sein.

Apropos Norbert – wo steckte er bloß? Als sie in die Wohnung lauschte, hörte sie keinen Laut. Auch sein Schnarchen drang nicht an ihre Ohren. Sie wunderte sich ein wenig darüber, dass er es gestern Abend nach der zweiten Flasche Weißwein vorgezogen hatte, auf der unbequemen Couch im Wohnzimmer zu schlafen. Sie hätte nichts gegen ein wenig Gesellschaft einzuwenden gehabt, doch Ulbricht schien seine Prinzipien zu haben. Wie dem auch sei – Maja fragte sich, ob er tatsächlich noch schlief. Der laut tickende Blechwecker auf dem Nachttisch zeigte, dass es fast acht Uhr war. Um diese Zeit begann der Dienst. Hatte Ulbricht nach den ereignisreichen letzten Tagen und dem Wein etwa verschlafen?

Hastig stieß Maja die Bettdecke fort und setzte sich aufrecht hin. Nachdem sie sich einmal gestreckt hatte, stand sie auf und durchquerte barfuß das Schlafzimmer. Im Flur herrschte Dunkelheit, nur durch die

Milchglasscheibe der Wohnzimmertür fiel das Sonnenlicht in den schmalen Korridor. Maja öffnete die Tür ohne anzuklopfen und fand die Couch verwaist vor. Die Decke hatte er nicht ordentlich zusammengelegt, wie er sonst immer tat, wenn er bei ihr in Hameln zu Besuch war. War er im Bad?

„Norbert?“, rief Maja, doch sie erhielt keine Antwort. Sie ging zum Bad, lauschte, klopfte und betrat das Badezimmer, nachdem sie drinnen nichts vernommen hatte. Auf den ersten Blick bemerkte sie, dass die Sachen, die er gestern Abend noch über den Wannenrand gelegt hatte, verschwunden waren.

Und es roch nach Deo, also hatte er die Morgentoilette schon erledigt.

Maja warf einen Blick in die Küche. Dabei fiel ihr Blick auf den gedeckten Frühstückstisch. Wurst, Käse, Marmelade und Brot, er hatte alles bereitgelegt. Sogar ein buntes Frühstücksei und den dazu passenden Salzstreuer. Leider gab es nur ein Gedeck, doch auf dem Teller lag ein Zettel. Sie nahm ihn und las, was Norbert – offenbar unter Eile – geschrieben hatte:

Ich musste schnell los, es gab einen Zwischenfall.
Mach dir einen schönen Tag, ich fang die Verbrecher und zeige dir dann mein Wuppertal!

Wenn was ist – ruf an,
Gruß Norbert

P.S.: In der Nacht ist der Strom ausgefallen, also wunder dich nicht, man kümmert sich bereits darum.

Maja überflog die Zeilen drei Mal, dann setzte sie sich an den gedeckten Tisch. Warum hatte er sie nicht geweckt? Gestern hatte er sie so in seinen Fall involviert, dass sie sich nicht so recht über die gewonnene Freizeit freuen konnte. Was war das für ein Zwischenfall, von dem er schrieb?

SIEBZEHN

Ulbricht lenkte den Opel in elegantem Bogen in die Einfahrt von Brabenders Grundstück. Erst heute fiel ihm der Carport auf, in dem ein dunkler Jaguar parkte; auf dem Kennzeichen die Initialen von Georg Brabender hinter dem W.

„Mein Mann ist zu Hause", murmelte Gisela Brabender. „Wahrscheinlich lässt er das Geschäft heute noch geschlossen."

„Wenn er vernünftig ist", erwiderte Ulbricht. „Er war ziemlich durch den Wind, wegen Ihrer Entführung. Die Sache mit dem Überfall war gestern in Radio und Fernsehen; heute steht sie bestimmt groß in jeder Zeitung. Man würde ihm die Bude einrennen, wenn er öffnet. Die Leute sind neugierig und heucheln ihr Mitgefühl. Wahrscheinlich liegen schon einige Blumensträuße vor dem Eingang, mit denen man der jungen Braut Beileid bekunden will. Und Kerzen, und Abschiedsbriefe." Ulbricht schüttelte den Kopf, nachdem er den Motor abgeschaltet hatte. „Nein, das wäre kein guter Arbeitstag für Ihren Mann und seine Mitarbeiterinnen." Er dachte daran, dass Gisela Brabender ein Verhältnis mit Carolin Mertens' Exmann gehabt hatte. Darum würde er sich später kümmern. Nun galt es erst einmal, Gisela Brabender nach der Entführung so etwas wie ein gewohntes Umfeld zu geben.

„Soll sich jemand um Sie kümmern?", fragte Ulbricht in die entstandene Stille hinein.

Sie lächelte. „Ich brauche keinen Polizeiseelsorger", sagte sie mit einem Kopfschütteln.

„Wie Sie meinen."

Sie stiegen aus, und Ulbricht erkannte zum ersten Mal seit Langem ein seichtes Sonnenlicht, das sich durch die grauen Wolken drängte. Die Vögel in den Bäumen zwitscherten, und es war fast eine kleine Idylle, die plötzlich von einem Schuss unterbrochen wurde.

Eine fette Taube, die in einem der Kastanienbäume im Garten gehockt hatte, erhob sich mit klatschenden Flügelschlägen träge in die Luft.

Gisela Brabender zuckte zusammen und blickte aus weit aufgerissenen Augen den Kommissar an, der sofort seine Dienstwaffe aus dem Holster zog.

„Sie bleiben hier, verstecken Sie sich hinter dem Wagen", zischte er leise. „Das kam aus dem Haus. Ich werde nachsehen."

Ohne sich noch einmal zu ihr umzudrehen, marschierte Ulbricht mit der Waffe im Anschlag auf den Hauseingang zu. Oben angekommen, legte er die Hand auf die Klinke. Zu seiner Verwunderung hatte Brabender nicht abgeschlossen. Ulbricht stand im Flur und lauschte. Nichts, absolute Stille empfing ihn. Er blickte in die Küche, die er verlassen vorfand. Auch im Flur sah er niemanden.

„Hallo – ist hier jemand? Kommen Sie mit erhobenen Händen heraus, hier ist die Polizei!"

Wieder keine Reaktion. Ulbricht wartete einige Sekunden, die zäh wie Sirup zerrannen, und warf dann einen Blick in Brabenders Arbeitszimmer. Er hockte auf seinem Bürosessel, mit dem Rücken zur Tür.

Etwas an seiner Haltung stimmte nicht, er hing zusammengesunken in dem Lederpolster seines Schreibtischstuhls.

„Herr Brabender, ist alles in Ordnung?", stieß Ulbricht hektisch hervor. Eine eher rhetorische Frage, auf die er erwartungsgemäß keine Antwort erhielt. Ulbricht blickte sich im Raum um und konnte keine weitere Person erkennen, die sich möglicherweise versteckt hatte, um ihm aufzulauern. Dann durchmaß Ulbricht den Raum mit weit ausholenden Schritten. Als er bei Brabender angekommen war, sah er, dass der Juwelier kein Gesicht mehr besaß – alles, was sich oberhalb seines Kinns befand, glich einer blutigen und breiigen Masse. Der Bereich um den Schreibtisch herum war voller Blut, und erst jetzt erblickte Ulbricht die kleinkalibrige Waffe in der Hand des Toten. Georg Brabender hatte seinem Leben ein Ende gesetzt, und Ulbricht fühlte, dass ihm die Angelegenheit über den Kopf wuchs.

Wuppertal-Barmen, An der Bergbahn, 9.00 Uhr

Maja erschrak, als es an der Wohnungstüre klopfte. Sie hatte in Ruhe gefrühstückt und sich dann um den Abwasch gekümmert, um sich ein wenig in Norberts Wohnung nützlich zu machen, wenn sie ihm schon nicht bei den Ermittlungen helfen konnte.

Erneut klopfte es.

Maja trocknete sich die Finger ab und warf das karierte Geschirrtuch über die Stuhllehne. Dann schlich sie so leise wie möglich durch den dunklen Flur. Sie trat an die Tür und warf einen Blick durch den Spion. Dort stand ein Mann, den sie auf den ersten Blick Ende dreißig schätzte. Durch die Linse des Spions war sein Gesicht verzerrt und wirkte spitz wie der Kopf einer Maus.

„Hallo – ist jemand zu Hause? Es geht um den Stromausfall!“ Wieder trommelte er gegen die Tür, und Maja wich unwillkürlich einen Schritt zurück.

Wenn der Mann von Norberts Stromversorger geschickt worden war, dann lag der Fehler möglicherweise in seiner Wohnung. Man kümmert sich bereits darum, hatte Norbert in seiner Nachricht geschrieben.

„Ich komme", rief sie und gab sich einen Ruck. Maja öffnete die Tür und blickte in die Mündung einer Waffe.

„Keinen Mucks, sonst gibt es eine Tote", zischte er und fuchtelte mit der Waffe herum, die Maja als eine kurzläufige Maschinenpistole identifizierte. Eine Heckler & Koch vom Typ MP5. Diese Waffe wurde von der Bundespolizei verwendet. Maja fragte sich, wie er an die Waffe kam, denn dass er kein Bundespolizist war, lag auf der Hand, es sei denn, sie hatte es mit einem Amokläufer zu tun.

Maja stutzte. Plötzlich explodierte in ihrem Kopf ein Bild: die Erinnerung an den Raubüberfall auf Brabender, mit dem gestern alles begonnen hatte. Drei Männer waren aus dem Laden gestürmt, in einer Hand die Beute, in der anderen Maschinenpistolen. Sie kombinierte, dass die Täter Norberts Spur bis zu seiner Privatwohnung zurückverfolgt hatten.

„Sie müssen wahnsinnig sein, so etwas im Alleingang zu machen", presste sie hervor. „Das LKA ist Ihnen auf den Fersen, und es ist eine Frage der Zeit, bis die Falle zuschnappt."

Der Fremde lachte. „Ja sicher. Und bis diese Zeit gekommen ist, bin ich schon mit meiner Nummer durch."

„Was haben Sie vor?"

„Das werde ich dir gerade auf die Nase binden." Dann stutzte er. Offenbar hatte er Maja auch erkannt. „Sag mal, hast du nicht vor dem Laden herumgelungert, als wir…"

Maja schwieg.

„Eigentlich wäre das dein Todesurteil, aber ich brauche dich noch."

„Was haben Sie vor?", wiederholte Maja.

„Wir werden einen kleinen Tausch machen. Der Typ, der hier wohnt, hat meine Frau, und ich habe seine Frau."

„Ich bin nicht seine Frau."

„Das interessiert mich nicht im Geringsten. Ihm wird schon etwas an dir liegen, sonst wärst du nicht alleine in seiner Wohnung."

Maja überlegte fieberhaft, was er mit seiner Andeutung gemeint haben könnte. Warum sollte Norbert seine Frau haben?

„Wir rufen ihn jetzt an, deinen Bullen", unterbrach er ihre Gedankenkette. Er erblickte das Telefon auf der Kommode, griff danach und warf es Maja zu. Im gleichen Moment streifte sein Blick den großen Akt. Er erkannte sie auf dem Bild und grinste schmierig.

„So so", machte er ironisch. „Der Bulle ist also nicht dein Mann? Wer es glaubt, wird selig."

„Glauben Sie, was Sie denken." Sie hielt das schnurlose Telefon hoch. „Also", sagte Maja. „Was soll ich tun?"

„Wähl seine Handynummer, den Rest erledige ich."

„Stromausfall", bemerkte Maja, die ahnte, dass der Stromausfall zwischenzeitlich behoben war. „Das Telefon wird nicht funktionieren."

„Unsinn, da sind Batterien drin."

Maja zwang sich dazu, ruhig zu bleiben und analytisch zu denken. So wie sie es sonst tat, wenn sie in einem Fall ermittelte. Dieser Mann war einer der Räuber, was nach dem gestrigen Zwischenfall bedeutete, dass er über Leichen ging. Ein Toter mehr oder weniger bedeutete ihm nichts. Also würde er auch keine Sekunde zögern, sie zu töten. Andererseits war er mit einem Anliegen zu ihr gekommen, er verfolgte mit dieser Aktion ein Ziel. Um sein Ziel zu erreichen, würde er Maja zwar bedrohen, sie aber nicht töten. Denn so wie Maja den Sachverhalt einschätzte, war sie der Schlüssel zu seinem Erfolg. Sie atmete tief durch, als sie Norberts Nummer eintippte, die sie Gott sei Dank schon auswendig kannte.

Wuppertal-Sonnborn, Zooviertel, 9.05 Uhr

Ulbricht fühlte sich leer und ausgebrannt. Er hatte sich mit Gisela Brabender in einen VW-Bus der Polizei zurückgezogen, den die Kollegen der Streife am Straßenrand abgestellt hatten. Durch die großen Fensterflächen des Bulli konnten sie auf Brabenders Villa blicken. Soeben war der Leichenwagen vorgefahren. Zwei schwarz gekleidete Männer stiegen aus und fragten sich durch. Heinrichs nahm sie in Empfang und brachte sie ins Haus.

„Ihr Mann wird jetzt abgeholt", sagte Ulbricht und verkniff sich den Zusatz „jedenfalls das, was von ihm übrig geblieben ist." In seiner Laufbahn als Polizist hatte er schon viel erlebt, doch dass sich jemand das Gesicht wegpustete, war ihm erst ein, zwei Mal begegnet. Es war ein schrecklicher Anblick und sicher auch ein qualvoller Tod, dessen einziger Vorteil war, dass es schnell ging.

„Er war pleite", sagte Gisela Brabender leise und stierte auf den kleinen Tisch zwischen ihnen. Ihre Hand wischte fahrig über die Holzplatte. „Ihm stand das Wasser bis zum Hals, und nur deshalb habe ich die Scheidung hinausgezögert."

Ulbricht nickte, als er das Vibrieren in seiner Jackentasche spürte. Ihm saß eine Frau gegenüber, die in den letzten zwölf Stunden eine Menge erlebt hatte und sichtlich ergriffen war. Ulbricht beschloss, das Handy zu ignorieren. „Er war gestern Vormittag beim Rechtsanwalt“, sagte er stattdessen.

Ihr Kopf ruckte mit einer mechanischen Bewegung hoch. „Er wollte sich von mir scheiden lassen?“

„Das hat er gesagt. Wir waren bei seinem Anwalt – der Mann ist Fachanwalt für Insolvenzrecht.“

„Dann hatte er also vor, einen Schlussstrich zu ziehen.“

Ulbricht nickte und faltete die Hände auf dem kleinen Tisch. Das Klingeln hatte aufgehört.

„In jeder Hinsicht. Aber den Neuanfang hat er irgendwie nicht hinbekommen.“

„Kein Wunder. Er war zu schwach. Ein Mann, der sich vierundzwanzig Stunden am Tag hinter einer Maske versteckte.“

„Das ist Teil seines Jobs als Geschäftsmann“, entgegnete Ulbricht.

„Aber nicht, wenn er zu Hause bei mir ist. Aber er hat mit mir nicht über solche Dinge gesprochen.“

„Woher wissen Sie denn, dass es schlecht um ihn bestellt war?“

„Ich bin nicht blöd. Und ich war immer zu Hause, wenn die Post kam. In letzter Zeit häuften sich die Einschreiben und die gelben Briefe mit der so genannten ‚förmlichen Zustellung‘. Meistens Briefe, die ein Mahnverfahren gegen Georg androhten.“

„Steckt er hinter dem Überfall auf seinen Laden?“, wagte Ulbricht einen Vorstoß.

Sie lächelte. „Sie meinen, ob er alles inszeniert hat, um sich von der Versicherungssumme gesundzustoßen?“ Gisela Brabender schüttelte den Kopf, bevor sie fortfuhr. „Es gab keine Versicherung mehr, weil das Geld fehlte. Georg fuhr volles Risiko und hat nur die Versicherungen behalten, die er aufrechterhalten musste.“

„Moment“, rief Ulbricht ungläubig. „Es gab keine Versicherung, die für den Schmuck, die Uhren und all das aufkommt?“

„Nein - nichts. Ihm stand das Wasser bis zum Hals.“

Ulbricht staunte nicht schlecht. Er wusste nicht, wie er in Brabenders Situation gehandelt hätte, aber wahrscheinlich würde er keine Villa mehr besitzen und keinen Jaguar fahren, wenn er so hoch verschuldet wäre wie der tote Juwelier.

„Nach außen den Schein wahren war sein oberstes Gebot“, sprach Gisela Brabender seine Gedanken aus. „Es kam für Georg nicht infrage, einen Schritt nach hinten zu tun. Das hatte er von seinem Vater so anerzogen bekommen. Aus ständiger Verlustangst hat Georg viele Jahre lang hart gearbeitet, doch als die Umsätze zurückgingen, hat er es nicht geschafft, sich zu verkleinern.

„War er selbstmordgefährdet?“

Gisela Brabender schüttelte den Kopf. „Nicht dass ich wüsste. Nach außen hin war er immer cool und Herr der Lage. Aber selbst ich als seine Ehefrau wusste nicht, wie es tief in ihm aussieht.“

„Das Ergebnis kennen wir nun“, murmelte Ulbricht, als sich sein Telefon zum zweiten Mal meldete.

„Gehen Sie ruhig dran.“

„Nein, das hat Zeit.“ Ulbricht schüttelte den Kopf. „Wie geht es jetzt weiter mit Ihnen?“ Kaum, dass er die Frage ausgesprochen hatte, wusste er, dass sie für Gisela Brabender völlig unpassend und viel zu früh kam.

„Ich werde mir eine Wohnung suchen und einem geregelten Beruf nachgehen, einfach neu anfangen." Sie lächelte matt. „Vielleicht ist es gut, wie es gekommen ist, so hart und brutal das auch für Georg ist. Wahrscheinlich hätte ich niemals den Mut gefasst, mich von ihm zu trennen. Und ich hätte in den nächsten Tagen noch planlos in den Tag hineingelebt, ohne Visionen und ohne Träume."

„Sie sind sehr gefasst."

„Was erwarten Sie? Soll ich heulend zusammenbrechen, weil sich der Mann, der mich in den letzten Jahren bevormundet hat wie ein kleines Kind, das Leben genommen hat?"

Ulbricht schwieg und betrachtete das Treiben draußen. Den Plan, sich um den Toten vom Zoo zu kümmern, hatte er längst verworfen. Das mussten andere machen.

„Wie war das mit der Entführung?", brach er schließlich das Schweigen. „Können und wollen Sie darüber reden?"

„Dann habe ich es schneller hinter mir." Sie nickte. „Bernd hat mich mit irgendetwas betäubt, es war fast wie im Film. Er hat mir ein Tuch auf die Atemwege gepresst, und ich war innerhalb weniger Sekunden bewusstlos. Ich erinnere mich an einen süßlichen Duft."

„Das klingt nach Äther."

„Möglich."

„Wie war das damals, als Sie die Affäre mit ihm hatten?"

„Wir haben uns ineinander verliebt, und zwar unsterblich. Immer wenn wir uns trafen, haben wir unsere Umwelt völlig ausgeblendet. Ich fühlte mich wohl an seiner Seite, auch wenn ich wusste, dass unsere gemeinsame Zeit immer sehr beschränkt war und niemand etwas davon mitbekommen durfte. Er war mit Carolin Mertens verheiratet, ich die Frau von Georg Brabender, des wohl mächtigsten Juweliers im Bergischen Land. Und ich bekam es bald schon mit der Angst zu tun: Bernd schmiedete Zukunftspläne, wollte mich aus dem goldenen Käfig befreien und mit mir ein neues Leben anfangen. Das war mir unheimlich, denn seine Liebe begann schon bald, mich zu erdrücken. Deshalb zog ich einen Schlussstrich, bevor etwas von unserer Affäre auffliegen konnte."

„Wie reagierte er darauf?"

„Schrecklich wütend. Er drohte mich umzubringen, wenn ich mir meine Entscheidung nicht noch einmal überlegen würde. Es war schlimm, er setzte mich unter Druck, stellte mir nach und forderte ein Leben an seiner Seite ein. Ich glaube, das war der eigentliche Grund, weshalb ich mich in psychologische Behandlung begeben musste."

„Wusste er, wie der Laden Ihres Mannes gesichert ist?"

„Natürlich. Er hatte eine ganz charmante Art, an seine Informationen zu kommen. Und das, was ich ihm nicht beantworten konnte, hat er sicherlich von seiner damaligen Frau in Erfahrung bringen können."

Ulbricht dachte nach. Gisela Brabender schien diesem Mann hörig gewesen zu sein. Und als sie sich von ihm getrennt hatte, war nicht nur eine Welt in ihm zusammengebrochen, sondern auch eine Sicherung durchgeknallt.

„Er hat Sie also entführt, um Sie zurückzugewinnen?"

„Ich hatte den Eindruck, ja. Er hat auch die eine oder andere Andeutung gemacht. Sagte, dass er bald schon ein neues Leben mit mir beginnen wollte. Weit weg von hier, im Ausland. Und das, obwohl er nicht viel Geld besaß."

„Ich glaube, das hat sich gestern geändert."

Gisela Brabender stutzte. „Sie meinen, er hängt mit dem Raub zusammen?“

„Ich bin mir sogar ziemlich sicher. Er wollte mit der Beute an Reichtum gelangen, um Ihnen viel bieten zu können.“

„Das ist krank.“

„Ja“, nickte Ulbricht. „Das mag sein. Aber um das alles zu wissen, müssen wir ihn haben. Sie wollten mir doch noch seine Anschrift geben.“

„Er ist von Carolin Mertens geschieden, seitdem weiß ich nicht, wo er wohnt.“

Ulbricht klappte das Notizbuch, das er eben hervorgezogen hatte, wieder zu. „Aber seinen Namen können Sie mir geben, dann kann ich ihn zur Fahndung ausschreiben.“

„Natürlich. Er heißt Bernd Michels. Viel mehr kann ich aber nicht dazu sagen, fürchte ich.“

„Moment“, stutzte Ulbricht. Der Name war ihm bekannt. Nicht, dass er mit diesem Namen ein Gesicht in Verbindung brachte, aber einen Bernd Michels kannte er. Der Mann lebte seit einigen Jahren mit Ulbricht unter einem Dach. Sie waren sich höchstens ein-, zweimal begegnet im Flur, aber an seinem Namensschild am Briefkasten kam er täglich vorbei.

Wieder klingelte sein Handy. Diesmal zog er es hervor. Er blickte auf das Display und stellte erschrocken fest, dass der Anruf aus seiner Wohnung kam.

Wuppertal-Barmen, An der Bergbahn, 9.15 Uhr

„Ich kann ihn nicht erreichen.“ Maja wurde langsam unruhig. Normalerweise erreichte sie Norbert Tag und Nacht.

„Geben Sie her." Er streckte die freie Hand aus und ließ sich von Maja das Telefon geben. Hektisch drückte er die Wahlwiederholung und lauschte dem Freizeichen.

„Warum meldet sich dieses Arschloch nicht?", brüllte er wütend und warf das Mobilteil auf den Fußboden, wo es in seine Einzelteile zerbrach.

„Bis eben hätte ich ja gesagt, dass er zurückruft, sobald er Gelegenheit dazu hat", erwiderte Maja.

„Wir verschwinden."

„Wie bitte?"

„Hast du was an den Ohren? Ich sagte, wir verschwinden."

„Warum denn das?"

„Ich will ihn unter Druck setzen. Und außerdem haben wir etwas vor." Er grinste. „War nicht so geplant, aber nun bist du live bei unserem nächsten Gig dabei."

„Und der wäre?"

„Ein Juwelier in Remscheid, Alleestraße. Und heute Nacht knacken wir das Bergische Fort Knox. Wir werden sie Sparkassenzentrale leer räumen."

„Sie sind größenwahnsinnig", stellte Maja fest.

„Vielleicht, aber wenn ich alles hinter mir habe, dann kann ich mit Gila ein neues Leben anfangen. Und du wirst mich nicht daran hindern!"

„Gila?" Maja stutzte. „Gisela Brabender? Was hat sie damit zu tun?"

„Ich tu das alles für sie. Ich will sie aus ihrem goldenen Käfig befreien und mit ihr ein neues Leben beginnen."

„Sie haben sie entführt", rief Maja nun. „Eine Straftat ist sicherlich kein guter Start für ein neues Leben. Und es sieht nicht danach aus, dass Frau Brabender das will,denn sonst wäre sie wohl freiwillig zu Ihnen gekommen."

„Das lass mal meine Sorge sein." Er fuchtelte mit der Waffe herum und wurde langsam nervös. Wahrscheinlich war das, was er mit dem Besuch geplant hatte, gescheitert. So sehr Maja auch nachdachte, sie konnte den Zweck dieser Aktion nicht nachvollziehen.

Es gab nur einen einzigen Grund, dass er sie in seine Gewalt brachte.

ACHTZEHN

„Sie sollten sich genau überlegen, was Sie tun, wir haben Ihre Frau in unserer Gewalt." Michels sprach betont ruhig. Der Bulle sollte nicht wissen, wie aufgewühlt er tief in seinem Inneren war. Fritz und Grundinger hielten nicht viel von seinem Plan, eine Fremde mit zum nächsten Raubzug zu nehmen, doch darauf konnte er keine Rücksicht nehmen. Er würde die Frau des Kommissars als Schutzschild verwenden, um seinem Ziel ein Stück näher zu kommen. Mit einer Geisel hatten sie ganz andere Möglichkeiten, und dass sie nicht zögern würden, ihre Waffen einzusetzen, hatten sie gestern eindrucksvoll bewiesen.

Nein, die Bullen würden kein Risiko eingehen, zumal es sich um die Frau oder Freundin des Polizisten handelte, der in seinem Haus wohnte.

„Hören Sie, ich werde einen Teufel tun und mich von Ihnen erpressen lassen. Also – was wollen Sie?"

„Unsere Ruhe. Ich werde mit meinen Leuten einen Juwelier leer räumen, und Sie werden mir den Rücken freihalten, sonst geht es Ihrer Frau an den Kragen."

„Ich lasse mich nicht erpressen", wiederholte der Kommissar am anderen Ende der Leitung. „Unser Sondereinsatzkommando steht hier Gewehr bei Fuß, und das im wahrsten Wortsinne, also sollten Sie sich überlegen, was Sie tun."

„Das lassen Sie mal meine Sorge sein. Wir setzen uns jetzt in Bewegung, und sollten Ihre Leute Scheiß machen, ist die Kleine hier tot. Sie sollten wissen, dass es uns nicht auf ein Opfer mehr oder weniger ankommt. Und wenn alles gelaufen ist, machen wir einen

Treffpunkt aus. Dann bringen Sie mir meine Gila, und Sie können Ihre Tussi in Empfang nehmen."

„Wie Sie meinen. Sie werden nicht weit kommen, das verspreche ich Ihnen, auch wenn Sie mir drohen."

Es klickte in der Leitung. Michels warf einen Blick auf das Display - der Bulle hatte tatsächlich aufgelegt. Es war Zeit zu handeln. Jetzt gab es kein Zurück mehr.

Wuppertal-Barmen, Polizeipräsidium, 10.10 Uhr

„Es reicht, danke", nickte der IT-Spezialist, den Hummelmann hinzugezogen hatte. Er blickte von seinem Laptop auf und kritzelte etwas auf einen Zettel. „Wir konnten das Handy, von dem aus er angerufen hat, orten." Er hielt Ulbricht den Zettel mit Koordinaten hin, die dem Kommissar nicht viel sagten.

„Bin ich hier beim Geocaching?" Ulbricht wurde aus den Zahlenkombinationen nicht schlau. „Was soll das - wo sind die?"

„Vor Ihrer Haustür", meldete sich der Techniker zu Wort. „Wir sollten jetzt dranbleiben."

Ulbricht blickte sich um. Hinter ihm stand die Polizeipräsidentin. Sie nickte ihm unmerklich zu. Er hatte sie in den Fall involviert, und Birgit Schaderbacher hatte keine Sekunde gezögert, sich in die Sache einzubringen und das SEK mit dem Fall zu beschäftigen.

„Frau Präsidentin, Sie haben gehört, was die Männer planen. Das Trio ist nun unterwegs zum nächsten Raubüberfall, und wir können nicht viel tun."

„Das überlassen wir den Männern vom SEK", erwiderte Schaderbacher. Sie tauschte einen Blick mit Schaumert, dem Staatsanwalt.

„Meine Freigabe haben Sie", sagte er. „Viel Glück."

Birgit Schaderbacher trat an einen Schreibtisch, griff zum Telefon und wählte eine Nummer. „Es geht los", sagte sie knapp und nannte dann Ulbrichts Adresse.

*

„Da ist unser Begleitschutz", grinste Michels, als er den schweren Mercedes durch die Straßen von Wuppertal lenkte. Es waren vier schwere Limousinen und ein schwarzer VW-Bus, die sich an ihre Fersen hefteten. Sie fuhren so versetzt, dass sie beide Fahrspuren der Bundesallee in Fahrtrichtung Elberfeld blockierten und unbeteiligte Fahrzeuge keine Chance hatten, sich der S-Klasse zu nähern.

Maja drehte sich auf der Rücksitzbank um und blickte nach hinten. Trotz der abgedunkelten Scheiben konnte sie die vermummten Gestalten in den Fahrzeugen erkennen, die dem Mercedes in gebührendem Abstand folgten. Obwohl die Männer nach außen hin gelassen, ja nahezu cool wirkten, spürte Maja ihre Anspannung. Michels saß hinter dem Steuer der gepanzerten S-Klasse, neben ihm ein südländischer Typ, den sie nur Fritz nannten, und neben ihr im Fond hockte ein schlaksiger Kerl namens Grundinger, der bestialisch nach Knoblauch stank.

Maja versuchte sich den Weg, den sie fuhren, einzuprägen, und glaubte, Teile der Strecke vom Vortag wiederzuerkennen. Michels fuhr wie besessen, er hatte nichts zu verlieren.

Maja erinnerte sich an das Geiseldrama von Gladbeck, das sie als junge Polizistin im Jahr 1988 aufmerksam mitverfolgt hatte. Auch damals waren die Täter sehr selbstbewusst aufgetreten, hatten auf ihrer

Verfolgungsjagd sogar Reportern Interviews gegeben. Dennoch waren mehrere Geiseln vor den Augen von Schaulustigen und Journalisten erschossen worden.

„Was haben Sie vor?“, fragte sie und erntete dabei mitleidige Blicke über den Innenspiegel.

„Wir werden unsere Mission fortführen - mit einer kleinen Änderung“, gab Michels Auskunft. „Die Sparkasse hat jetzt Vorrang - den Juwelier in Remscheid sparen wir uns.“

„Sie sind größenwahnsinnig“, rief Maja. „Wie stellen Sie sich das vor? Man wird Sie nicht bis in den Tresorraum vorlassen.“

„Das muss man auch gar nicht.“ Grundinger winkte ab. „Wir wissen, wie wir da reinkommen. Gestern Abend haben wir vorgearbeitet, und heute ernten wir die Früchte unserer Mühen. Einer von uns hat mal beim Sicherheitsdienst der Sparkasse gearbeitet und weiß, wie man das System für einen kurzen Zeitraum außer Betrieb setzt. Wir werden da reinspazieren und uns bedienen. Sesam öffne dich...“

„Sie vergessen das SEK“, erinnerte Maja die Männer. „Man wird schießen, sobald sie aussteigen.“

„Dafür haben wir dich“, grinste Michels. „Sie werden dafür sorgen, dass dir nichts passiert - hoffe ich jedenfalls in deinem Sinne.“ Sein Kichern klang wirr, und er machte Maja Angst.

Grundinger neben ihr hob die MP5 und grinste überheblich. „Du bist sozusagen unser Garant.“

„Und du sülzt rum wie in einem Siebzigerjahre-Werbespot“, zischte Michels. Er drosselte das Tempo und bog hinter einem Busbahnhof nach rechts von der vierspurigen Straße ab. Maja erkannte rechts neben sich das Schwebebahngerüst und die Wupper. Eine Bahn überholte die Limousine in der Höhe. Die Passagiere ahnten nicht, was sich hier unten abspielte. Niemand schenkte ihnen Beachtung, sogar die dunklen Fahrzeuge des SEK erregten kein öffentliches Interesse.

Maja ahnte nun, wie sich die achtzehnjährige Silke Bischoff während der Gladbecker Geiselnahme gefühlt haben musste. Und sie erinnerte sich daran, dass die junge Frau beim Zugriff der Polizei ermordet worden war.

Da draußen herrschte die Normalität, niemand ahnte, dass sie hier von einer Maschinenpistole in Schach gehalten wurde und beim kleinsten Fehler sterben würde, daran konnte sie auch trotz ihrer Ausbildung auf der Polizeischule nichts machen, und so blieb ihr nur die Erinnerung an ein Seminar zum Thema Deeskalation, das sie vor einiger Zeit besucht hatte.

Wieder blickte sie nach hinten. Die dunklen Fahrzeuge des Sondereinsatzkommandos folgten ihnen in respektvollem Abstand. Obwohl sie Polizistin war, so hoffte sie, dass die Kollegen nichts Unüberlegtes taten. Auch die Männer im SEK waren nur Menschen und reagierten manchmal emotional. Sie ertappte sich zum ersten Mal seit vielen Jahren dabei, ein Stoßgebet zum Himmel zu schicken.

Vor ihnen tauchte ein quadratisches Hochhaus auf, an dessen Fuß sich eine gläserne Halle zu schmiegen schien. Ein seitlicher Anbau beherbergte ein Parkhaus, dessen Rampen sich schneckenförmig in die Höhe schraubten. Das Hochhaus selber, ein Bürotrakt, schien auf einer steinernen Säule zu ruhen, die oberen Etagen schienen ringförmig an der Säule zu schweben. Eine seltsame Architektur, für die Maja in ihrer Situation aber wenig Interesse zeigen konnte.

„Wo sind wir hier?"

„Das weißt du nicht?" Fritz wandte sich zu ihr um.

„Ich bin nicht von hier."

„Oh, eine Geisel von auswärts." Fritz kicherte. „Dann erzähl ich dir mal, dass dies die Stelle ist, an der das meiste Bargeld, die meisten Wertpapiere und sogar Goldbarren lagern. Also genau richtig für Männer wie uns. Wir werden uns da jetzt bedienen, und dann sehen wir weiter, was mit dir passiert."

„Sie sind größenwahnsinnig", presste Maja hervor.

„Das ist Ansichtssache." Michels fuhr einen Bogen um das Hochhaus mit der strahlend weißen Fassade und hielt sich dann rechts.

Maja wandte sich um und blickte durch die Heckscheibe des Mercedes. Die Fahrzeuge des Sondereinsatzkommandos waren ihnen auf den Fersen.

„Da staunst du, was?", kicherte Grundinger. „Neunzehn Etagen und fünfundsiebzig Meter hoch – das ist das höchste Gebäude der Stadt, und uns interessiert nur der Keller. Komisch, was? Einlagen von anderthalb Milliarden Euro, da bleibt bestimmt etwas für uns übrig."

„Ich bleibe dabei – Ihr seid wahnsinnig", erwiderte Maja lakonisch.

Michels hatte den schweren Wagen am Straßenrand zum Stehen gebracht und war als Erster ausgestiegen. Er hielt die Maschinenpistole in die Luft. Einige Passanten waren stehen geblieben vor Schreck, andere brachten sich schreiend und kreischend in Sicherheit. Michels feuerte eine Salve Munition in die Luft und hielt sich so einige mutige Zeitgenossen auf die nötige Distanz. Martinshörner näherten sich, und schon bald tauchten Streifenwagen aus allen Richtungen auf. Die Beamten trugen Sorge dafür, dass sich Passanten nicht zufällig in die Nähe der Geiselnehmer verliefen, und sicherten den Bereich großräumig, so gut es ging.

Grundinger bohrte Maja die Mündung seiner Waffe in die Schulter. „Na, worauf wartest du? Raus mit uns. Und wag es nicht, irgendwelche Stunts zu bringen!"

„Wenn ich mich opfere, seid ihr am Arsch", erwiderte Maja, während sie den Wagenschlag aufstieß und ausstieg.

„Du bist aber nicht lebensmüde", entgegnete Grundinger und drohte mit der Maschinenpistole.

Sie hob die Hände über den Kopf und blickte sich zu den Kollegen des SEK um. Wo blieb nur Ulbricht?

Michels und Fritz betraten mit den vorgehaltenen Waffen das Gebäude. Drinnen brach Tumult los, die Maschinenpistolen ratterten um die Wette.

Majas Puls raste, und sie mahnte sich, rationell zu denken und zu handeln.

Plötzlich ertönte über ihr das Rattern von Rotorblättern. Offenbar hatte das Landeskriminalamt einen Helikopter geschickt. Ein vermummter Mann beugte sich mit einer Panzerfaust aus dem Hubschrauber. Er richtete das Rohr auf den Mercedes. Ein Feuerball löste sich aus der Waffe, der geradewegs auf die S-Klasse zustürzte.

In der nächsten Sekunde überschlugen sich die Ereignisse. Kaum, dass Maja sich zehn Meter von der Limousine entfernt hatte, explodierte der Mercedes in einem grellen Feuerball. Sie spürte die Druckwelle und die Hitze, die ihr fast die Gesichtshaut versengte. Strauchelnd ging sie zu Boden und barg das Gesicht schützend in den Händen. Ein Scherbenregen prasselte nieder, und es roch nach verbranntem Gummi und Lack. Maja war hart auf dem Pflaster aufgekommen und hatte sich Abschürfungen zugezogen.

Mit der Zerstörung des Mercedes aus der Luft hatte man den Männern die Fluchtmöglichkeit genommen.

Sie betete, dass sie diese Aktion nicht mit dem Leben bezahlen musste. Ein paar Meter neben ihr fluchte Grundinger ungestüm. Er war von der Druckwelle der Explosion zu Boden gegangen und hatte seine Waffe fallen lassen. Das Prasseln der Flammen wurde vom Rattern der Rotorblätter übertönt, der Helikopter gewann nun wieder etwas an Höhe.

Maja sah geistesgegenwärtig ihre Chance. Sie rollte sich zur Seite, ignorierte den Schmerz, der ihren Körper durchbohrte, und warf sich auf die Maschinenpistole. Sie umklammerte den Griff der Waffe und riss den Lauf in die Höhe. Mit einer filmreifen Drehung richtete sie die Mündung auf Grundinger, der gerade dabei war, sich aufzurappeln.

„Schön liegen bleiben!", rief sie und sprang auf. Maja hatte schon ewig keine MP 5 mehr in der Hand gehalten. Das letzte Mal lag fast zwei Jahre zurück – damals hatte sie den Schießlehrgang im Rahmen einer Fortbildungsmaßnahme belegt. Dennoch erinnerte sie sich plötzlich an jedes Detail dieser Waffe. Mit einem Blick stellte sie fest, dass die Maschinenpistole bereits entsichert und auf Dauerfeuer geschaltet war. Sie legte einen Finger um den Abzug und trat auf Grundinger zu.

„Du blöde Schlampe!", giftete er, wagte aber nicht, aufzustehen.

Mit einem Seitenblick vergewisserte sich Maja, dass die Kollegen des Sondereinsatzkommandos ihre Fahrzeuge verlassen hatten. Sie näherten sich schnell und mit den Waffen im Anschlag dem wehrlosen Grundinger, der sich mit einem wütenden Fluch auf den Lippen ergab.

Feuerwehrfahrzeuge näherten sich und machten sich daran, den brennenden Mercedes zu löschen, der Helikopter hielt sich in der Luft und observierte die Lage von oben. Beißender Rauch hing schwer in der Luft und brachte Maja zum Husten. Sie war sicher, dass der Panzerfaust-Schütze im Hubschrauber seine Waffe bereits wieder geladen hatte und nicht lange zögern würde, das schwere Geschütz noch einmal einzusetzen.

Maja blickte sich kurz zu den vermummten Kollegen um und gab ihnen ein Zeichen. Der Zugriff erfolgte schnell und routiniert. Während sich drei Männer auf Grundinger warfen und ihm Handschellen anlegten, stürmte der Rest des Sondereinsatzkommandos den Eingangsbereich der Sparkasse. Am anderen Wupperufer erkannte Maja Scharfschützen, die sich in Position brachten.

Schüsse drangen aus der großen Schalterhalle ins Freie. Kunden und Mitarbeiter schrien entsetzt auf, und einer der Räuber feuerte eine Salve ab. Wer noch stand, warf sich jetzt zu Boden und suchte Schutz. Es gab im rückwärtigen Bereich der Halle eine Glaswand, die unter ohrenbetäubendem Klirren zu Bruch ging.

Die Männer des SEK gingen blitzschnell vor und überrumpelten Michels und Fritz. Der Zugriff hatte keine drei Minuten gedauert, dann wurden die Männer in einen bereitstehenden Streifenwagen verfrachtet. Fast gleichzeitig fuhren Krankenwagen vor, um sich um die möglicherweise Verletzten zu kümmern. Maja hoffte, dass kein Unschuldiger in den Kugelhagel geraten war. Sie sah zu, dass sie zu einem der Einsatzwagen kam.

„Mann, was machst du ein Fass auf", riss sie eine sonore Stimme aus den Gedanken. „Nur, weil ich dich einmal nicht mit zum Dienst genommen habe, ziehst du dein eigenes Ding durch."

Maja fuhr herum und blickte in Ulbrichts Gesicht. Er grinste schief, und in seinem Mundwinkel klemmte eine Zigarette. „Ist das deine Art von Behördenhilfe?"

„Du hast mich die Drecksarbeit machen lassen", erwiderte sie. „Aber wir haben sie."

„Ja", nickte er und trat näher, um sie in den Arm zu nehmen. „Wir haben sie." Er betrachtete sie sorgenvoll, sein Grinsen war wie weggewischt, als er sah, dass Maja ein wenig humpelte. „Bist du in Ordnung?"

„Ich werde durchkommen." Sie lächelte zu ihm auf und strich über seine Brust. „Erzähl, was waren das für Typen? Der eine stand plötzlich vor deiner Wohnungstür und hat den Stromausfall als Vorwand benutzt, um reinzukommen. Und ich war so blöd, die Tür aufzumachen." Sie schlug sich mit der flachen Hand vor die Stirn, bis es klatschte.

„Und das Trio ist kein unbeschriebenes Blatt. Michels kannte sich aus - er ist vor vielen Jahren schon mal nach einem Banküberfall verhaftet worden und konnte aus dem Knast abhauen. Achim Fritz ist auch schon aktenkundig; er arbeitete bei der Sicherheitsfirma, die für den Laden hier zuständig ist. Durch sein Insiderwissen konnten sie die Vorarbeiten leisten, die ihnen aber heute nicht viel genutzt haben - dank deiner Hilfe. Und Grundinger ist ein armes Schwein. Ein Nichtskönner, der aber gewaltbereit genug ist, um eine Gang wie diese hier zu unterstützen."

„Das war filmreif", murmelte Maja. „Stell dir mal vor, denen wäre der ganz große Coup geglückt."

Ulbricht zog an seiner Zigarette und nickte. „Es wäre wohl der größte Raub in der Geschichte der Stadt geworden." Dann warf er den Glimmstängel fort und trat ihn mit der Schuhsohle aus. „Ich sollte nicht mehr rauchen, du hast ja recht." Er blickte hinüber zur Schalterhalle, wo das SEK für Ordnung sorgte. Auch Michels und Fritz wurden abgeführt. Streifenbeamte kümmerten sich um die Augenzeugen, die teils unter Schock standen. Polizeiseelsorger trafen ein.

„Ich sag doch gar nichts." Sie lächelte nachsichtig. „Rauch ruhig, wenn dir danach ist."

„Du musst sofort zum Arzt", konterte er mit gespielter Sorge. Normalerweise ließ sie kein gutes Blatt an ihm, wenn er wieder rückfällig wurde und zur Zigarette griff.

„Spinner."

„Schön, dass es dir gut geht. Ich wäre verrückt geworden, wenn dir etwas zugestoßen wäre. Da ist es mir sogar egal, ob diese Hunde den Tresor leer geräumt haben oder nicht."

„Du lässt nach, ich vermisse deinen Killerinstinkt als Bulle", rügte Maja ihn.

„Mir scheißegal." Er winkte ab. „Ich hatte so eine verdammte Angst um dich. Das war unbeschreiblich. Und wenn ich daran denke, dass dieser Michels mein Nachbar war und ich nichts von seiner kriminellen Energie wusste, wird mir ganz übel."

Maja stutzte. „Der wohnt in deinem Haus?"

„Ja, und ich kannte ihn kaum, geschweige denn wusste ich, was der Heini beruflich macht."

„Na ja, er ist ein Gangster. Und offensichtlich wusste er zumindest, was du beruflich machst."

Ulbricht schüttelte ungläubig den Kopf.

„Es ist komisch, wenn es nicht so tragisch wäre", nickte Maja. „Ein Bulle und ein Raubmörder unter einem Dach."

„Ich will nicht darüber nachdenken, was hätte passieren können."

Maja ging nicht darauf ein. „Sag mal, wo kommst du eigentlich jetzt erst her?"

„Nils Gertz hat mich aufgehalten. Er kam gerade mit seinem Freund ins Präsidium und wollte seine Aussage machen. Er hat sich gestellt. Es war ihm unheimlich geworden, dass wir ihn suchen, und er hat mit dieser Sache hier nichts zu tun. Das konnte er belegen. Ich habe ihn wieder laufen lassen. Ganz nebenbei habe ich den Einbruch bei Carolin Mertens aufgeklärt: Es war ihr Exmann, der bei ihr eingebrochen ist, um sich die privaten Unterlagen zu holen, die noch bei ihr aufbewahrt worden sind. Wäre doch peinlich, wenn wir die Schmuckverkäuferin durchleuchten und feststellen, dass sie mal mit einem Bankräuber verheiratet war, der sich in Sachen Sicherheitstechnik auskennt." Als Maja nichts erwiderte, setzte er nach: „Ja, Bernd Michels war mit Carolin Mertens verheiratet. Er hat sich von ihr getrennt, weil er sich unsterblich in Gisela Brabender verliebt hatte. Und sie gab ihm einen Laufpass, das hat ihn fertiggemacht. Ich könnte mir vorstellen, dass er einen psychischen Schaden erlitten hat und durchgedreht ist. Und dann bin ich sofort hergekommen."

„Und das hat so lange gedauert?"

Ulbricht schüttelte den Kopf. „Ich musste noch meinen Antrag auf die Pensionierung bei der Polizeipräsidentin abgeben und stand in der Schlange vor ihrem Büro." Diesmal lächelte Ulbricht nicht. Als Maja die Worte fehlten, hakte er sich bei ihr unter. „Komm", sagte er. „Jetzt zeige ich dir die Stadt. Du wolltest doch bestimmt mal mit der Schwebebahn fahren oder?"

Sie nickte ein wenig fassungslos und wusste nicht, ob der alte Kommissar scherzte oder ob es ihm diesmal ernst war mit dem Ruhestand.

„Ja", sagte Maja vorsichtig. „Lass uns Schwebebahn fahren. Von mir aus den ganzen Tag lang. Und in den Zoo gehen. Wir haben viel vor."

„Dann los. Ich habe jetzt viel Zeit. Die Kerle kommen hinter Schloss und Riegel, und ich habe mir ein wenig Freizeit mit meiner Lieblingskollegin mehr als verdient." Er zog sie an sich und drückte Maja fest. „Und ob du es glaubst oder nicht: Wuppertal hat auch seine schönen Seiten."

Danksagung

Wieder einmal hat Kommissar Ulbricht ein Abenteuer in seiner Heimatstadt Wuppertal bestanden. Ein Heimspiel für einen Ermittler mit Ecken und Kanten, der mich in meiner schriftstellerischen Laufbahn nun schon seit 2002 begleitet. Dass das so ist, verdanke ich Ihnen, meinen treuen Lesern. Im ersten Ulbricht-Krimi hatte ich den Kommissar als Nebenfigur angedacht, der nicht wesentlich zum Gelingen der Geschichte beitragen sollte. Doch Sie haben mich dazu gebracht, mehr vom Leiter des KK 11 zu erzählen. Inzwischen steht er längst im Mittelpunkt und ermittelt bereits seit einiger Zeit auch jenseits des Bergischen Landes. Ich gestehe: Der Kommissar ist mir sehr ans Herz gewachsen, dafür danke ich Ihnen.

Mein Dank gilt auch Carsten Holzendorff, Verlagsleiter der CW Niemeyer Buchverlage, für seine Geduld, wenn Texte einmal etwas länger auf sich warten lassen. Mein Lob an sein Verständnis dafür, dass Kreativität nicht immer auf Knopfdruck funktioniert.

Apropos Verlag: der Lektorin danke ich für die tolle Zusammenarbeit und das gründliche Lektorat. Schönen Dank, dass ich als gebürtiger Wuppertaler von Ihnen lernen musste, dass es in Wuppertal keine Tannenberger Straße gibt. Wenn Sie einmal nach Wuppertal kommen, zeige ich Ihnen die Straße, die ich im Manuskript eigentlich gemeint habe, versprochen!

Danke auch an Martin Kieczka von der Wuppertaler Kriminalpolizei. Es ist immer wieder ein mörderisches Vergnügen, mit Ihnen Kriminalfälle zu ersinnen - danke für die Unterstützung und die umfassenden Informationen zur Polizeiarbeit.

Ich danke aber vor allem meiner Familie, meiner Frau Tanja, Lukas und Celine. Ihr steht hinter mir, wenn es im Krimi hoch her geht und ertragt mich auch, wenn der Abgabetermin immer näher rückt. Gemeinsam haben wir es mal wieder geschafft.

Und nun danke ich allen Menschen im Buchhandel - den Vertretern, die den Buchhandel fleißig über alle Neuheiten im Verlagsprogramm informieren, den Verkäufern, die Krimifreunden meine Bücher empfehlen, und natürlich den Leuten, ohne die es gar keinen Buchhandel geben würde: die Leser.

KRIMI Regional

WESERBERGLAND KRIMI

HANNOVER KRIMI

MORDUNDMEER KRIMI

WESERKRIMI

HILDESHEIM KRIMI

RHEINMOSEL KRIMI

WESTFALEN KRIMI

BERGISCHES LAND KRIMI

WESTERWALD KRIMI

Auf den nächsten Seiten
wird es noch mal spannend!

Bitte blättern Sie um ...

Norbert Ulbricht wird bei einem Kurztrip im Weserbergland wieder zum Ermittler, als seine Freundin und Kollegin Maja Klausen zum Tatort Bodenwerder gerufen wird. Der Schwimmgreifer birgt ein zehn Jahre altes Autowrack aus dem Wasser. Eine verweste Leiche hinter dem Lenkrad – Mord am Chef des Sicherheitsdienstes im Kernkraftwerk Grohnde während einer Anti-Atomkraftdemonstration in Hameln. Die Ereignisse überschlagen sich.

Andreas Schmidt. WeserTod
300 Seiten. Paperback. ISBN 978-3-8271-9409-1
E-Book 978-3-8271-9606-4 (Pdf)
978-3-8271-9806-8 (Epub)

Bei einem konspirativen Treffen zwischen Vorberg und einem Bekannten auf Burg Polle wird der Fotograf erschossen. Der Tote ist ein in der Region bekannter Fotograf, den man als „Paparazzo des Weserberglands“ bezeichnet. Auffällig ist, dass Vorberg zwar Papiere, aber keinen Schlüssel bei sich trägt, zumal er mit dem eigenen Wagen, einem neuen Porsche 911, angereist ist. Später behauptet der vermeintliche Täter, nicht geschossen zu haben, sondern selber zum Opfer geworden zu sein.

Andreas Schmidt. Tödlicher Schnappschuss
320 Seiten. Paperback. ISBN 978-3-8271-9404-6
E-Book 978-3-8271-9601-9 (Pdf)
978-3-8271-9801-3 (Epub)

Ein bankrotter Flughafen, einst als amerikanische Air Base genutzt, gerät immer wieder in die Schlagzeilen: Warum hat die Landesregierung der Betreibergesellschaft den Flughafen für einen symbolischen Euro abgekauft? Verseuchtes Trinkwasser und eine rätselhafte Mordserie rufen Bernd Kaltenbach, den unkonventionellen Reporter des „Rhein Mosel Express“, auf den Plan. Seine erste Spur führt nach Koblenz. Plötzlich ist Kaltenbach tiefer in den Fall involviert, als es ihm selber lieb ist.

Andreas Schmidt. HahnBlues
320 Seiten. Paperback. ISBN 978-3-8271-9481-7
E-Book 978-3-8271-9628-6 (Pdf)
978-3-8271-9828-0 (Epub)

Weitere Spannung pur...

www.niemeyer-buch.de